HEYNE <

Das Buch

Als Pia Petry von ihrem Onkel eine Detektei erbt, macht sie sich spontan als Privatdetektivin selbstständig. Da sie jedoch mit Vorliebe Fälle löst, für die sie nicht bezahlt wird, rutscht ihre Firma P-Quadrat immer tiefer in die roten Zahlen. Ihr junger Assistent Martin Cornfeld versucht Ordnung in das Chaos seiner Chefin zu bringen und sie ganz nebenbei von seinen privaten Qualitäten zu überzeugen. Doch Pia bleibt auf Distanz. Auch mit Anfang vierzig ist sie noch auf der Suche nach Mr. Right und verliebt sich regelmäßig in die falschen Männer. Dass sie nun für eine reiche Klientin einen taxifahrenden Märchenprinzen suchen darf, kommt ihr gerade recht. Das ändert sich allerdings, als sie über die erste Leiche stolpert.

»Die Autorin hat mit Pia Petry eine vielschichtige Figur erfunden. Flapsig und unsicher, großspurig und romantisch.« *Bild am Sonntag*

Die Autorin

Petra Würth wurde in Saarbrücken geboren, studierte in München Betriebswirtschaft und war viele Jahre in der Werbung tätig. Mit Pia Petry erschuf sie eine frech-chaotische Privatdetektivin, die in den Romanen »Blutmond« und »Todeszauber« mit dem aus dem ZDF bekannten Detektiv Wilsberg zusammenarbeitet. »Rache ist giftig« ist Petra Würths lange erwarteter Pia-Petry-»Stand-Alone«. Weitere Informationen sind zu finden unter: www.petra-wuerth.de.

Petra Würth

Rache ist giftig

Ein-Pia-Petry-Roman

WILHELM HEYNE VERLAG
MÜNCHEN

FSC
Mix
Produktgruppe aus vorbildlich
bewirtschafteten Wäldern und
anderen kontrollierten Herkünften

Zert.-Nr. SGS-COC-1940
www.fsc.org

Verlagsgruppe Random House FSC-DEU-0100
Das für dieses Buch verwendete FSC-zertifizierte Papier
Holmen Book Cream
liefert Holmen Paper, Hallstavik, Schweden.

Vollständige Erstausgabe 07/2008

Printed in Germany 2008
Umschlagillustration: © die KLEINERT / Natascha Römer
Umschlaggestaltung: Nele Schütz Design, München
Satz: Buch-Werkstatt GmbH, Bad Aibling
Druck und Bindung: GGP Media GmbH, Pößneck
ISBN: 978-3-543-40560-8

www.heyne.de

Mama, für dich

Kapitel 1

Mein Herz pumpt wie verrückt. Schweißperlen bilden sich auf meiner Stirn. Ich versuche mich zu entspannen, meine verkrampften Hände von den Armlehnen zu lösen, das Zittern in den Beinen zu unterdrücken. Doch kaum öffne ich die Augen, sehe ich über meinem Kopf den blitzenden Stahl einer riesigen Schere und falle fast in Ohnmacht. Das war es, denke ich, und mein Magen zieht sich zusammen. Ich muss etwas tun, ich muss sofort etwas unternehmen. Doch wie gelähmt sitze ich da und kann mich nicht von der Stelle rühren. Ich bin Privatdetektivin, ich bin über vierzig Jahre alt und normalerweise nicht auf den Mund gefallen. Aber selten habe ich mich so hilflos und ausgeliefert gefühlt. Die Panik steigt wie ein Atompilz in meinem Magen auf und jagt einen Kälteschauer nach dem anderen über meinen Rücken. Völlig paralysiert kann ich nur noch an diese Schere denken. An die Schere und an das, was sie mir gleich antun wird. Ich rutsche auf dem Stuhl so weit nach vorne, dass ich fast von der Sitzfläche kippe, als ich eine empörte weibliche Stimme höre: »Pia Petry, verdammt noch mal, was soll das?«

Vorsichtig öffne ich die Augen und blinzle zu Lina hoch, die mit der Schere in der Hand hinter mir steht und mir im Spiegel böse Blicke zuwirft.

»Hast du kein Vertrauen zu mir?«

»Doch, doch«, sage ich und setze mich wieder gerade hin.

»Ich schneide dir ja keine Glatze. Ich schneide dir die Haare nur ein bisschen kürzer.«

»Okay, okay.« Meine Stimme klingt so jämmerlich, dass es mir peinlich ist. Als die Schere hinter mir auftaucht, zucke ich zusammen und sehe entsetzt die erste Haarsträhne zu Boden fallen. Das überlebe ich nicht. Warum habe ich mich bloß überreden lassen?

»Nicht so kurz«, rufe ich erschrocken, als die zweite Strähne auf den hellbraunen Terrakottafliesen landet.

»Wenn du nicht die Klappe hältst, höre ich sofort auf.«

Das wäre nicht gut, jetzt, wo sie angefangen hat.

»Ist schon in Ordnung«, sage ich und schließe die Augen.

Es dauert eine halbe Stunde. Dann höre ich Linas Stimme: »Du kannst die Augen wieder aufmachen.«

Als ich sie öffne und die Frau im Spiegel anstarre, die mal schulterlange Haare hatte und der Lina gerade einen Stufenschnitt verpasst hat, den nur Neandertaler modisch finden würden, bin ich einer Ohnmacht nahe.

»Und, wie gefällt es dir?«, fragt sie erwartungsvoll.

Gott sei Dank muss ich die Frage nicht beantworten. Eine von Linas Mitarbeiterinnen kommt auf mich zu.

»Ihr Handy vibriert«, sagt sie und hält mir meinen Mantel hin. Ich ziehe mein Telefon heraus und klappe es auf.

»Pia!«, schreit mein Assistent, Martin Cornfeld, mir ins Ohr. »Hier ist eine Klientin, Sie müssen sofort kommen!«

»Ich kann nicht, ich bin beim Friseur. Meine Haare sind nass …«

Das Argument lässt Cornfeld nicht gelten. Unsere Auftragslage ist so katastrophal, dass nasse Haare keine Rolle spielen. Eine Tatsache, die er mir nicht weiter erläutern muss. Ich wickle mir ein Handtuch um den Kopf, drücke Lina vierzig Euro in die Hand und renne zur Tür.

»Wenn du das nächste Mal kommst«, ruft sie hinter mir her, »narkotisiere ich dich, bevor ich dir die Haare schneide.«

Das wird nicht nötig sein, denke ich. Ein nächstes Mal wird es nicht geben. Darauf kann sie Gift nehmen.

Cornfeld öffnet mir die Tür. Die hektischen Flecken in seinem Gesicht zeigen deutlich, wie aufgeregt er ist.

»Louise Rieckhof«, flüstert er. »In Ihrem Büro.«

»Bringen Sie ihr eine Tasse Kaffee«, sage ich, während ich mir die Haare mit Linas Handtuch trocken rubbele.

»Die hat schon einen Liter Kaffee getrunken, außerdem eine Flasche Wasser …«

»Seit wann ist sie da?«

»Seit einer halben Stunde.«

Ich gehe ins Bad, werfe das feuchte Handtuch in die Wanne, stelle mich vor den Spiegel und gehe mit den Fingern noch einmal durch meine neue Frisur, was die Sache nicht besser macht.

»Zigmal habe ich versucht, Sie zu erreichen …«, mosert Cornfeld, bricht mitten im Satz ab und mustert irritiert meinen Hinterkopf. »Ihre Haare …«

Ich werfe ihm einen warnenden Blick zu. »Ich weiß, wie ich aussehe«, sage ich.

Allerdings ist mir auch sehr bewusst, wie mein Assistent aussieht, der lässig gegen den Türrahmen lehnt und mich unverhohlen im Spiegel mustert. Groß, schlank, mit halblangen rötlichen Haaren und einem Blick, der Frauenherzen zum Schmelzen bringt, ist er einer der attraktivsten Männer, die ich kenne. In den Jahren unserer Zusammenarbeit habe ich gelernt, darüber hinwegzusehen, genauso wie über seinen immensen Frauenverschleiß und seine regelmäßigen Versuche, mich zu einer weiteren Kerbe in seinem Bettgestell machen zu wollen. Seine Promiskuität ist aber nur ein Problem. Das zweite ist der Altersunterschied. Er ist zehn Jahre jünger als ich und damit eindeutig vermintes Gebiet. Trotzdem fällt es mir nicht immer leicht, ihn auf Distanz zu halten. So sind wir uns in den letzten Wochen sehr viel näher gekommen, als mir lieb ist. Und ich bin gerade dabei, kräftig zurückzurudern und unsere Beziehung wieder auf die rein berufliche Ebene zu reduzieren.

Ich verlasse das Badezimmer, laufe über den Flur und lege vor meinem Büro einen kurzen Stopp ein. Bevor ich den Raum betrete, atme ich einmal tief durch und besinne mich auf meine Rolle als toughe Privatdetektivin. Ich nehme das Kinn hoch, drücke den Rücken durch und öffne die Tür.

»So sieht also eine Privatdetektivin aus«, sagt Frau Rieckhof und reicht mir die Hand. Die Frau ist mir auf Anhieb unsympathisch. Der einzige Lichtblick ist, dass sie einen Auftrag zu vergeben hat und sowohl ihre Garderobe als auch ihr Schmuck keine Schwierigkeiten bei der Zahlungsabwicklung erwarten lassen. Mit ihrem kurz geschnittenen blonden Haar und der schmalen Figur könnte sie als attraktiv durchgehen, wäre ihr die Anstrengung, die es kostet, mit Anfang vierzig noch Modelmaße zu haben, nicht so deutlich anzusehen. Ihr Auftreten lässt keine Zweifel aufkommen, dass sie sehr genau weiß, was sie will, und es gewohnt ist, ihre

Vorstellungen durchzusetzen. Gott sei Dank habe ich mich heute Morgen in ein passables Second-Hand-Kostüm von Jil Sander gezwängt. Damit müsste ich zumindest äußerlich ihren Vorstellungen von einer erfolgreichen Geschäftsfrau entsprechen. Das Gleiche gilt für mein Büro. Seit drei Jahren residiere ich mit meiner Detektei in einer sehr schönen, allerdings auch sehr teuren Altbauwohnung im vornehmen Pöseldorf, einem Stadtteil Hamburgs, der gerne als Schnöseldorf bezeichnet wird. Bemüht, den Erfolg – der bisher ausgeblieben ist – nach außen zu dokumentieren, habe ich alle Räume mit Designermöbeln eingerichtet und auch bei der Auswahl der Lampen, Teppiche und Bilder keine Mühen und Kosten gescheut. Leider reißen mich die immensen Fixkosten jeden Monat ein Stück tiefer in die roten Zahlen, was zu ständigen Auseinandersetzungen mit Cornfeld führt, der Student der Betriebswirtschaft und ein kostenbewusster Mensch ist.

Die Rieckhof setzt sich, schlägt die wohlgeformten Beine übereinander und zündet sich eine Zigarette an. Offensichtlich habe ich die Prüfung bestanden.

»Ich habe nicht mehr viel Zeit«, sagt sie und sieht demonstrativ auf ihre goldene Cartier-Uhr.

»Wenn Sie einen Termin gemacht hätten«, sage ich spitz, »wäre ich nicht beim Friseur, sondern im Büro gewesen.«

Interessiert mustert sie mein Haar. »Sieht gut aus«, sagt sie und klopft ihre Zigarette am Aschenbecher ab.

Ich gehe nicht weiter auf ihr Kompliment ein. »Frau Rieckhof, worum geht es denn? Was kann ich für Sie tun?«

Sie erzählt sehr schnell und sehr konzentriert. Wie jemand, der es gewohnt ist, in kurzer Zeit viele Informationen zu vermitteln. Nur mit Mühe kann ich ihr folgen.

»Habe ich Sie richtig verstanden?«, unterbreche ich sie. »Ich soll in Bremen einen Taxifahrer ausfindig machen, der am 27. September letzten Jahres Ihre Schwester Nadine gefahren hat?«

»Richtig!«

»Und weshalb soll ich ihn suchen? Ist irgendetwas vorgefallen?«

Sie fährt sich mit dem Zeigefinger langsam über die Oberlippe, wodurch ihr protziger Diamantring gut zur Geltung kommt. Der Edelstein ist so groß, dass ich ihn auf mindestens zwei Karat schätze.

»Meine Schwester wird in einem Monat dreißig«, sagt sie. »Ich würde ihr gern so eine Art Überraschungsgeschenk machen. Dieser Taxifahrer hat sie sehr beeindruckt. Sie redet immer wieder von ihm, und ich glaube, es wäre eine hübsche Idee, wenn ich diesen jungen Mann zu ihrem Geburtstag einladen würde.«

»Ein netter Einfall«, sage ich und stelle mir vor, wie die Rieckhof ihrer Schwester den Taxifahrer in Cellophanpapier gewickelt und mit rosa Schleifen geschmückt überreicht. Was wohl die lieben Verwandten und Freunde dazu sagen werden?

»Sie scheinen sich sehr nahezustehen, wenn Sie ihr ein solches Geburtstagsgeschenk machen wollen.«

»Das stimmt. Ich kümmere mich um sie und beglucke sie leider auch ziemlich. Was ihr nicht immer gefällt. Aber sie ist noch ein halbes Kind …«

»Mit dreißig?«

»Nadine ist sehr lieb. Beinahe zu lieb. Manchmal fast schon naiv. Sie ist nicht dumm, das nicht. Aber einfach ein bisschen zu vertrauensselig.«

Das wird wohl auch der Grund sein, warum sie sich in einen Taxifahrer verknallt, mit dem sie gerade mal eine Viertelstunde im Auto gesessen hat, geht es mir durch den Kopf.

»Wieso war sie eigentlich in Bremen?«, frage ich. »Was hat sie dort gemacht?«

»Sie hat in Bremen *Mediengestaltung* studiert. An der *Hochschule für Künste*. Sie war aber mit ihren Profs nicht sonderlich zufrieden und hat deshalb gewechselt.«

»Nach Hamburg?«

Sie nickt.

»Gut«, sage ich. »Was können Sie mir über diesen Fahrer sagen? Wie sieht er aus? Wie alt ist er?«

»Er ist circa Mitte dreißig und ziemlich groß, hat Nadine erzählt. Aber so etwas lässt sich natürlich nur schwer einschätzen, wenn jemand sitzt. Er trug so ein Käppi, wissen Sie, diese Baseballkappen. Daher ist das mit der Haarfarbe auch so eine Sache. Aber Nadine meint, sie wären hellbraun gewesen. Die Augenfarbe war dunkelbraun, das weiß sie noch. Und die Taxinummer. Die war elf.«

»Um wie viel Uhr genau fand diese Taxifahrt statt?«

»Nachts um eins.«

»Und das Taxiunternehmen hieß noch mal …?«

»Schöller, Schöller und Sohn in Bremen.«

Ich ziehe einen Stift und einen Schreibblock zu mir heran und mache mir ein paar Notizen. Meine Laune verbessert sich. Normalerweise bin ich hinter Dieben, Ehebrechern und Betrügern her. Als Eheanbahnungsinstitut habe ich noch nie fungiert. Das ist neu und angenehmer, als in anderer Leute schmutziger Wäsche zu wühlen.

»Haben Sie eigentlich schon einmal versucht, selbst bei

der Taxizentrale anzurufen und herauszufinden, wie der Taxifahrer heißt?«

»Das habe ich.« Nervös dreht sie die glimmende Zigarette zwischen ihren Fingern. »Aber man hat mir den Namen nicht verraten. Ich solle meine Telefonnummer hinterlassen, dann würde mich der Fahrer zurückrufen, hieß es.«

»Aber er hat nicht zurückgerufen.«

»Nein, leider nicht.«

»Das heißt, dass ich von Seiten des Taxiunternehmers nicht mit allzu viel Hilfe rechnen kann.«

»Sie sollten sich den Laden aber trotzdem mal ansehen. Vielleicht sind die Leute ja gesprächiger, wenn jemand persönlich vorbeikommt.«

Mir ist nicht ganz klar, was sie von mir erwartet. Wunder kann ich auch keine vollbringen. Und einfach nur hinfahren und nachfragen könnte sie selbst genauso gut. Dafür muss sie keine Privatdetektivin engagieren. Es sei denn, sie erwartet, dass ich in die Taxizentrale einbreche oder die Fahrer entführe und foltere, um sie zum Sprechen zu bewegen.

Ich versuche ihre Erwartungen zu dämpfen. »Im Prinzip kann ich auch nicht mehr ausrichten, als …«

»Ich weiß, ich weiß«, sagt sie. »Natürlich könnte ich auch selbst dorthin fahren und Nachforschungen anstellen. Aber ich habe zurzeit drei Baustellen, um die ich mich kümmern muss. Und definitiv für nichts anderes Zeit.«

»Was machen Sie denn beruflich?«

»Ich bin Architektin und habe mich vor einigen Jahren mit einem kleinen Architekturbüro selbständig gemacht.«

»Das heißt, Sie bauen Häuser?«

»Ja. Und ich richte sie ein. Wenn die Kunden das möchten, beziehungsweise«, sie macht eine bedeutsame Pause, »wenn sie es sich leisten können.«

Dann wirft sie einen Blick auf ihre Uhr. »Ich muss los. Wie sieht es aus? Helfen Sie mir?«

»Klar«, sage ich sofort. Obwohl ich ihre Geschichte reichlich schräg finde, habe ich keine Wahl. Ich brauche das Geld. Und zwar dringend.

»Was würde das denn kosten?«, fragt sie und steht auf.

Unauffällig mustere ich ihren Hosenanzug, versuche den Wert der Cartier-Uhr und den des Zweikaräters zu schätzen und kalkuliere die Höhe ihrer finanziellen Schmerzgrenze. Dann nenne ich meine üblichen Konditionen plus fünfzehn Prozent und ernte ein stummes Kopfnicken. Die schnelle Zustimmung macht mich ärgerlich. Da hätte ich offensichtlich mehr rausholen können.

Sie drückt ihre Zigarette im Aschenbecher aus. »Noch was, Frau Petry. Behandeln Sie diesen Auftrag bitte mit äußerster Diskretion. Sie dürfen auf keinen Fall bei Ihren Recherchen meinen Namen nennen. Unter keinen Umständen. Wenn etwas ist, rufen Sie mich an. Aber erwähnen Sie niemandem gegenüber, wer Sie beauftragt hat.«

Ich nicke und reiche ihr meine Karte.

Sie wirft einen Blick darauf. »Detektei P-Quadrat«, liest sie laut. »Hat das etwas mit Ihrem Namen zu tun?«

»P-Quadrat ist quasi eine Abkürzung für Pia Petry«, sage ich und begleite sie zur Tür.

Sie lächelt dünn und scheint von der Originalität meiner Namensgebung nicht wirklich beeindruckt. »Denken Sie bitte daran, was ich Ihnen …«, fängt sie noch einmal an.

»Seien Sie unbesorgt. Bei uns hat der Klientenschutz absoluten Vorrang. Wir sind es gewohnt, verdeckt zu ermitteln, und haben ganz spezielle …«

Doch so genau will sie es gar nicht wissen.

»Ich verlasse mich auf Sie«, sagt sie und stöckelt in den Flur.

»Da wäre noch etwas«, rufe ich, bevor sie die Tür hinter sich zuziehen kann. Sie bleibt stehen und sieht mich fragend an.

»Ich bräuchte einen Vorschuss.«

Und dann nenne ich eine Summe. Eine Summe, die das Lächeln auf ihrem Gesicht gefrieren lässt. Tja, denke ich zufrieden, diesmal habe ich mich nicht zu billig verkauft.

Kapitel 2

Das Gepolter und die darauf folgenden Schmerzensschreie sind durch das ganze Haus zu hören. Sofort sitze ich aufrecht im Bett und bin so wach, wie ich es um Viertel nach sechs in der Früh ganz bestimmt nicht sein möchte.

Ich reiße die Tür auf und stürze auf den Hausflur hinaus. Mein lieber Nachbar Siegfried Rebbelmeier liegt am Ende des unteren Treppenabsatzes und heult wie ein angeschossener Wolf. Sein Gesicht hat die Farbe flüssiger Sahne. Die Augen sind weit aufgerissen und blutunterlaufen, die Lippen so blass, dass sie kaum als solche erkennbar sind. Er steht unter Schock. Gut, dass er liegt, denke ich, als ich die Treppe zu ihm hinunterlaufe.

»Herr Rebbelmeier«, rufe ich, »ich komme schon, machen Sie sich keine Sorgen!«

Ich weiß nicht, woher ich meine Zuversicht nehme. Aber beruhigen und trösten scheint mir in diesem Fall das Beste zu sein.

Als er mich sieht, zuckt er zusammen. »Was ist denn mit Ihren Haaren passiert?«

»Chic, oder?«, sage ich und fahre mir verlegen durch die neue Frisur. Doch Rebbelmeier wird schon wieder vom Schmerz überwältigt.

»Ich sterbe, ich sterbe, um Gottes willen, tun Sie doch etwas. Warum hilft mir denn niemand?«

Und dann sehe ich, was passiert ist, und mein Hals wird eng. Rebbelmeiers Fuß ist völlig verdreht. Das sieht nicht gut aus.

Im Stockwerk unter uns wird eine Tür geöffnet. Ich höre Schritte. Dann taucht Frau Rausch auf, die beim Anblick Rebbelmeiers die Augen aufreißt. »Kann ich was tun?«

»Ja«, sage ich, »rufen Sie bitte einen Krankenwagen. Herr Rebbelmeier hat sich den Knöchel gebrochen.«

Das hätte ich nicht sagen sollen. Aufgrund seiner Leibesfülle ist es Rebbelmeier in seiner unglücklichen Position nicht möglich gewesen, die Verletzung genau zu sehen.

»Den Knöchel«, stöhnt er entsetzt. »Sie meinen wirklich, der Knöchel ist gebrochen?«

Ich nicke. Er dreht den Kopf zur Seite und schluchzt wie ein kleines Kind. Zum ersten Mal in meinem Leben greife ich nach seiner Hand, drücke sie unbeholfen und hoffe, ihm damit ein wenig zu helfen.

Das mit dem Händchenhalten hätte ich lieber lassen sollen. Rebbelmeier hat meine Hand nämlich nicht mehr losgelassen. Mit der Konsequenz, dass ich jetzt im Krankenwagen neben ihm sitze und er die Situation schamlos ausnutzt. Er nennt mich bei meinem Vornamen und gibt mir ununterbrochen Anweisungen. Wie es ein autoritärer Ehemann mit seiner Ehefrau tun würde. Und als ich ihn daran erinnern will, dass ich nur seine Nachbarin bin, und zwar eine, mit der er mehr Ärger als Freude hat, lässt er mich nicht zu Wort kommen.

»Pia, seien Sie doch so lieb und bringen Sie mir nachher meinen Schlafanzug, den blauen mit den grauen Streifen. Ach, und vergessen Sie die Zahnbürste und die Handtücher nicht. Zahnpasta müssten Sie noch besorgen. Und vielleicht ein paar Zeitschriften.«

»Den ›Hustler‹ vielleicht?«, frage ich und ernte einen erfreuten Blick.

»Ja, gerne«, sagt er und geniert sich noch nicht einmal dafür.

Nachdem Rebbelmeier theatralisch stöhnend auf einer Liege im Gebäude der Unfallchirurgie des Universitätsklinikums Hamburg-Eppendorf verschwunden ist, sehe ich keinen Grund, weiter Mutter Teresa zu spielen. Ich lasse mir von einer der Schwestern ein Taxi rufen, fahre nach Hause und stelle mich eine halbe Stunde unter die Dusche. Danach geht es mir deutlich besser.

Ich ziehe mich an, mache mir einen Kaffee und esse ein Müsli im Stehen. Anschließend hole ich Rebbelmeiers Sachen aus seiner Wohnung und erledige die Besorgungen, um die er mich gebeten hat. Allerdings kaufe ich ihm nicht den »Hustler«, sondern bringe ihm eins von meinen alten *Playgirls* mit, ein Hochglanzmagazin mit jeder Menge nackter Männer auf den Innenseiten. Mal sehen, wie ihm das gefallen wird.

Wenig später laufe ich durch das Krankenhausgebäude. Die Suche nach Rebbelmeiers Zimmer verläuft schwieriger als erwartet. Entweder hat mir die Frau am Empfang den Weg falsch beschrieben, oder ich habe unterwegs mal wieder rechts mit links verwechselt. Als eine rothaarige Krankenschwester aus einem der Zimmer kommt, steuere ich erfreut auf sie zu.

»Können Sie mir bitte sagen, wo …«, beginne ich, als sie mich unvermittelt anstrahlt.

»Sie sind die Tochter. Stimmt's?«

»Die Tochter?«, frage ich entgeistert. »Um Gottes willen, ich bin doch nicht die Tochter. Ich bin die Nachbarin.«

»Die Nachbarin?«

Ich nicke. »Die Nachbarin!«

Kopfschüttelnd mustert sie mich. »Sie haben wirklich eine unglaubliche Ähnlichkeit.«

»... mit Herrn Rebbelmeier?«

»Rebbelmeier? Nein, mit Frau Petry, der Schauspielerin Marlene Petry.«

Der Satz trifft mich mit der Wucht eines Keulenschlags. »Sie kennen meine Mutter?«

Nun ist sie völlig verwirrt. »Davon rede ich doch die ganze Zeit.«

»Meine Mutter ist in diesem Krankenhaus?«

»Wenn Marlene Petry Ihre Mutter ist, dann ist Ihre Mutter in diesem Krankenhaus«, antwortet sie gereizt.

Fassungslos starre ich sie an. Es ist passiert. Die Vergangenheit holt mich ein. Aber ich will nicht eingeholt werden. Nicht von meiner Vergangenheit. Und schon gar nicht von meiner Mutter.

»Wie geht es ihr?«, frage ich.

»Schon viel besser, sie ...«

»Es besteht keine Lebensgefahr?«

»Nein, nein. Sie hat sich erstaunlich schnell erholt und ist schon wieder ...«

»Prima. Das freut mich. In welchem Zimmer liegt sie denn?«, frage ich und sehe mich ängstlich um, so als befände ich mich im tiefsten Dschungel und müsste jeden Moment mit dem Angriff eines Tigers rechnen.

»Zimmer 402. Am Ende des Gangs.«

»Gut.« Entschlossen bewege ich mich in die entgegengesetzte Richtung.

»Wollen Sie Ihre Mutter nicht besuchen?«, fragt die Krankenschwester konsterniert.

Nein. Das möchte ich nicht. Das will ich schon seit fünf Jahren nicht mehr. Seit fünf Jahren habe ich keinen Kontakt mehr, rufe ich sie nicht an, schmeiße ich ihre Briefe und Karten ungelesen in den Abfalleimer, ignoriere ich ihre Geburtstage. Seit fünf Jahren herrscht Funkstille. Und zwar aus gutem Grund.

»Ich komme später! Muss noch was besorgen«, rufe ich und beschleunige meine Schritte. Kaum bin ich außer Sichtweite, renne ich so schnell ich kann.

Kapitel 3

Am späten Nachmittag fahre ich nach Bremen. Ausnahmsweise ist die A 1 frei, und ich schaffe die 118 Kilometer in einer knappen Stunde. Wobei ich mich zugegebenermaßen nicht immer an die Geschwindigkeitsbegrenzungen halte.

Gegen sechs Uhr abends laufe ich über das Gelände von *Schöller und Sohn* und bahne mir meinen Weg zwischen eierschalfarbenen Taxen hindurch. Die Chance, möglichst viele Taxifahrer anzutreffen, ist um diese Zeit am größten, da dann Schichtwechsel ist und abgerechnet wird. Das zumindest hat Cornfeld in Erfahrung gebracht. Und es scheint auch zu stimmen. Es sind jede Menge Taxis da, und aus einem einstöckigen, an den Parkplatz angrenzenden Flachbau, in dem ich die Taxizentrale vermute, dringt lautes Stimmengewirr. Über einen Mangel an potenziellen Ansprechpartnern kann ich mich nicht beklagen.

So dauert es auch nicht lange, und ich habe mein erstes Opfer ausgemacht: einen älteren Mann mit grauen Haaren, Schnauzbart und brauner Lederjacke, der gerade aus einem Wagen steigt.

»Hallo!«, sage ich und stürme freudestrahlend auf ihn zu.

»Hab Feierabend«, antwortet er mürrisch und hebt abwehrend die Hand.

»Ich brauche kein Taxi, ich brauche eine Auskunft.«

»Eine Auskunft«, wiederholt er und mustert mich irritiert.

»Ja! Ich will Sie auch gar nicht lange aufhalten. Können Sie mir sagen, wer am 27. September letzten Jahres um ein Uhr nachts das Taxi mit der Nummer elf gefahren hat?«

Er sieht mich an, als wäre ich nicht ganz bei Trost.

»Nein!«

»Nein?«, frage ich.

»Ist mein Gehirn ein Computer?«

»Das nicht. Aber vielleicht nehmen die Fahrer ja immer dieselben Autos.«

»Warum wollen Sie das überhaupt wissen?«, fragt er misstrauisch.

»Eine Freundin von mir ist in der Nacht mit diesem Taxi gefahren. Und sie fand den Fahrer so süß. Da habe ich mir gedacht, falls er nicht verheiratet ist … Sie wissen schon.«

Er grinst breit. »Ist sie denn hübsch, Ihre Freundin?«

Ich nicke. »Sehr sogar.«

»Na ja.« Nachdenklich fährt er sich mit der Hand über das Kinn. »Vielleicht könnte ich etwas tun – für Ihre Freundin.«

»Ja?«, frage ich gedehnt und schenke ihm mein schönstes Lächeln.

»Den Namen des Fahrers wird Ihnen hier niemand sagen. Sie können bei Theo im Büro Ihre Telefonnummer hinterlassen, und wenn Sie Glück haben, ruft Sie der Mann dann vielleicht an. Vielleicht aber auch nicht.«

»Und was wäre die Alternative?«

»Ich könnte den Namen für Sie rauskriegen.«

Dem Satz folgt eine beredte Pause, deren Bedeutung sich mir nicht auf Anhieb erschließt.

»Wenn was …?«, frage ich.

»Ihre Freundin könnte sich ja vielleicht erkenntlich zeigen.« Er zupft an seiner Nase.

»Wie bitte?«

»Finanziell, meine ich«, erklärt er sofort.

»Ach, und an welche Summe hatten Sie da so gedacht?«

»An sechshundert Euro«, sagt er und wird noch nicht einmal rot dabei.

»Wirklich nicht«, fauche ich und drehe mich um. Der ist ja wohl völlig durchgeknallt. Sechshundert Euro. Bin ich Krösus, oder was?

Der weitere Verlauf meiner Recherchen gestaltet sich leider genauso unerfreulich. Als ich das Büro und besagten Theo gefunden habe, zeigt der sich wenig hilfsbereit. Ich soll meine Telefonnummer dalassen, der Fahrer werde sich dann bei mir melden – sollte er Lust dazu verspüren. Ich biete all meinen Charme auf, versuche es mit den unterschiedlichsten Argumenten, rede mir den Mund fusselig. Aber Theo bleibt stur. *Datenschutz* heißt der Vorwand, mit dem er jedes meiner Argumente vom Tisch fegt. Damit ist die Sache für ihn erledigt. Resigniert gebe ich ihm meine Visitenkarte, und zwar eine von denen, auf denen das Wort Privatdetektivin nicht vorkommt, und weise wiederholt darauf hin, wie dringlich die Angelegenheit sei. Er nickt und macht absolut nicht den Eindruck, als interessiere ihn das auch nur im Geringsten. Er weiß, dass mich niemand anrufen wird, und ich weiß es auch. Aus reiner Schikane bitte ich ihn, mir Namen und Telefonnummer seines Chefs zu notieren. Während er das tut, sehe ich aus dem Fenster. Der Grauhaarige steht draußen vor einem der Taxis und telefoniert. Als er mich bemerkt, zwinkert er mir zu und dreht sich dann um. Blödmann, denke ich und wende mich wieder Theo zu, der ewig braucht, bis er die Telefonnummer gefunden und aufgeschrieben hat. Als er mir den Zettel reicht, deute ich auf den immer noch telefonierenden Taxifahrer. »Können Sie mir sagen, wie der Mann da heißt?«

Theo zögert. Dann sagt er: »Kiekbusch.« Was er schon im nächsten Moment zu bereuen scheint. »Jetzt gehen Sie aber endlich«, pflaumt er mich an. Den Gefallen tue ich ihm. Kann es mir aber nicht verkneifen, die Tür laut krachend hinter mir ins Schloss fallen zu lassen.

Nach einer weiteren halben Stunde, in der ich ergebnislose Gespräche mit unwilligen Taxifahrern führe, gebe ich auf. Ich weiß nicht, was hier los ist. Immer wieder die gleiche Reaktion. Misstrauen und Ablehnung. Da, wo ich Neugier und vielleicht sogar Begeisterung erwartet habe, wo ich dachte, meine Mitmenschen würden keine Mühen und Anstrengungen scheuen, um zwei jungen Leuten zu ihrem Glück zu verhelfen, werde ich behandelt, als versuchte ich, einen allseits beliebten Kollegen in die Pfanne zu hauen. Irgendetwas ist hier faul. Irgendetwas stimmt an der Geschichte nicht. Und langsam beschleicht mich das ungute Gefühl, es wäre vielleicht besser gewesen, die sechshundert Euro in Herrn Kiekbusch zu investieren. Aber nun ist es zu spät. Der Typ ist nirgends mehr zu sehen.

Entnervt gebe ich auf und mache mich auf den Heimweg.

Beim Überqueren des Parkplatzes fällt mir ein Motorrad auf. Eine Harley-Davidson. Knallrot, mit jeder Menge Chrom, einem schwarzen Ledersattel und Satteltaschen, die mit Dutzenden von Silbernieten beschlagen sind, steht sie glitzernd und glänzend in der Abendsonne. Ehrfürchtig bleibe ich vor der Maschine stehen, summe *Born to Be Wild* vor mich hin und sehe mich in Gedanken auf einem Chopper die Weiten von Amerikas Mittlerem Westen durchstreifen …

»Interessierst du dich für Motorräder?«

Erschrocken zucke ich zusammen. Erst jetzt registriere ich den Mann, der ganz in der Nähe lässig an einer Pappel lehnt und mich offensichtlich schon eine Weile beobachtet hat.

»Nur für Harleys«, sage ich.

Der Typ löst sich aus dem Schatten des Baums, stellt sich breitbeinig neben die Maschine und spuckt eine Portion Kautabak auf den Boden. Er entspricht dem Klischee des klassischen Harley-Fahrers bis ins kleinste Detail. Dunkle, ungepflegte Haare, die er mit einem roten Bürogummi zu einem Pferdeschwanz zusammengebunden hat, speckige Motorradhose, schwarzes T-Shirt mit stilisiertem Adler, das sich über seinen eindrucksvollen Bierbauch spannt, und jede Menge Knasttattoos auf den Unterarmen. Seine Finger zieren schwere Totenkopfringe, um das rechte Handgelenk windet sich eine silberne Schlange.

»Arbeitest du hier?«, fragt er und deutet mit dem Kopf in Richtung Flachbau.

»Nein. Ich suche nur jemanden.«

Mit gerunzelter Stirn mustert er mich. »Wen?«

Nachdem meine bisherigen Recherchen so völlig im Sande verlaufen sind, sehe ich keinen Grund, ihm meine Geschichte vorzuenthalten. Er hört interessiert zu und nickt bedächtig, als ich geendet habe.

»Und deine Freundin, die hat sich echt in den Typen verknallt?«, fragt er.

»Echt.«

»Und von den Taxideppen hilft dir niemand?«

»Keiner.«

Mit einem zischenden Laut zieht er die Luft durch die Lücke zwischen seinen Vorderzähnen und spuckt einen weiteren Haufen zerkauten Tabaks auf die Betonplatten.

»Also«, sagt er, »ich höre mich mal um. Vielleicht krieg ich was raus.«

»Das wäre toll.«

Begeistert fummele ich eine Visitenkarte aus meiner Geldbörse.

Ohne sie eines Blickes zu würdigen, lässt er das kleine Stück Papier in der Gesäßtasche seiner Lederhose verschwinden.

»Ich bin übrigens Willi«, stellt er sich vor.

»Pia«, antworte ich.

Willi deutet auf die Harley. »Lust auf 'ne Spritztour, Pia?«

Die Idee ist verführerisch. Ich bin noch nie mit einer Harley gefahren. »Haben Sie denn Zeit?«, frage ich unsicher.

»Klaro!«

Er grinst so breit, dass ich einen freien Blick auf zwei Reihen ungepflegter Zähne mit zum Teil bräunlichen Verfärbungen habe. Das bremst meine Begeisterung. Besonders vertrauenerweckend sieht Willi nicht gerade aus. Aber wenn er lacht, dann wirkt er wie ein gutmütiger Teddybär. Ich beschließe, das Risiko sei übersichtlich genug, um es einzugehen. Schließlich soll man Menschen nicht nach ihrem Äußeren beurteilen.

»Was is'?«, fragt er.

»Okay«, sage ich und mustere die Harley, die mit Abstand das schönste Motorrad ist, das ich je gesehen habe. Und ich bin mir sicher, wer eine solche Maschine fährt, der kann nicht böse sein.

Kapitel 4

Als ich am nächsten Morgen in den Badezimmerspiegel sehe, trifft mich fast der Schlag. Meine frisch gewaschenen Haare sehen aus, als hätte eine Horde Ratten daran genagt. Ich föne eine Stunde die Strähnen von rechts nach links und von links nach rechts, verbrauche eine halbe Flasche Festiger, versprühe tonnenweise Haarspray und sehe immer noch zum Fortlaufen aus. So gehe ich nicht vor die Tür.

Um Viertel nach neun verlasse ich das Haus. Mit einer Skimütze auf dem Kopf und einer Sonnenbrille auf der Nase. Hoffentlich begegne ich niemandem, der mich kennt.

Im Büro stelle ich erfreut fest, dass mein Assistent schon an seinem Schreibtisch sitzt. Auf meine Begrüßung reagiert er mit einem genuschelten »Hallo«, den Blick fest auf seine Unterlagen gerichtet. Der war auch schon mal besser gelaunt. Ich störe ihn nicht weiter, hole mir in der Küche einen Kaffee und mache mich an die Arbeit. Als Erstes rufe ich den Taxiunternehmer an. Ich habe Glück und erreiche ihn auf Anhieb. Doch Herr Schöller gibt sich genauso zugeknöpft wie sein Mitarbeiter Theo. Mit fast identischem Wortlaut teilt er mir lapidar mit, dass weder er noch sein Personal befugt seien, persönliche Daten von Angestellten weiterzugeben. Und damit ist das Gespräch auch schon beendet. Nun ja, denke ich, einen Versuch war es wert.

Danach nehme ich mir die Post vor. Eine wenig erfreuliche Angelegenheit. Neben jeder Menge Rechnungen finde ich auch ein Schreiben meiner Bank, in dem mir ein Herr Görike mitteilt, dass mein Konto leider schon wieder mit sechstausend Euro in den Miesen sei, mein Überziehungskredit aber nur fünftausend Euro betrage. Entweder ich gleiche das Konto in den nächsten Tagen aus, oder er lässt alle Überweisungen platzen und setzt die Daueraufträge für Miete, Ratenzahlungen etc. außer Kraft.

Aus dieser trübseligen Beschäftigung reißt mich das Klingeln meines Handys. Willi, der Mann mit der Harley, ist dran. Leider ist die Verbindung ziemlich schlecht; ich verstehe nur, dass er etwas wegen des Taxifahrers herausgefunden hat, mir am Telefon aber nichts erzählen will. Ich solle nach Bremen kommen. Als ich ihm das auszureden versuche, kriegt er schlechte Laune. Da er zurzeit meine einzige Spur ist, bleibt mir nichts anderes übrig, als auf seine Forderung einzugehen. Er nennt mir eine Adresse, wo ich mich heute um 18 Uhr einfinden soll, und legt auf.

Danach schreibe ich der Rieckhof eine E-Mail, in der ich ihr meine Bankverbindung mitteile und sie dezent an den vereinbarten Vorschuss erinnere. Ich vergesse auch nicht, mein Date mit Willi zu erwähnen, den ich mal eben zum viel versprechenden Informanten hochjubele. Irgendwie muss ich ihr ja die Zahlung von fünfzehnhundert Euro schmackhaft machen.

»Ich muss heute noch mal nach Bremen«, rufe ich laut. Doch mein Assistent reagiert nicht. Mir bleibt nichts anderes übrig, als in sein Büro zu gehen.

»Ich muss noch mal nach Bremen«, wiederhole ich.

Cornfeld sieht kurz hoch. »Und vorher gehen Sie noch ein bisschen Skifahren?«

»Nein«, sage ich und ziehe mir verlegen die Mütze vom Kopf. »Meine Frisur ist der Horror. Ich kann so einfach nicht unter Leute gehen.«

Cornfeld starrt wieder auf den Bildschirm seines PCs. Offensichtlich interessieren ihn meine Haare nicht im Geringsten.

»Was ist los? Sie haben doch was?«

Ganz langsam hebt er den Kopf. »Ihre Freundin Alexandra war auf dem Band. Sie sollen nicht vergessen, dass Sie morgen Abend bei ihr zum Essen eingeladen sind.«

»Das vergesse ich schon nicht.«

»Außerdem hat Rebbelmeier sich gemeldet. Er wollte wissen, warum Sie ihm gestern seine Sachen nicht ins Krankenhaus gebracht haben.«

»Hab ich doch. Ich habe seine Tasche unten an der Pforte abgegeben.«

»Davon weiß er nichts. – Wieso ist er überhaupt im Krankenhaus?«

»Er ist die Treppe runtergefallen.«

»Haben Sie ihn geschubst?«

»Aber klar doch. Sämtliche Hausbewohner haben zusammengelegt und mich engagiert, damit ich die Nervensäge endlich eliminiere. Aber leider hat er sich nicht den Hals, sondern nur den Knöchel gebrochen.«

Unbeeindruckt beugt sich mein Assistent wieder über seine Papiere. So, als wäre unser Gespräch damit beendet.

»Cornfeld«, sage ich, »das war doch noch nicht alles. Irgendetwas …«

Er sieht hoch, mir direkt ins Gesicht. »Wilsberg war auf dem Band.«

»Georg Wilsberg?«

»Ja. Genau. Georg Wilsberg. Unser lieber Kollege aus Münster.«

»Und?«, frage ich und versuche dabei möglichst unbefangen zu klingen. »Was wollte er?«

»Sie sollen Ihn anrufen.« Cornfeld mustert mich. Und ich bilde mir ein, in seinem Blicke läge etwas Lauerndes. »Haben Sie immer noch Kontakt mit dem?«

»Nein!« Ich winke ab. »Ganz bestimmt nicht.«

Wilsberg und ich hatten uns in Münster in einem Sadomaso-Club kennengelernt. Nicht, dass unsere privaten Interessen uns dorthin geführt hätten. Wir arbeiteten beide nur zufällig am selben Fall. Anfangs mochte ich ihn gar nicht. Aber seine Manie, mich ständig retten zu wollen, und diesen verlegenen Gesichtsausdruck, mit dem er mich immer anstaunte, fand ich irgendwann dann doch ziemlich süß. Im Laufe der Zeit lösten wir nicht nur diesen, sondern auch noch einen weiteren Fall, was Auswirkungen auf unser Privatleben hatte. Wir fingen eine Affäre an. Doch es hat nicht funktioniert. Unsere Erwartungen waren einfach zu unterschiedlich. Und als sich herauskristallisierte, dass es keine gemeinsame Zukunft geben würde, sah Cornfeld seine Chance gekommen und übernahm die Rolle des Trösters. Nicht, dass wir im Bett gelandet wären, das nicht. Aber wir kamen uns näher. Sehr viel näher, als mir im Nachhinein lieb ist. Denn seither macht sich Cornfeld Hoffnungen und reagiert zusehends eifersüchtig auf potenzielle Konkurrenten.

»Und da läuft nichts mehr? Zwischen Ihnen und diesem Typen?«, fragt er misstrauisch.

»Nein«, antworte ich betont gelangweilt. »Wie kommen Sie darauf?«

»Er hat nämlich noch etwas für Sie hinterlassen.«

»Ach ja?«

»Er vermisst Sie. Sagte er. Klang richtig rührend.«

Ich muss aufpassen, dass mir nicht die Gesichtszüge entgleisen. Dass er mich vermisst, trifft mich härter, als ich gedacht hätte. Aber ich habe keine Wahl. Männer, die ihr Singledasein in vollen Zügen genießen und für die die Familienplanung mit einer schon existierenden halbwüchsigen Tochter abgeschlossen ist, sind in meinem Leben nicht mehr vorgesehen. Solche Typen kann ich mir nicht leisten. Nicht mit Anfang vierzig und einer biologischen Uhr, die so laut tickt, dass man schwerhörig davon werden könnte.

»Da kann ich ihm auch nicht helfen«, sage ich leichthin.

Doch Cornfeld lässt sich nicht so einfach täuschen. »Sind Sie sich ganz sicher, dass da nichts mehr …?«

Langsam fällt er mir auf die Nerven. »Was geht Sie das an? Frage ich Sie, mit wem Sie ins Bett gehen? Mische ich mich in Ihr Privatleben ein?«

»Quasseln meine Freundinnen unseren Anrufbeantworter voll?«, gibt er bockig zurück.

»Wo ist das Band?« Ich hechte um seinen Schreibtisch herum und versuche, an den Anrufbeantworter heranzukommen.

»Gelöscht!«, sagt Cornfeld, und zum ersten Mal am heutigen Tag huscht so etwas wie ein Lächeln über sein Gesicht.

»Das wäre doch nicht nötig gewesen«, flötet Rebbelmeier, als ich eine Stunde später mit einem Strauß lila Tulpen in der Hand sein Krankenzimmer betrete. Und er hat recht. Auf seinem Nachttisch steht ein Blumenstrauß, der doppelt so groß ist wie meiner, und daneben stapeln sich Zeitschriften und Konfektschachteln der Firma *Leysieffer*. Die Besucherin, die ihn so großzügig beschenkt hat, sitzt am Fußende seines Bettes und macht nicht den Eindruck, als wäre sie über meinen Anblick erfreut.

»Hallo Frau Linke«, begrüße ich die Frau, die die Wohnung über Rebbelmeier bewohnt und über deren Geschlechtszugehörigkeit wir unterschiedlicher Auffassung sind. Während Rebbelmeier sie für die attraktivste Frau Hamburgs hält, finde ich ihre Stimme zu tief, ihr Kreuz zu breit und ihre Perücke schlecht frisiert. Bislang habe ich Rebbelmeier nicht aufgeklärt und ihn in der Überzeugung gelassen, Carla Linke wäre als Mädchen auf die Welt gekommen. Keine Ahnung, wie er reagieren wird, sollte ihm irgendwann klar werden, dass er sich in eine Drag Queen verknallt hat.

»Wieso haben Sie Herrn Rebbelmeier seine Tasche nicht gebracht?«, fragt sie mich.

»Ich habe sie beim Pförtner abgegeben«, erwidere ich und sehe mich suchend nach einer Vase um.

»Der wusste überhaupt nicht, wem er sie bringen sollte.«

»Das habe ich ihm aber gesagt.«

»Er hatte keine Ahnung.«

»Ich habe aber …«

»Ist schon gut«, unterbricht sie mich. »Ich habe mich drum gekümmert. So wie ich mich immer um alles kümmere.« Affektiert wirft sie den Kopf zurück, schlägt die Beine übereinander und verbucht den Punkt für sich.

Danach sagt keiner mehr etwas, und ich stehe mit meinem Blumenstrauß mitten im Zimmer, sehe keine Vase, in der ich meine Tulpen verstauen, keinen Stuhl, auf den ich mich setzen könnte. Rebbelmeier lächelt verlegen, und die Linke betrachtet ihre penibel manikürten Fingernägel.

»Ich guck mal, ob ich irgendwo eine Vase auftreiben kann«, sage ich und verlasse das gastliche Zimmer. Doch kaum stehe ich auf dem Flur, taucht die rothaarige Krankenschwester am Ende des Gangs auf. Heute ist wirklich nicht mein Glückstag. Ich drehe mich um und marschiere in die entgegengesetzte Richtung.

»Frau Petry, warten Sie bitte«, ruft sie hinter mir her.

Widerwillig bleibe ich stehen.

»Ich habe mit Ihrer Mutter gesprochen«, verkündet sie und baut sich direkt vor mir auf.

»Sorry, ich habe leider gar keine Zeit.« Ich versuche, mich an ihr vorbeizudrängeln.

Rigoros versperrt sie mir den Weg. »Ich habe ihr gesagt, dass Sie hier gewesen sind. Und wissen Sie, was passiert ist?«

Ich schüttele den Kopf.

»Sie hat geweint.«

»Tatsächlich.«

Ich gebe mir nicht die geringste Mühe, irgendeine Art von Anteilnahme erkennen zu lassen.

»Wie können Sie nur so gemein sein?«, faucht sie mich an.

»Meine Mutter«, sage ich und versuche ruhig zu bleiben, »war Schauspielerin. Und schauspielern kann sie immer noch ganz exzellent. Heulen tut sie auf Knopfdruck. Das ist eine ihrer leichtesten Übungen. Nur haben diese Ausbrüche überhaupt nichts mit ehrlichen Gefühlen zu tun.«

»Das stimmt nicht!«, widerspricht die Rothaarige vehement. »Ihre Mutter ist eine sehr feine, liebenswürdige alte Dame.«

»Ach ja?«, sage ich und versuche ein zweites Mal an ihr vorbeizukommen. Diesmal gelingt es mir auch.

»Was ist, wenn sie irgendwann stirbt? Und Sie haben nicht mehr mit ihr geredet, haben sie einfach im Stich gelassen? Sind Sie dann immer noch so cool?«, ruft sie mir hinterher. »Darüber sollten Sie vielleicht mal nachdenken.«

»Das werde ich tun«, antworte ich. Aber nicht mehr in diesem Leben.

Ich besorge eine Vase, bringe Rebbelmeier die Blumen und mache fünf Minuten Small Talk mit ihm. Dann ist klar, dass ich besser gehen sollte, bevor ich mir bei der rapide sinkenden Temperatur im Zimmer Erfrierungen zuziehe. Ich verabschiede mich, was bei Rebbelmeier schlecht gespieltes Bedauern und bei der Linke ehrliche Erleichterung auslöst. Danach gehe ich den Flur hinunter, fahre mit dem Aufzug in das Erdgeschoss, passiere die große Eingangspforte, laufe die Treppe hinunter und bleibe auf der untersten Stufe stehen. Ich atme tief durch, lasse den Blick über die Hausfassaden der angrenzenden Gebäude streifen und gewöhne mich langsam an den Gedanken, dass Widerstand zwecklos ist. Ich werde nicht zu meinem Auto gehen, ich werde nicht nach Hause fahren, ich werde nicht in mein altes Leben zurückkehren. Es gibt Dinge, denen entkommt man nicht. Und dazu gehört meine Mutter.

Ein paar Minuten genieße ich diesen Schwebezustand, dieses Gefühl, noch entscheiden zu können, noch nichts getan zu haben, was nicht mehr rückgängig zu machen ist. Dann drehe ich mich um und steige die Treppe wieder hinauf.

»Da bist du ja«, begrüßt sie mich, so als habe sie mich erwartet. Ihr Blick bleibt kurz an meinem Haar hängen. Doch sie hütet sich, meine Frisur zu kommentieren. Sie sagt »schön«, lächelt leise und streicht mit der rechten Hand über die Wolldecke, die auf ihren Knien liegt.

Ich bin völlig geschockt. Nichts ist so, wie ich es mir vorgestellt habe. Überhaupt gar nichts. Und das liegt unter anderem an ihren massiven Gesichtsverletzungen. Die Haut um ihr rechtes Auge herum ist grünlich verfärbt, die Augenbraue genäht, ihre Nase dick mit Pflastern verklebt. Das rötlich gefärbte Haar hat sie straff zurückgebunden. Der Haaransatz ist grau, ihr Gesicht eingefallen, hohlwangig und blass, der Blick aus immer noch sehr blauen Augen wirkt müde und resigniert. Was mich aber am meisten erschreckt, ist, dass sie im Rollstuhl sitzt.

Regungslos stehe ich da und weiß nicht, was ich tun, wie ich reagieren soll. Ich war auf einen Tobsuchtsanfall gefasst, auf Geschrei, Gezeter und Vorwürfe. Auf sarkastische und verletzende Bemerkungen, böse Blicke, hysterische Anfälle. Aber auf diese schmale, alte Frau, die ihre Decke ununterbrochen streichelt und den Blick fest auf ihre Hände gerichtet hält, auf die bin ich nicht vorbereitet.

»Was ist passiert?«, frage ich.

»Ich hatte einen Schlaganfall.«

»Ach du Scheiße«, rutscht es mir raus, und erschrocken mache ich einen Schritt auf sie zu.

Jetzt sieht sie mir zum ersten Mal direkt ins Gesicht. Und während sie das tut, füllen sich ihre Augen mit Tränen. Schöne Szene, denke ich. Aus welchem Film hat sie die nur? Ich komme nicht darauf.

»Was ist damit?«, frage ich und deute auf ihr blaues Auge.

»Ich bin aus dem Bett gefallen.« Umständlich kramt sie

ein Tempotaschentuch aus der Tasche ihres Bademantels und putzt sich die Nase. »Den Schlaganfall hatte ich nachts, im Schlaf. Ich habe es gar nicht gemerkt. Als ich morgens aufstehen wollte, konnte ich auf einmal mein rechtes Bein nicht mehr bewegen und bin aus dem Bett gefallen. Dabei habe ich mir die Hüfte gebrochen.«

Ich nehme mir einen der beiden Stühle, die an der Wand stehen, stelle ihn schräg vor ihren Rollstuhl und setze mich. Dabei achte ich darauf, dass ein Abstand von mindestens zwei Metern zwischen uns eingehalten wird.

»Und dann?«, frage ich.

»Stundenlang habe ich auf dem Boden gelegen. Ich habe vor Schmerzen geschrien, aber es hat mich niemand gehört ...«

Kein Wunder, seit dem Tod meines Vaters lebt sie völlig allein in einer alten Villa an der Elbchaussee, die satte 800 Quadratmeter Wohnfläche hat. Das Grundstück ist so groß, dass man zwar die Elbe, aber nicht die benachbarten Häuser sehen kann. Das ideale Anwesen für eine reiche Familie mit vielen Kindern und jeder Menge Personal. Aber der Horror für einen alten, alleinstehenden Menschen, der zu geizig ist, sich eine Haushälterin zu leisten.

»... Irgendwie habe ich es geschafft, mich bis zur Treppe zu schleppen«, erzählt sie weiter. »Dann ist mir übel geworden, ich habe den Halt verloren und bin die Treppe hinuntergefallen. Gott sei Dank war ich danach eine Weile ohnmächtig.«

»Mama«, sage ich drohend. »Übertreib's nicht.«

Mit zusammengekniffenen Augen mustert sie mich kühl. Sie weiß genau, dass ich ihr unterstelle, ununterbrochen zu schauspielern, jede Chance für einen Auftritt zu nutzen.

»Die Putzfrau hat mich gefunden«, sagt sie trotzig. »Ohne sie wäre ich jetzt tot.«

Mein Gott, sie kann es nicht lassen. Sie versucht schon wieder, mir Schuldgefühle einzureden. So nach der Devise: Wenn du da gewesen wärst, dann wäre das alles nicht passiert.

»Wird etwas zurückbleiben?«, frage ich.

Nun wird sie energisch. Mit zu Fäusten geballten Händen schlägt sie auf die Armlehne des Rollstuhls. »Den werde ich nicht mehr los. Nie mehr in meinem Leben, nie mehr in meinem ganzen Leben.«

»Willst du damit sagen, dass du gelähmt bleibst?«, frage ich jetzt doch bestürzt.

Sie verpasst ihren Einsatz nicht und fängt an zu weinen. Hemmungslos und herzzerreißend. Und damit bringt sie mich völlig aus dem Konzept. Vielleicht stimmt ja, was sie erzählt hat? Vielleicht ist sie wirklich für den Rest ihres Lebens an den Rollstuhl gefesselt? Vielleicht ist sie tatsächlich nicht mehr so bösartig wie früher und hat sich geändert?

»Mama«, sage ich, »das tut mir leid.«

Ohne mich anzusehen, greift sie nach meiner Hand. »Kind«, schluchzt sie, »ich habe in der Vergangenheit nicht alles richtig gemacht. Das ist mir völlig klar. Ich war so mit meiner Karriere beschäftigt, weißt du, und damals hat man ja auch noch nicht so viel über Kindererziehung gewusst.«

Mir stellen sich die Nackenhaare auf. »Man hat damals aber schon gewusst«, sage ich und kann den Impuls, sie anzuschreien, nur mit Mühe unterdrücken, »man hat damals schon gewusst, dass man ein sechsjähriges Mädchen nicht die halbe Nacht neben dem Bett stehen lassen darf, nur weil es zum Abendessen keinen Labskaus hat essen wollen.«

»Das war doch nicht die halbe Nacht«, fährt sie mich an. »Was erzählst du denn da. Das war vielleicht eine halbe Stunde. Und dann durftest du auch wieder in dein Bett. Aber das ist ja wieder typisch. Du hattest schon immer einen Hang zum Dramatisieren.«

Dass ausgerechnet sie mir das vorwirft, ist ungeheuerlich. Ich stehe auf und mache Anstalten zu gehen.

»Piachen«, sagt sie, »bitte sei nicht beleidigt. Wir hatten so lange keinen Kontakt. Fast sieben Jahre ...«

»Fünf«, korrigiere ich sie.

»Mir kam es viel länger vor. Ich habe dich wirklich vermisst. Du bist doch mein Kind. Mein Fleisch und Blut. Es muss doch möglich sein, dass wir uns vertragen.«

O verdammt, denke ich. Sie zieht alle Register. Und das tut sie nur, wenn es ihr wirklich schlecht geht.

Ich setze mich wieder hin.

»Wie hast du dir das vorgestellt? Wie soll das weitergehen? Nach allem, was passiert ist?«, frage ich.

»Wir vergessen die Vergangenheit«, sagt sie bestimmt. »Wir leben nur noch in der Gegenwart. Wir fangen neu an. Wir beide.« Dann schimmern wieder Tränen in ihren Augen. Und ich komme mir vor wie eine Mücke, die, vom Licht angezogen, im Sturzflug auf eine Glühbirne zuhält.

Kapitel 5

Pünktlich um 18 Uhr treffe ich in Bremen ein. Doch wer nicht kommt, ist Willi. Von Minute zu Minute werde ich übellauniger. Wenn er mich wenigstens in ein Café bestellt hätte. Aber nein, es musste ja hier sein, auf einem Platz vor einer alten, verlassenen Industriehalle in einem verwahrlosten Randbezirk von Bremen. Einen freundlicheren Ort hat er anscheinend nicht finden können.

Wind kommt auf und bläst mir die Haare ins Gesicht. Gleich werde ich nass, denke ich und sehe nach oben, in einen Himmel, der grau und bedrohlich über mir hängt. Mit diesem Wetterumschwung habe ich nicht gerechnet. Als ich in Hamburg losfuhr, strahlte die Sonne von einem wolkenlosen Himmel. Entsprechend sommerlich bin ich angezogen und habe weder Mantel noch Schirm dabei.

Langsam wird es ungemütlich, und ich sollte etwas unternehmen. Zum Beispiel Willi anrufen. Ich kenne zwar seine Telefonnummer nicht, aber ich könnte sie herausfinden. Mit fliegenden Fingern arbeite ich mich durch das Menü meines Handys bis zu dem Punkt *Eingegangene Anrufe*. Als Willis Nummer angezeigt wird, zerplatzen erste Regentropfen neben mir auf dem Asphalt. Ich drücke die grüne Taste und renne mit dem Handy am Ohr zur Halle, schiebe das mittlere von drei Toren ein Stück auf, zwänge mich hindurch und bleibe im Halbdunkel stehen. Hier ist es trocken. Dafür riecht es nicht gut. Muffig, modrig, nach Schimmel und Katzenpisse. Handtuchgroße Spinnweben hängen von der Decke und kleben an den Wänden. Durch ein völlig verdrecktes Oberlicht fällt schummriges Licht auf eine Ansammlung undefinierbaren Gerümpels. Freiwillig würde ich mich hier keine Sekunde lang aufhalten. Der Regen trommelt so laut auf das Dach, dass ich das Telefon gegen mein Ohr pressen muss, um etwas zu hören. Aber es gibt nichts zu hören. Willi geht nicht dran.

Während ich darauf warte, dass sich seine Mailbox meldet, lässt der Regen nach, das Trommeln wird leiser und geht in ein gleichmäßiges Rauschen über. Und da registriere ich es. Eine Melodie: *Born to Be Wild.* Stocksteif stehe ich da und lausche einer Klingelmelodie, die irgendwo aus der Tiefe der Halle kommt und mit ziemlicher Sicherheit von einem Handy stammt. Mir läuft ein Schauer über den Rücken, der nicht von der kalten, zugigen Luft kommt, sondern von der Vorstellung, dass jemand hier ist. Jemand, der sich nicht weit von mir entfernt aufhält und der unter Umständen nicht zu den sympathischsten Zeitgenossen zählt. Ich beende die Verbindung. Und höre nur noch das leise Tröpfeln des Regens. Der nächste Schauer jagt mir über den Rücken. Als ich die Wahlwiederholungstaste drücke, bestätigt sich mein Verdacht. Irgendwo jenseits der sich vor mir auftürmenden Schrottberge ertönt *Born to Be Wild.* Verdammt, Willi oder das Handy von Willi oder beide sind in dieser Halle. Aber wieso hier und nicht draußen auf dem Platz, und wieso geht Willi nicht ran? Frierend und bibbernd stehe ich da, beende die Verbindung und weiß nicht, was ich tun soll. Verschwinden? Oder nachsehen, ob jemand da ist? Aber wer auch immer hier ist, er ist sicher nicht von der Heilsarmee. Ich entscheide mich, mutig zu sein, nehme aber vorsichtshalber das Reizgas aus meiner Tasche. Dann wähle ich Willis Nummer und versuche, die Geräuschquelle zu orten. Ich balanciere auf am Boden liegenden Holzbrettern, klettere über verrostete Eisenträger, bleibe mit meiner Jeans an einem Nagel hängen und schürfe mir den Unterarm an einer mannshohen Metallplatte auf. Doch der Einsatz lohnt sich. *Born to Be Wild* wird deutlich lauter. Und dann sehe ich das Handy. Es liegt am Boden. Und daneben sehe ich Willi. Er sitzt auf einem Stuhl, direkt unter einem Oberlicht, durch das jetzt ein paar Lichtstrahlen fallen, die die Szene gespenstisch erhellen. Willi ist tot. Und er hat keinen leichten Tod gehabt. Mir wäre es lieber gewesen, die grausigen Details wären im Halbdunkel geblieben. Dann würde ich nicht so deutlich sehen, dass sich um die schwarze Motorradhose herum, die zu seinen Füßen am Boden liegt, eine riesige Blutlache gebildet hat und dass zwischen seinen Beinen, da, wo seine Genitalien einmal waren, nichts mehr ist. Nur Blut und irgendetwas anderes, Dunkles, was ich mir ganz bestimmt nicht näher ansehen werde. Daneben erscheinen die Stromkabel, mit denen er an Händen und Füßen gefesselt ist und die sich tief ins Fleisch eingeschnitten haben, sowie all die Brandmale auf seinem nackten Oberkörper geradezu harmlos. Es ist nicht die erste Leiche, vor der ich stehe, aber kaum eine war so übel zugerichtet. Es erfüllt mich mit einem gewissen Stolz, dass ich diesen Anblick ertrage, ohne ohnmächtig zu werden oder einen hysterischen Schreianfall zu bekommen. Doch dieser Stolz hält nur so lange vor, bis mir etwas auffällt. Willis Kopf liegt im Nacken, die Augen blicken starr an die Decke, sein Mund ist weit geöffnet. Und in diesem

Mund befindet sich ein blutiger Knebel. In dem Maße, in dem ich begreife, was da zwischen seinen Zähnen steckt, verliere ich die Kontrolle über meine Körperfunktionen. Ich schaffe es, mich drei Schritte von der Leiche zu entfernen, bevor in einer gigantischen Fontäne mein gesamtes Mittagessen wieder ans Tageslicht kommt.

»Es tut mir leid«, sage ich und greife dankbar nach dem Pfefferminzbonbon, das mir Hauptkommissar Nickl über den kleinen Klapptisch zuschiebt. »Aber ich konnte einfach nicht anders.«

»Schon gut. Die Kollegen sind einiges gewöhnt«, antwortet er und mustert mich mit einem Blick, in dem Fürsorge und Misstrauen eine seltsame Allianz eingegangen sind. Woher die Fürsorge kommt, weiß ich. Woher das Misstrauen rührt, allerdings auch. Er hält einen Ausweis in der Hand, auf dem steht, dass ich Privatdetektivin bin. Eine Berufsgruppe, die er nicht sonderlich schätzt.

»Weshalb waren Sie mit Willi Remshagen verabredet?«

»Er wollte mir Informationen beschaffen«, sage ich, stecke das Bonbon in den Mund und genieße es, endlich etwas anderes zu schmecken als Gallenflüssigkeit und die säuerlichen Reste von Erbrochenem.

»Was für Informationen?«

»Über eine bestimmte Person.«

»Welche Person?«

»Kann ich Ihnen nicht sagen.«

»Das meinen Sie jetzt aber nicht ernst.« Er beugt sich zu mir und kommt mir so nah, dass ich sein nach Minze duftendes After Shave riechen kann.

»Ich muss meinen Auftraggeber schützen«, antworte ich

und sehe demonstrativ aus dem Fenster des Einsatzwagens, in dem wir sitzen.

Nickl lacht trocken. »Da hat unser Mordfall hier ja wohl Vorrang.«

Unbeeindruckt zucke ich mit den Schultern und blicke weiterhin aus dem Fenster auf den ehemals leeren Platz, auf dem nun ein halbes Dutzend Polizeifahrzeuge stehen und jede Menge uniformierte und zivil gekleidete Beamte herumlaufen.

»Hören Sie mir mal gut zu.« Nickl senkt die Stimme. »Der Mann ist zu Tode gefoltert worden, dem haben sie seine eigenen Eier in den Mund gestopft. Und da kommen Sie mir mit dem Schutz Ihres Auftraggebers? Sie werden mir jetzt sofort sagen, was Sie wissen. Jede verdammte Einzelheit. Oder ich kriege Sie wegen Strafvereitelung dran.«

»Oh, jetzt fürchte ich mich aber«, sage ich und sehe ihn direkt an. Langsam geht er mir auf die Nerven. Mit seinen hellen Augen, den kastanienbraunen Haaren und der etwas zu groß geratenen Nase ist er zwar nicht unattraktiv, gefällt sich aber zu sehr in der Rolle des toughen Bullen. Des harten Kerls, der mit der Peitsche nicht zu zähmen ist. Doch vielleicht ist das auch nur Masche, und in Wirklichkeit ist er als biederer Familienvater unterwegs, der im Keller alte Beatles-Platten hortet und seinen Kindern Geschichten aus seiner wilden Jugend erzählt, als er Joints geraucht und ohne Führerschein Moped gefahren ist.

»Ich verstehe nicht, warum Sie nicht kooperieren«, appelliert er an meine Vernunft, als die Tür aufgerissen wird und eine dralle Blondine im weißen Schutzanzug auftaucht.

»Kann ich dich sprechen?«, fragt sie und bedeutet ihm, nach draußen zu kommen.

Kaum hat der Herr Hauptkommissar den Einsatzwagen verlassen, verrenke ich mir den Hals und versuche herauszufinden, was die beiden dort draußen treiben. Aber sie drehen mir den Rücken zu und unterhalten sich so leise, dass ich beim besten Willen nichts verstehen kann. Als Nickl zurückkommt, hat er drei kleine, durchsichtige Tüten in der Hand, die er mir vor die Nase hält. »Schon mal gesehen?«

Neugierig nehme ich sie ihm aus der Hand. In jeder befindet sich eine Halskette: eine dünne, zerrissene Goldkette mit einem kleinen Delfinanhänger, eine mit durchsichtigen Strasssteinen besetzte Silberkette und eine angelaufene Messingkette mit einem herzförmigen Amulett. An allen dreien klebt Blut.

»Nein«, sage ich.

»Sicher?«

Ich nicke. »Gehören die Willi?«

Nickl lässt sich schwer auf den Stuhl fallen und mustert mich kopfschüttelnd. »Das habe ich gern. Keine Fragen beantworten, aber welche stellen.«

Ich zucke mit den Schultern. »Das ist mein Job.«

»Das ist *mein* Job!«, wird er laut. »Hier geht es nicht um Ladendiebstahl und Ehebruch. Ihr Willi war kein unbeschriebenes Blatt. Der hat ein Vorstrafenregister von hier bis nach Hamburg und wieder zurück.«

»Was hat er denn angestellt? Autos geknackt?«, frage ich gelangweilt.

»Unter anderem. Ansonsten hätten wir hier noch Hehlerei, schwere Körperverletzung, räuberische Erpressung, sexuelle Nötigung …«

»Auf mich hat er einen harmlosen Eindruck gemacht.«

»Frau Petry«, sagt Nickl eindringlich und kommt mir

schon wieder zu nah. »Willi war nicht allein. Wir haben in der Halle Spuren von mindestens drei weiteren Motorrädern gefunden.«

»Na, dann ist doch alles klar«, erwidere ich. »Die Jungs hatten Krach. Vielleicht hat Willi die Freundin von einem seiner Kumpels gevögelt? Und deshalb haben sie ihn sich vorgeknöpft.« Entspannt lehne ich mich zurück. »So einfach ist das!«

Nickl sieht mich unverwandt an. »Ist Ihnen eigentlich klar, in was für eine Situation Sie sich da gebracht haben? Was alles hätte passieren können – in dieser alten, verlassenen Industriehalle …«

»Und warum wurde Willi dann umgebracht?«, erwidere ich kalt.

»Das weiß ich nicht. Und ich werde es auch nicht rauskriegen, wenn Sie hier weiter Katz und Maus mit mir spielen.«

»So kommen wir nicht weiter«, ich raffe meine Sachen zusammen. »Mein Auftrag hat nichts mit diesem Mord zu tun. Und ich werde Ihnen weder den Namen meines Auftraggebers noch den Grund für meine Recherchen nennen. Dazu bin ich nicht befugt. Und dafür werde ich auch nicht bezahlt.«

»Es geht Ihnen also nur um Ihr Honorar. Nicht um die Aufklärung eines Mordes?«

»Wenn ich der Meinung wäre, ich könnte zur Aufklärung beitragen, würde ich das auch tun.«

»Ich kann Sie in Beugehaft nehmen«, droht er.

»Erpressen Sie Aussagen immer mit Haftandrohungen?«, frage ich unbeeindruckt. »Oder foltern Sie auch?« Ich schlüpfe in meinen Mantel und klemme mir die Tasche unter den Arm. »Schauen Sie«, versuche ich es noch einmal. »Ich habe Willi rein zufällig getroffen. Und er hat behauptet, mir Informationen besorgen zu können. Was mit ziemlicher Wahrscheinlichkeit gelogen war. In Wirklichkeit wollte er mich wohl nur abzocken.«

»Der Herr befreie Sie von Ihrer Naivität. Mit Ihrer Menschenkenntnis und Ihrer genialen Kombinationsgabe werden Sie in dem Job nicht alt werden.«

»Wer hat denn gesagt, dass ich alt werden will«, erwidere ich, schiebe die Wagentür auf und steige aus.

Nickl folgt mir und bleibt dicht hinter mir. »Könnte es sein, dass die Typen Ihren Namen kennen und wissen, wo Sie wohnen?«

Erschrocken fahre ich zu ihm herum.

»Wenn jemand Pia Petry heißt und Privatdetektivin ist, dürfte es ja nicht allzu schwierig sein, die Adresse herauszufinden.«

Ich bekomme eine Gänsehaut. »Sie machen mir keine Angst«, sage ich. Und bevor er noch schwereres Geschütz auffahren kann, drehe ich mich um und laufe mit eiligen Schritten über den Platz. Doch ich bin nicht schnell genug.

»Ich kann Sie nicht schützen, wenn Sie mir nichts erzählen«, ruft er laut. »Und Schutz werden Sie brauchen. Da können Sie sicher sein.«

Kapitel 6

»Wir müssen den Fall sofort zurückgeben«, begrüßt mich Cornfeld am nächsten Morgen im Büro.

»Lassen Sie mich doch erst einmal hier ankommen«, antworte ich genervt, hänge meinen Mantel auf und gehe in die Küche.

»Das ist nicht unsere Baustelle. Für Folter und Mord sind wir nicht zuständig«, lamentiert er, während ich mir heißen Kaffee einschenke.

»Das geht nicht«, erwidere ich gereizt. »Wir sind eine Privatdetektei und kein Kindergarten.«

Langsam tut es mir leid, dass ich ihn gestern Abend noch angerufen und ihm von Willis Ermordung erzählt habe.

»Wollen Sie Ihr Leben riskieren? Für diese Frau? Für diese Lovestory, die garantiert erstunken und erlogen ist?«

»Nein«, sage ich. »Ich habe nicht vor, mein Leben zu riskieren. Das muss ich auch gar nicht.«

Cornfeld sieht mich verständnislos an.

»An diese Liebesgeschichte glaube ich auch nicht mehr. Da steckt irgendetwas anderes dahinter. Da bin ich mir ziemlich sicher«, sage ich. Die halbe Nacht habe ich wach gelegen, habe versucht, die grauenhaften Bilder von Willis Leiche aus dem Kopf zu bekommen, und darüber nachgedacht, ob der Mord und unser Auftrag zusammenhängen könnten.

»Und was meinen Sie? Worum geht es in Wirklichkeit?«, fragt Cornfeld.

»Nun«, sage ich, »es gibt verschiedene Möglichkeiten. Vielleicht hat der Taxifahrer die Schwester bestohlen. Sie hat irgendetwas Wertvolles im Wagen liegen lassen und es nicht zurückbekommen. Oder sie haben sich gestritten, er hat sie nicht zu der angegebenen Adresse gefahren und sie einfach unterwegs irgendwo abgesetzt.« Ich hole tief Luft. »Womöglich hat er sie aber auch geschwängert und ist abgetaucht, weil er keine Lust hat, die Unterhaltszahlungen zu leisten. Das würde erklären, warum die Kollegen alle dichthalten.«

Cornfeld läuft im Zimmer auf und ab. »Aber dieser Willi und die anderen Typen …«

»Haben mit der Geschichte nichts zu tun. Da bin ich mir ziemlich sicher. Der Mordfall und unser Auftrag hängen nicht zusammen. Es gibt keinerlei Verbindungen. Das sind zwei völlig verschiedene Fälle. Woher hätte Willi denn wissen sollen, dass ich genau an diesem Tag zu genau dieser Uhrzeit in der Taxizentrale bin? Und in welcher Beziehung sollte er zu diesem Fahrer und der Schwester stehen? Das ergibt doch alles keinen Sinn.«

»Wenn Sie recht haben«, sagt Cornfeld, »heißt das aber auch, dass die Rieckhof uns belügt. Und dann sollten wir trotzdem den Auftrag zurückgeben. Das ist sonst einfach viel zu gefährlich.«

Er schnappt sich das Telefon vom Schreibtisch und drückt es mir in die Hand. »Rufen Sie sie an und sagen Sie ihr, dass wir aussteigen. Wenn ihr Mann fremdgeht, darf sie uns gerne wieder beehren. Aber mit ihrer Schwester und diesem Taxifahrer wollen wir nichts zu tun haben. Außer, sie rückt endlich mit der Wahrheit heraus.«

»Okay«, sage ich. »Aber das mache ich schriftlich.«

»PIA!«

Ich tue Cornfeld den Gefallen und rufe unsere Klientin an. Leider werde ich von ihrer Sekretärin nicht abgewimmelt, wie ich gehofft hatte, sondern sofort durchgestellt. Die Rieckhof reagiert auf meinen Bericht cooler, als ich es erwartet habe. Willis Ermordung scheint sie nicht sonderlich zu interessieren. Ich höre, wie sie etwas in ihren Computer eintippt, wie sie in Unterlagen blättert, wie sie mit ihrem Kugelschreiber auf die Tischplatte klopft. Dann unterbricht sie mich.

»Das tut mir alles sehr leid«, sagt sie. »Für diesen armen Mann und natürlich auch für Sie. Ich kann mir gut vorstellen, wie unangenehm es ist, eine so übel zugerichtete Leiche zu finden. Aber«, sagt sie und macht eine Pause, »was mich ehrlich gesagt sehr viel mehr interessiert: Haben Sie etwas über den Taxifahrer herausfinden können?«

Einen Moment bin ich völlig konsterniert. So viel Kaltschnäuzigkeit verschlägt mir erst einmal die Sprache.

»Ja«, sage ich dann, »ich habe herausgefunden, dass mir niemand weiterhelfen will. Bis auf einen Taxifahrer, einen Typ namens Kiekbusch, der sechshundert Euro dafür wollte, dass er sich mal ein bisschen umhört. Alle anderen Fahrer haben mich auflaufen lassen. Die Stimmung war ablehnend bis aggressiv …«

»Vielleicht haben Sie die falschen Fragen gestellt?«

»Wie bitte? Ich bin Profi …«

»Vielleicht haben Sie die falschen Leute gefragt, nicht den nötigen Druck gemacht oder sind nicht freundlich genug aufgetreten.«

Jetzt werde ich sauer. Was soll das denn? Ich lasse mir doch nicht Inkompetenz und eine taktisch falsche Vorgehensweise unterstellen.

»Daran hat es ganz bestimmt nicht gelegen«, schnauze ich sie an. »Ich weiß sehr genau, was ich tue, und ich weiß auch sehr genau, wie ich es tue. Und die Tatsache, dass ich in Bremen keinen Erfolg hatte, hat nichts mit meiner Arbeitsweise zu schaffen. Sondern damit, dass Ihre Geschichte nicht stimmt«, sage ich. »Ich glaube Ihnen nicht, Frau Rieckhof. Ich glaube, Sie verheimlichen mir etwas. Sie haben mich belogen. Und deshalb ist der Job hiermit beendet. Und übrigens, beleidigen lasse ich mich auch nicht.«

Wütend knalle ich den Hörer auf den Apparat. Cornfeld schlägt mir mit Schwung auf die Schulter. »Gut gemacht«, sagt er. »Ich habe schon befürchtet, Sie lassen sich doch noch weichkochen.«

»Wie kommen Sie denn darauf? Schließlich schmeiße ich jeden Tag Kunden raus. Vor allem dann, wenn es die lukrativsten sind, die wir haben.«

In dem Augenblick klingelt das Telefon. Eine Schrecksekunde lang starren wir den Apparat an. Wir wissen beide, wer dran ist, und wir wissen beide, was er will. Aber wir wissen auch, dass keiner von uns den Hörer abheben wird.

Kapitel 7

Den ganzen Tag über ist es drückend schwül gewesen. Die Feuchtigkeit hing schwer in der Luft und machte jede Bewegung zur schweißtreibenden Angelegenheit. Im Augenblick sieht es so aus, als würde es bald regnen. Während sich die Wolken zu einer grauen, bedrohlichen Wand verdichten und jeden Moment die ersten Tropfen gegen die Fensterscheibe klatschen können, freue ich mich, in meiner Wohnung zu sein. Wo es ausgesprochen behaglich ist. Ich liege auf meinem Sofa, sehe fern und genieße einen Zustand wunderbar entspannter Trägheit. Keine Aufträge, die mich zwingen, stundenlang im Auto oder hinter irgendwelchen Sträuchern zu sitzen. Keine Klienten, die ununterbrochen etwas von mir wollen, an mir zerren, Ansprüche stellen. Ich recke und strecke mich genüsslich, schiebe mir eine Handvoll Dinkelpops in den Mund und zappe durch sämtliche Kanäle. Dann klingelt das Telefon. Mir doch egal. Ich lasse es klingeln. Nach einer Ewigkeit hört es auf. Aber nur, um fünf Minuten später wieder einzusetzen. Vielleicht ist etwas passiert. Womöglich hat meine Mutter einen zweiten Schlaganfall erlitten, oder Rebbelmeier ist mit einem Kreislaufkollaps zusammengebrochen. Ich stehe auf und suche mein Handy. Als ich es gefunden habe, bimmelt es immer noch. Wer auch dran ist, er ist verdammt hartnäckig.

»Petry«, melde ich mich.

»Wo bist du?«, schreit mir meine Freundin Alexandra mit unverkennbar spanischem Akzent ins Ohr.

»Wie, wo bin ich?«

»Ich habe dich eingeladen. Heute Abend. Zum Essen.«

»Was?«

»Du hast es vergessen!«, ruft sie. »Ich glaube es nicht. Du hast es tatsächlich vergessen.«

Aus Angst, ihr Gekreische könnte zu einem bleibenden Hörschaden führen, halte ich den Hörer ein Stück von mir weg. Dann nähere ich mich wieder der Sprechmuschel.

»Ich dachte, das wäre nächste Woche.«

»Nein, heute. Heute Abend. Wir warten auf dich.«

»Wer ist ›wir‹?«

»Nette Leute, alles Freunde, du wirst sie mögen.«

Davon bin ich überzeugt. »Keine alleinstehenden Männer?«, frage ich misstrauisch.

»Nein, natürlich nicht.«

»Alexandra«, wehre ich ab, »könnt ihr nicht ohne mich essen? Ich bin im Räuberzivil und habe es mir auf dem Sofa gemütlich gemacht. Außerdem bin ich hundemüde, habe eine grauenhafte Frisur und ungewaschene Haare.«

»Das macht gar nichts«, sagt sie kichernd. »Ich sehe heute Abend so fantastisch aus, ich reiß dich locker mit raus.«

»Du bist unmöglich.«

»Ich gebe dir eine halbe Stunde. Dann stehst du hier auf dem Teppich.«

»Auf der Matte«, sage ich.

»Wegen mir auch auf der Matte.«

Irgendetwas stimmt nicht mit dieser Einladung. Das spüre ich. So gut kenne ich Alexandra mittlerweile. Auch wenn unsere Bekanntschaft gerade mal ein Jahr zurückreicht. Damals stürmte sie in mein Büro, stocksauer, weil ihr Ex die Unterhaltszahlungen für sie und ihre kleine Tochter eingestellt hatte. Angeblich weil er pleite war. Ich brauchte genau drei Tage, um herauszufinden, dass er gerade dabei war, sich mit seiner Sekretärin ins Ausland abzusetzen, und schon fleißig Gelder auf Schweizer Konten transferierte. Damit hatte ich nicht nur einen lukrativen Auftrag erledigt, sondern auch eine neue Freundin gewonnen. Denn die Tatsache, dass ich Alexandra zu einem monatlichen Einkommen von viertausend Euro verholfen hatte, sicherte mir einen Platz in ihrem Herzen. Wer es bis dahin schafft, den will sie glücklich sehen. Als Spanierin aus der Oberschicht, die eine entsprechend konservative Erziehung genossen hat, ist sie der Meinung, dass eine Frau einen Mann braucht. Von dem Spruch »Eine Frau ohne Mann ist wie ein Fisch ohne Fahrrad« hält sie gar nichts. Für sie ist eine »Frau ohne Mann wie ein Fisch ohne Wasser«. Also schlicht nicht überlebensfähig. Schon nach einem halben Jahr hatte sie einen neuen Partner. Aus einer sogenannten gut situierten Hamburger Familie mit einem Jahreseinkommen im siebenstelligen Bereich. Kaum war sie wieder im sicheren Hafen einer lukrativen Beziehung, verschrieb sie sich der Aufgabe, auch mir zu meinem Glück zu verhelfen. Heißt zu einem Mann. Und der muss weder besonders schön noch besonders schlau sein. Es reicht völlig, wenn er reich ist.

Als ich eine Stunde später aus meinem Wagen steige, fühle ich mich überrumpelt und genötigt. Ich möchte jetzt bitte auf meinem Sofa liegen. Ich möchte jetzt nicht in der Johnsallee stehen und den Weg zu einer hell erleuchteten Jugendstilvilla hinaufgehen. Ich möchte nicht klingeln, ich möchte mir keine Kommentare zu meiner Frisur und meinem Outfit anhören, ich möchte keinen fremden Leuten vorgestellt werden. Warum bin ich nur so blöd und lasse mich immer überreden? Warum grenze ich mich nicht ab?

»Du hast aber lange gebraucht«, sagt Alexandra, als sie die Tür öffnet. Was ihr Aussehen betrifft, hat sie am Telefon nicht übertrieben. Ihre hüftlangen schwarzen Haare kontrastieren perfekt zu dem engen, rot glitzernden Cocktailkleid, das sie trägt. Sie sieht umwerfend aus. Was meine Stimmung nicht verbessert.

»Sei froh, dass ich überhaupt gekommen bin«, antworte ich gereizt.

Sie nimmt mir den Mantel ab und kommentiert weder meine Frisur noch meine zerknitterte Jacke, auch über den viel zu knappen Jeansrock und meine staubigen Cowboystiefel verliert sie kein Wort.

Stattdessen legt sie den Arm um mich und drückt mich an sich. »Schön, dass du da bist.«

Das Spiel von Zuckerbrot und Peitsche beherrscht sie perfekt. Und wenn sie nicht manchmal auch herzlich, hilfsbereit und warmherzig sein könnte, wenn sie mich nicht hin und wieder mit kleinen Geschenken überraschen, mich ins Theater oder ins Kino schleppen oder auf interessante Bücher aufmerksam machen würde, wenn sie mir nicht dann und wann zu verstehen gäbe, dass sie sehr wohl weiß, wie ich mich fühle oder was ich mag oder was mich beschäftigt, dann hätte ich diese für meinen Geschmack viel zu anstrengende Freundschaft längst beendet. So aber verzeihe ich ihr – wie so oft – auch diesmal. Doch als ich das Wohnzimmer betrete, bewahrheiten sich meine schlimmsten Befürchtungen. An dem festlich gedeckten Tisch sitzt eine Person zu viel. Neben Alexandras Lebensgefährten Helge sind drei Paare anwesend. Und ein Mann. Ein Mann ohne Begleitung. Am liebsten würde ich sofort wieder gehen. Doch das weiß Helge zu verhindern. Er springt von seinem Stuhl auf, begrüßt mich überschwänglich und stellt mich den anwesenden Gästen vor.

»Das ist unsere Freundin Pia Petry, sie ist Juristin und Privatdetektivin.«

Typisch, denke ich. Die Privatdetektivin ist ihm peinlich. Also schiebt er die Juristin vor. Das klingt in seinen Ohren seriöser.

Ich sage »Guten Abend«, zwinge mich zu einem Lächeln, nicke den anwesenden Gästen zu und setze mich auf den einzig freien Stuhl. Der selbstverständlich neben dem Mann platziert ist, der offensichtlich solo da ist.

Alexandra macht mich mit ihren Gästen bekannt, einem älteren, grauhaarigen Herrn, der Dr. Albrecht heißt, Kardiologe am Krankenhaus Barmbek ist und eine Freundin dabeihat, die eindeutig zu jung, zu blond und viel zu stark geschminkt ist. Danach mache ich die Bekanntschaft einer Familienrichterin namens Rademacher, deren Ehemann so verhuscht aussieht, dass man sich fragt, ob er in Anwesenheit seiner Frau jemals den Mund aufgemacht hat. Und als Letztes kommt der Dekan der Fachhochschule für Grafik und Design dran. Ein alternder Schwuler, dessen Freund wahrscheinlich einer seiner Studenten ist. Ob der Junge tatsächlich homosexuell oder nur taktisch geschickt ist, lässt sich allerdings nicht sagen. Zum Schluss bleibt nur noch mein Tischnachbar. Der übernimmt seine Vorstellung gleich selbst.

»Timo Hildebrand«, sagt er und lächelt mir zu.

»Kein Witz?«, frage ich. »Wie der Torwart?«

Er lacht und schüttelt den Kopf. »Kein Witz. Ich heiße wirklich so.«

»Sie Armer.«

»Wie man's nimmt.«

»Herr Hildebrand ist ein neuer Klient meines Mannes«, wendet sich Alexandra an die Runde. »Er lebt erst seit kurzem in Hamburg …«

Und braucht offensichtlich Anschluss, denke ich frustriert. Denn genau aus diesem Grund hat mich Alexandra heute Abend hierherzitiert.

»… Er ist kein Fußballer, wie Sie vielleicht vermutet haben, sondern Autor und hat einen wunderbaren Liebesroman geschrieben, mit dem er schon seit Wochen auf der ›Spiegel‹-Bestsellerliste steht …«, erzählt Alexandra weiter.

Aha, deshalb hat sie ihn also eingeladen. Ein Mann, der Erfolg, sprich: Geld, hat und einen spannenden Beruf ausübt. Das passt ins Bild. Alexandra ist nämlich Sammlerin. Sie sammelt interessante Menschen oder solche, die sie dafür hält. Künstler, erfolgreiche Businessleute und gern auch mal einen jungen Chaoten, den Unverfrorenheit, unverschämtes Verhalten und gutes Aussehen auszeichnen. Einige tauchen am Horizont ihres Firmaments wie Sternschnuppen auf und sind meist genauso schnell wieder verschwunden. Andere werden mit der Zeit zum festen Bestandteil ihres Bekanntenkreises, falls sie auf Dauer Erfolg haben, anderweitig von Nutzen sind oder ihre Skurrilität einen gewissen Unterhaltungswert garantiert.

»Sie sehen gar nicht wie eine Privatdetektivin aus«, sagt mein Tischnachbar leise zu mir und mustert mich mit einem Blick, indem ich eine gewisse Überheblichkeit zu entdecken glaube.

»Und Sie nicht wie Timo Hildebrand«, erwidere ich.

»Würde ich Ihnen besser gefallen, wenn ich es täte?«, fragt er und schenkt mir ein Lächeln, dessen Intensität mich aus der Fassung bringt. Mit seinen fast schwarzen Augen, in denen keinerlei Gefühlsregung zu erkennen ist, und der geballten Energie einer Großkatze, kurz bevor sie ihr Opfer anspringt, vermittelt er mir das Gefühl, neben einem Kernreaktor zu sitzen. Und zwar einem, der jederzeit hochgehen kann. Während ich ihn verstohlen mustere, beobachtet er mich interessiert.

»Und, gefalle ich Ihnen?«, fragt er.

»Ich bin mir nicht sicher«, antworte ich. »Ihre Haare sind mir einen Tick zu akkurat und für meinen Geschmack zu kurz geschnitten. Aber die kleine Locke im Nacken finde ich nett.«

Er verzieht den Mund zu einem breiten Grinsen.

»Rosa Hemden mag ich nicht so besonders«, fahre ich fort, »aber Ihr Sakko gefällt mir. Toller Schnitt, guter Stoff, schöner Grauton. Allerdings spannt es etwas über Ihren Oberarmen. Und das finde ich wiederum etwas zu penetrant. Dass Sie Muskeln haben, kann ich ja immer noch entdecken, wenn ich Sie ausziehe.«

Angesichts dieser Bemerkung hebt er überrascht die Brauen. In seinen Augen glitzert es verdächtig. Das ist typisch. Kaum macht man eine sexuelle Anspielung, schon hat man die volle Aufmerksamkeit der Jungs.

»Ihre Uhr gefällt mir«, sage ich und deute auf sein Handgelenk. »Ich mag schwarze Lederarmbänder. Dadurch wirkt die alte Rolex nicht ganz so protzig. Ach ja, Ihre Hände.«

Sofort streckt er seine Hände vor mir aus, so dass ich sie mir in Ruhe ansehen kann.

»Breiter Handrücken, kräftige Finger, kurz geschnittene, saubere Nägel. Das ist okay. Kein Ring. Sind Sie nicht verheiratet? Oder haben Sie sich eben noch schnell den Ring abgezogen? Nach der Devise: Man weiß ja nie, was der Abend so bringen wird?«

»Im Moment gibt der Abend zu den schönsten Hoffnungen Anlass«, sagt er und bedenkt mich mit einem Blick, der mir die Schamröte ins Gesicht treibt.

»Wenn Sie sich da mal nicht täuschen. Männer, die rosa Hemden tragen, hatten noch nie eine Chance bei mir«, antworte ich.

»Also, rosa Hemden sind gerade sehr modern. Aber ich ziehe es sofort aus, wenn es Ihnen nicht gefällt.«

»Bloß nicht«, sage ich. »Sie wollen ja eh nur mit Ihren Muskeln protzen.«

Er lacht und fixiert mich mit einem Blick, der so hintergründig ist, dass ich befürchte, in diesem blickdichten Schwarz verloren zu gehen, sollte ich länger hineinsehen.

»Woher haben Sie eigentlich die Uhr?«, frage ich, um meine Verlegenheit zu überspielen.

»Die habe ich von meinem Vater geerbt. Daher freut es mich besonders, dass sie Ihnen gefällt. Und meine Oberarme, die Sie ja offensichtlich sehr beschäftigen, sind das Resultat von sehr viel Krafttraining. Wenn man den ganzen Tag am Schreibtisch sitzt, braucht man einen Ausgleich. Ach ja«, fügt er hinzu, »der fehlende Ring: Ich bin geschieden, Vater von zwei kleinen Mädchen. Zwillingen, die bei ihrer Mutter leben. Und zurzeit habe ich keine feste Beziehung. Was interessiert Sie noch?«

Ihre Kontoauszüge, denke ich. Und bin über meinen eigenen Gedanken erschrocken. So langsam scheint Alexandras schlechter Einfluss zu fruchten. Bevor ich mich doch noch hinreißen lasse, nach den Einkommensverhältnissen von Bestsellerautoren zu fragen, kommt mir der Freund des Dekans dazwischen.

»Wie heißt denn Ihr Buch?«, wendet er sich an meinen Tischherrn.

»*Schattennacht.*«

»Sein erstes Buch. Und gleich ein Wahnsinnserfolg«, verkündet Helge mit einem Eifer und Stolz, als sei er selbst der Verfasser.

»Verraten Sie uns, worum es in Ihrer Geschichte geht?«, fragt der Dekan.

»Um ein Liebespaar«, antwortet Hildebrand. »Ein Liebespaar, das nicht zueinander finden kann.«

»Wie Romeo und Julia?«, frage ich.

»Nicht ganz. Bei Romeo und Julia sterben ja beide.«

»Und bei Ihnen nur einer?«, fragt die Familienrichterin.

»Also, ich habe Ihr Buch gelesen«, mischt sich die Blondine ein. »Und auf den letzten dreißig Seiten habe ich nur noch geheult. Das war so furchtbar traurig.«

Timo nickt. »Das tut mir leid. Aber Happy Ends sind nicht meine Sache.«

»Welcher von den beiden stirbt denn nun? Und vor allem wie?«, mischt sich der Dekan wieder ein.

Doch Timo kommt nicht dazu, die Frage zu beantworten. Die Vorspeise wird serviert.

Zwei Kellnerinnen eilen mit großen Schüsseln durch den Raum, gehen von Gast zu Gast und schöpfen Spargelcremesuppe auf die Teller.

Timo dreht sich zu mir. »Ihre Suppe sieht viel besser aus als meine.«

Entgeistert sehe ich ihn an. »Das ist doch die gleiche …«

»Dieselbe«, sagt er mit einem leicht arroganten Unterton.

»Besserwisser«, erwidere ich.

Er lächelt mir zu und nimmt, ohne zu fragen, einen Löffel von meiner Suppe.

»Köstlich«, sagt er. »Können wir nicht tauschen?«

Ehe ich reagieren kann, hat er seinen Löffel schon wieder in meine Suppe getaucht.

»Hallo!«, sage ich. »Das ist meine.«

»Erschießen Sie mich jetzt?«

»Ich habe leider keine Waffe.«

»Warum nicht?«

»Weil Privatdetektive in Deutschland keinen Waffenschein bekommen.«

Er schielt auf meine Oberschenkel. »Für Ihre Beine bräuchten Sie aber einen.«

»Hat Ihnen schon mal jemand gesagt, dass Sie unverschämt sind?«

»Was meinen Sie, wie lange muss ich warten, bis ich meine Hand auf Ihr Knie legen darf?«

Mir fällt fast der Löffel aus der Hand. »Zehn Jahre«, sage ich. »Mindestens.«

»Also ist es nur eine Frage der Zeit.« Wieder dieses unverschämte Grinsen.

»Es ist beileibe nicht nur eine Frage der Zeit«, antworte ich giftig. »Es hat auch etwas mit Ihrem Charakter, Ihrem Aussehen und …«

»… meinem Geldbeutel zu tun«, schlägt er vor.

Ich schüttele den Kopf. »Ihren Interessen.«

»Wofür sollte ich mich denn interessieren? Was käme denn gut bei Ihnen an?«

»Tanzen. Die meisten Männer können nämlich nicht tanzen.« Und du garantiert auch nicht, denke ich boshaft.

Er nickt. »Das stimmt.«

»Tja, das ist Pech. Und schon sind Sie raus«, sage ich triumphierend.

»Wieso? Ich kann doch tanzen.«

Mir bleibt die Spucke weg. Das habe ich nicht erwartet. Ich brauche eine Schrecksekunde, bis ich diese Nachricht verdaut habe.

»Im Ernst?«, frage ich.

»Im Ernst.«

»Salsa?«

»Salsa!«, sagt er und nickt bestätigend. »Vor allem Salsa Cubana. Ich liebe Rueda de Casino. Aber ich tanze auch New-York-Style, wenn Ihnen das besser gefällt.«

Ich fasse es nicht. Ein Mann, der tanzen kann. Himmel, der Typ wird immer gefährlicher. Wieso läuft der noch frei herum? Warum hat den noch keine an die Leine gelegt?

»Und«, ruft Alexandra über den Tisch, »vertragt ihr euch?«

»Blendend«, ruft Timo zurück. »Wir haben gerade entdeckt, dass wir gemeinsame Interessen haben.«

»Was denn?«

»Unsere Briefmarkensammlung«, antwortet er. Und dann leise an mich gewandt: »Die könnten Sie mir übrigens nachher zeigen.«

»Wirklich nicht«, sage ich und kann mir beim besten Willen ein Grinsen nicht verkneifen.

Kapitel 8

Seit ich aufgestanden bin, schwebe ich auf Wolke Sieben. Alles ist rosarot und ganz wunderbar. Ich fühle mich, als wäre ich achtzehn. Oder vielleicht doch eher wie sechzehn. Auf jeden Fall wie ein Teenager. Und zwar wie ein frisch verliebter. Beschwingt laufe ich die Husumer Straße Richtung Curschmannstraße hinunter. Der Himmel ist strahlend blau, die Temperatur angenehm warm und die Luft nach den Regenfällen der letzten Nacht klar und frisch.

Selten bin ich Alexandra so dankbar für eine Einladung gewesen. Noch nie habe ich ihr die Verkupplungsversuche so wenig übel genommen. Vielleicht war ja die unselige Geschichte mit Wilsberg der Preis, den ich zahlen musste, um endlich dem Mann meiner Träume begegnen zu können. Sofort rufe ich mich innerlich zur Ordnung. Zu viel Euphorie ist schädlich. Meistens erlebt man nach solchen Höhenflügen eine unangenehme Bauchlandung. Noch kenne ich nur Timos Schokoladenseite. Die allerdings ist hinreißend. Nachdem wir uns gestern Nacht von Alexandra verabschiedet haben, sind wir noch auf einen Absacker in die *Bar Rossi* gefahren. Haben nebeneinander am Tresen gesessen und uns tief in die Augen geblickt. Zwischendurch haben wir uns auch unterhalten. Über sein Buch, meinen Job, sein Buch, die Salsa-Clubs in Hamburg, sein Buch …

Fast wäre ich bei Rot über die Ampel gelaufen. Ein aufgebrachter Autofahrer hupt und zeigt mir den Stinkefinger. Wie soll ich mich auch auf den Straßenverkehr konzentrieren? In meinem Zustand? Schließlich leide ich unter akuter Hormonvergiftung. Ich gehe zurück auf den Bordstein und warte, bis es grün wird. An der Ecke Hegestraße/Eppendorfer Baum fällt es mir dann wieder ein: *die Verabschiedung.* Als wir vor meiner Wohnungstür standen, nahm ich mir ganz fest vor, mich nicht küssen zu lassen. Nicht beim ersten Treffen. Nicht einfach so. Nicht, ohne dass es Timo ein bisschen Anstrengung gekostet hätte. Und dann lag ich plötzlich an seiner Brust. Als wäre sein unglaublicher Körper ein Magnet, gegen den jeder Widerstand zwecklos ist. Timo nahm meinen Kopf in seine Hände, unsere Lippen kamen sich immer näher und berührten sich fast … Als plötzlich Frau Rausch im Hausflur auftauchte und sich lautstark nach Rebbelmeiers Befinden erkundigte. Schlagartig war es vorbei mit der Romantik.

Mein Handy reißt mich abrupt aus den Erinnerungen. Und mein erster Gedanke ist: Timo! Er ruft an, um mir zu erzählen, wie gut ihm der Abend gefallen hat. Oder will er sich verabreden? Mich wiedersehen? Hat er Sehnsucht? Das Herz schlägt mir bis zum Hals, als ich mein Telefon aufklappe. Mein Gott, denke ich, rede jetzt bloß keinen Blödsinn.

»Hallo«, sage ich und räuspere mich verlegen. Erst einmal höre ich nur Rauschen und Knacken. Irgendwo dazwischen, in weiter Ferne, eine Stimme. Cornfelds Stimme. Meine Enttäuschung kennt keine Grenzen.

Er ist kaum zu verstehen. »Was haben Sie gesagt?«, rufe ich.

»Die Rieckhof ist …«

»Was?«

»Die Rieckhof ist da.«

Ich muss ihn missverstanden haben. Ich brülle noch einmal: »Was haben Sie gesagt?«

Jetzt brüllt er ebenfalls. Und es ist auch klar, dass ich ihn nicht missverstanden habe. »Die Rieckhof ist da!«

»Dann schicken Sie sie heim. Die Sache hat sich erledigt.«

»Die lässt sich nicht heimschicken«, antwortet er. »Die will mit Ihnen reden. Die sitzt in Ihrem Büro und bewegt ihren Hintern keinen Zentimeter vom Stuhl. Wenn Sie die loswerden wollen, müssen Sie sie schon mit dem Gabelstapler hier rausfahren.«

»Was will Sie denn?«

»Mit Ihnen reden.«

»Können Sie das nicht übernehmen?«

»Nein. Sie ist ein Mädchen-Mädchen.«

»Ein was?«

»Ein Mädchen-Mädchen. Die kann nur mit Frauen. Mit mir hat die nix am Hut.«

»Sie meinen, die ist lesbisch?«

»Nein, das nicht. Die ist einfach der Typ, der mit Frauen besser klarkommt.«

Na toll. Wofür habe ich eigentlich einen Assistenten?

»Ich komme«, rufe ich genervt und beende die Verbindung. Eigentlich wollte ich ja ins Petit Café gehen und einen Espresso trinken. Um noch ein wenig träumen und in Erinnerungen schwelgen zu können. Und genau das werde ich auch tun, denke ich und steuere direkt auf das Café zu. Wenn die Rieckhof mit mir reden will, soll sie gefälligst warten.

Eine Stunde später laufe ich in meinem Büro ein. Umrunde meinen Schreibtisch, lasse mich auf meinen Stuhl fallen und nicke der Frau zu, die einmal meine Klientin war.

»Frau Rieckhof, hatten wir einen Termin?«

Sie verzieht das Gesicht. »Es freut mich, dass Ihr Assistent doch noch in der Lage war, Sie ausfindig zu machen. Und dass Sie Zeit hatten, auf einen Sprung in Ihrer Detektei vorbeizuschauen.«

»Mich freut das überhaupt nicht. Wir haben den Auftrag zurückgegeben. Wir sind nicht mehr für Sie tätig. Und wir haben auch nicht vor, noch einmal für Sie tätig zu werden.«

Unbeeindruckt zieht sie an ihrer Zigarette und bläst den Rauch zur Seite. Dann öffnet sie ihr Prada-Täschchen und zählt zehn Hundert-Euro-Noten auf den Tisch. Ich schnappe nach Luft.

»Was soll das?«

»Ein Friedensangebot«, sagt sie, und ihr Lächeln vertieft sich. »Selbstverständlich ist dieses Angebot unabhängig vom vereinbarten Vorschuss. Den werde ich noch heute auf Ihr Konto überweisen lassen.«

Ich schüttele den Kopf. »Ich bin nicht käuflich.«

»Da wären Sie aber die Erste, Frau Petry.«

»Frau Rieckhof«, sage ich und versuche, nicht auf den Stapel Hunderter vor mir zu schielen, »solange Sie mir nicht erzählen, worum es in Wahrheit geht …«

Sie blättert weitere Scheine auf den Tisch.

»Sie können mit so viel Geld winken, wie Sie wollen. Das wird an meiner Entscheidung nichts ändern.«

»Frau Petry, Sie betreiben eine Detektei. Sie werden dafür bezahlt, Informationen zu besorgen, Leute zu beschatten,

Ermittlungen anzustellen. Um nichts anderes bitte ich Sie. Ich möchte, dass Sie Ihren Job machen. Und ich bin bereit, sehr, sehr gut dafür zu bezahlen. Ist das zu viel verlangt?«

»Nein«, sage ich. »Aber mein Job ist mit bestimmten Risiken behaftet. Und die erhöhen sich, wenn mir mein Auftraggeber Lügen auftischt«, sage ich und mustere ihr Gesicht, in dem sich keinerlei Gefühlsregung zeigt. Völlig gelassen sitzt sie da und lässt meine Unterstellung an sich abtropfen. Sie reagiert nicht, ist völlig emotionslos und absolut nicht zu greifen.

»Frau Rieckhof«, versuche ich einen erneuten Vorstoß. »Wenn Sie mir nicht die Wahrheit sagen, kann ich bestimmte Situationen und bestimmte Personen nicht richtig einschätzen. Und so etwas kann in meinem Job ganz schnell ins Auge gehen.«

»Ich habe Sie nicht belogen«, sagt sie. »Mir geht es wirklich nur darum, dass Sie diesen Taxifahrer finden.«

»Aber es will mir niemand dabei helfen. Und das gefällt mir nicht.«

»Vielleicht glauben seine Kollegen ja, dass das eine Finte ist. Dass es in Wirklichkeit gar nicht um meine Schwester geht, sondern um etwas anderes. Um Spielschulden, einen Diebstahl oder Ähnliches.«

»Vielleicht haben die Jungs ja recht«, sage ich. »Vielleicht geht es tatsächlich um etwas ganz anderes. Vielleicht«, ich mache eine Pause, »vielleicht erwartet Ihre Schwester ja ein Kind von dem Fahrer. Vorausgesetzt Ihre Schwester existiert überhaupt.«

Die Rieckhof gibt einen Ton der Entrüstung von sich, klemmt sich die Zigarette in den Mundwinkel und beginnt in ihrem Täschchen zu kramen. Schließlich fördert sie einen

Computerausdruck zu Tage, den sie mir triumphierend über den Tisch reicht. »Meine Schwester Nadine.«

Die Aufnahme zeigt eine außergewöhnlich hübsche junge Frau. Große, helle Augen, Stupsnase, Schmollmund, lange blonde Haare.

»Sie sieht aus wie ein Model«, sage ich.

Die Rieckhof nickt. »Ja. Sie ist bildschön. Und definitiv nicht schwanger.«

Als sie Anstalten macht, mir den Ausdruck wieder aus der Hand zu nehmen, lasse ich ihn in meiner obersten Schreibtischschublade verschwinden. »Den behalte ich.«

»Ich bräuchte ihn eigentlich gleich wieder, weil …«

»Keine Angst«, beschwichtige ich sie. »Ich werde gut darauf aufpassen.«

»Machen Sie denn weiter?«

»Nun ja …«

»Knöpfen Sie sich diesen Kiekbusch noch einmal vor«, drängt sie. »Der wollte doch Geld. Geben Sie ihm welches. Machen Sie ihn ausfindig und bestechen Sie ihn. Der weiß doch was. Garantiert.«

Sie schiebt den Stapel Hunderter in meine Richtung. Und nickt mir aufmunternd zu. Wie gern würde ich den Geldhaufen zurückschieben und ihr sagen, dass wir kein Interesse haben. Dass sie sich ihr Geld sonst wohin stecken kann. Aber da gibt es einen gewissen Herrn Görike, der mir böse Briefe schreibt und mit Schwierigkeiten droht, wenn ich nicht endlich unser Konto ausgleiche. Da bleiben kaum Alternativen.

»Okay«, sage ich. »Ich mache noch einen Versuch. Aber wenn dabei nichts herauskommt, war es das.«

Ich habe den Satz noch nicht ganz zu Ende gesprochen,

als die Tür auffliegt und Cornfeld hereinstürmt. Jede Wette, dass er gelauscht hat.

»Frau Petry, könnte ich Sie bitte sprechen?«

Die Rieckhof steht auf. »Ich wollte sowieso gerade gehen.«

Während Cornfeld hinter ihrem Rücken Grimassen zieht, den Kopf schüttelt und mit den Augen rollt, versuche ich ihn auf den Geldstapel aufmerksam zu machen.

»Frau Petry«, sagt er drohend. »Wir hatten doch ausgemacht …«

»Später, Herr Cornfeld«, sage ich und manövriere die Rieckhof an ihm vorbei.

»Frau Petry …«, fängt er wieder an.

Doch da habe ich es schon geschafft, die Rieckhof aus dem Zimmer in den Gang zu schieben. Nach einem flüchtigen Händedruck und ein paar knappen Abschiedsfloskeln verlässt sie das Büro.

»Pia!«, ruft Cornfeld, als ich zurückkomme. »Wir hatten ausgemacht, dass wir nicht weiter ermitteln.«

Ich nehme das Geld von meinem Schreibtisch und halte es ihm unter die Nase.

»Das sind tausendfünfhundert Euro«, sage ich triumphierend.

»Das ist gerade mal der Vorschuss.«

»Der Vorschuss kommt on top. Den überweist sie noch heute.«

»Sie haben sich einwickeln lassen.«

»Wir sind jung und brauchen das Geld.«

»Die Sache ist viel zu gefährlich«, widerspricht er vehement. »Erst heute Morgen war ein Typ von der Bremer Polizei hier …«

»Von der Kripo?«

»Ja«, sagt Cornfeld und zieht eine Visitenkarte aus seinem Geldbeutel. »Die hat er für Sie hiergelassen. Sie sollen ihn unbedingt anrufen. Der Typ heißt Nickl. Und der hat echt nicht den Eindruck gemacht, als wäre er zum Spaß hier. Der sah ziemlich angefressen aus.«

»Sie übertreiben.«

»Tu ich nicht! Das Risiko ist einfach zu hoch.«

»Wir werden es reduzieren.«

»Reduzieren?«

»Wir werden uns absichern.«

»Wie soll das denn gehen?«

»Wir werden die nächsten Tage die Rieckhof beobachten. Sie fangen mit der Observation an. Ich will wissen, was die Frau treibt. Vierundzwanzig Stunden am Tag, sieben Tage die Woche. Vielleicht finden wir ja so heraus, worum es bei dieser Geschichte wirklich geht. »

»Haben Sie die Rickhof mal gefragt, ob ihre Schwester vielleicht schwanger ist?«

»Hab ich. Sie hat es natürlich abgestritten. Aber wir sollten uns besser selbst davon überzeugen. Dann können wir immer noch überlegen, ob wir an dem Fall weiterarbeiten wollen oder nicht. Das Geld haben wir auf jeden Fall sicher.«

Cornfeld scheint nicht überzeugt. »Wie sollen wir denn diese Schwester finden? Wir wissen weder, wie sie aussieht, noch wie sie heißt«, sagt er übellaunig.

Ich nehme den Computerausdruck aus meiner Schreibtischschublade und halte ihn Cornfeld hin.

Anerkennend pfeift er durch die Zähne. »Hoppla. Wer ist das denn?«

»Darf ich vorstellen: Nadine Rieckhof«, sage ich. »Am besten, Sie machen sich gleich eine Kopie davon.«

Cornfeld nimmt den Fotoausdruck und betrachtet ihn eingehend. »Die sieht aber nicht so aus, als hätte sie Probleme, Männer abzuschleppen. Und die sieht auch nicht so aus, als müsste man irgendwelche Taxifahrer für sie einfangen.«

Ich nehme ihm das Bild aus der Hand. Er hat recht. Bei einer Frau ihren Kalibers stehen Männer normalerweise Schlange. »Vielleicht ist sie schüchtern«, wende ich ein.

»Ja wirklich nicht«, erwidert Cornfeld. »Schauen Sie sich doch mal den Ausschnitt ihrer Bluse an. Da können Sie ja bis zum Bauchnabel gucken.«

»Das heißt noch lange nicht …«, sage ich und breche ab.

»Was wollten Sie sagen?«

»Da ist was.« Ich zeige auf Nadines Ausschnitt.

»Was soll da sein?«

Ich nehme mir eine Lupe vom Schreibtisch und untersuche das Foto gründlich.

»Da ist etwas … unter ihrer Bluse.«

Cornfeld nimmt mir die Lupe aus der Hand und beugt sich tief über das Bild. »Zeigen Sie mal. Für alles, was in der Bluse steckt, bin ich zuständig.«

»Sie Witzbold.«

»Also, wenn man mal von zwei ausnehmend hübschen …«

»Ja?«, frage ich drohend.

»… Knöpfen absieht, kann ich da nur ein Wasserzeichen entdecken.«

»Ein Wasserzeichen?«

»Ja. Auch Watermark genannt. Damit kennzeichnen Profifotografen ihre Bilder, damit nicht jeder sie einfach aus dem Internet runterladen und weiter verwerten kann.

Unwirsch unterbreche ich ihn. »Ich sehe da kein Wasserzeichen. Was ich meine, ist die Halskette.«

Er beugt sich wieder über den Ausdruck. »Was ist damit?«

»Können Sie erkennen, was das für ein Anhänger ist?«

»Schwer zu sagen. Er ist unter dem Blusenstoff versteckt. Man sieht kaum etwas. Aber ich würde sagen … es könnte … Es könnte ein Halbmond sein. Oder vielleicht auch ein Delfin.« Er richtet sich auf. »Ist das wichtig?«

»Ja«, sage ich. »Sollte es tatsächlich ein Delfin sein, ist es sogar sehr wichtig.«

Kapitel 9

Die Mittagspause verbringe ich im Büro. Cornfeld isst außer Haus. Bei einem Italiener in der Milchstraße. Kaum hat er das Büro verlassen, logge ich mich ins Internet ein. Ein, zwei Stunden habe ich noch, bis ich nach Bremen muss, und die verbringe ich auf meiner derzeitigen Lieblingsseite: Timos Homepage. Das ist das Praktische an Autoren. Die meisten haben eine eigene Website. So erfährt man jede Menge über sie, ohne direkt fragen zu müssen. Ich kann nachlesen, dass Timo einen Roman und sechs Kurzgeschichten geschrieben hat, und erfahre, wann und wo sie erschienen sind. Preise und Nominierungen sind genauso aufgelistet wie die Pressestimmen zu seinen bisherigen Publikationen. Das Foto von ihm mag künstlerisch wertvoll sein, ist aber so unscharf, dass man ihn kaum erkennen kann. Unter dem Stichwort *Persönliches* finde ich eine Kurzbiografie. Ich erfahre zwar nicht, wo er geboren ist, aber wann. Und das ist bitter. Er ist fünf Jahre jünger als ich. Männer, die jünger sind, habe ich immer auf Distanz gehalten. Siehe Cornfeld. Aber vielleicht ist es ja an der Zeit, eine Ausnahme zu machen. Ich studiere Timos schulischen und beruflichen Werdegang. Er hat Philosophie und Betriebswirtschaft studiert, ist zwei Jahre lang durch die Welt gereist und danach als Unternehmensberater in der Immobilienbranche beschäftigt gewesen. Irgendwann gab es wohl auch eine Durststrecke, in der er als Kabelträger, Hilfsarbeiter, Werbebroschürenverteiler und Kurierfahrer unterwegs war. Wann genau das gewesen ist, geht aus dem Text jedoch nicht hervor. Erst vor einem Jahr hat er mit dem Schreiben begonnen und ist mit seinem Debütroman, den er in knapp fünf Monaten verfasst hat, auf Anhieb in den Bestsellerlisten gelandet. Eine Erfolgsgeschichte, wie PR-Strategen sie lieben.

Mein Handy klingelt, und Alexandras Telefonnummer erscheint auf dem Display. Das ist schon das zweite Mal, dass sie versucht, mich zu erreichen. Aber ich habe keine Lust, ihre Fragen hinsichtlich des gestrigen Abends zu beantworten. »Wo seid ihr denn noch gewesen? War es schön? Wie findest du ihn? Hat er dich geküsst? Siehst du ihn wieder? ...« Nein danke.

Ich ignoriere den Anruf und widme mich wieder Timos Homepage. Als ich den Punkt *Termine* anklicke, baut sich eine ziemlich lange Liste mit *Lesungen* vor mir auf. Timo hat jede Menge Veranstaltungen. Auch in Hamburg. Zum Beispiel heute Abend. Im Literaturhaus Schwanenwik. Um 20 Uhr. Nein, nein, nein, denke ich – da marschiere ich nicht hin. Keine Überraschungsbesuche mehr. Das geht schief, wie ich schon einmal in Münster feststellen musste, als ich meinem Kollegen Georg Wilsberg einen spontanen Besuch abstattete. Und ihn – Überraschung, Überraschung – im Clinch mit einer anderen Frau erwischte. Den Fehler mache ich nicht noch einmal.

Bei Timo könnte ich mich allerdings absichern. Ich könnte meinen Besuch ankündigen. Aber welchen Eindruck hinterlässt das? Merkt er dann nicht, dass ich auf seiner Homepage war, und unterstellt mir womöglich, dass ich seine Lesung als Vorwand nutze, um ihn anzurufen? Wieder klingelt das Telefon. Wieder ist es Alexandra. Und diesmal gehe ich dran. Vielleicht hat sie ja Lust, zu einer Lesung zu gehen. Heute Abend. Um 20 Uhr. Überraschung!

Gegen 15 Uhr mache ich mich auf den Weg nach Bremen. Und dort läuft es genauso, wie ich es erwartet hatte. Ich halte einem halben Dutzend Taxifahrer Nadines Bild unter die Nase und erzähle meine übliche Story von dem hübschen Mädchen, das sich vor einem Jahr in einen Taxifahrer verliebt hat. Nur dass niemand diese Geschichte hören will. Die Reaktionen sind die gleichen, die ich schon von meinem ersten Besuch her kenne. Ablehnung, Misstrauen, im besten Fall Desinteresse. Das Foto ändert nichts daran.

Nicht besser ergeht es mir mit Theo. Als ich die Taxizentrale betrete, unterhält er sich gerade mit einem Kollegen. Die beiden verstummen und starren mich feindselig an.

»Sie schon wieder«, sagt Theo und lässt sich auf seinen Stuhl fallen.

»Ja, ich schon wieder«, antworte ich und baue mich vor seinem Schreibtisch auf. Über die verstaubten Topfpflanzen hinweg, die seitlich aufgereiht auf dem Tisch stehen, kann ich nur noch mit Mühe seinen Kopf erkennen. Trotzdem schaffe ich es, ihm Nadines Foto vors Gesicht zu halten. »Das ist die junge Frau, die gern den Taxifahrer kennen lernen möchte.«

»Hat er Sie nicht angerufen?«, fragt Theo gelangweilt.

»Wer?«

»Der Mann, nach dem Sie mich gefragt haben.«

»Nein, der hat nicht angerufen.«

»Dann hat er offensichtlich kein Interesse. Ich habe ihm Ihre Geschichte erzählt.«

»Und er will die Frau wirklich nicht kennenlernen?«

»Offensichtlich nicht«, antwortet Theo genervt.

»Besser, Sie gehen jetzt«, brummt der andere Typ, ein etwa fünfunddreißigjähriger blonder Mann mit Halbglatze, einer runden Nickelbrille auf der Nase und einem Dreitagebart.

Ich halte auch ihm das Foto hin. »Würden Sie ein so hübsches Mädchen von der Bettkante schubsen?«

»Auf meine Bettkante hat sie sich nicht gesetzt«, sagt er ungerührt.

Ich wende mich wieder an Theo. »Sagen Sie diesem Taxifahrer doch bitte, er soll mich anrufen. Es ist wirklich wichtig. Vielleicht glaubt er ja, dass ihr Interesse an ihm nur ein Vorwand ist«, erkläre ich und schiebe mein Handy unauffällig zwischen zwei Blumentöpfe. »Vielleicht denkt er, sie hätte ihren Geldbeutel im Taxi verloren und wolle ihn anzeigen …«

»Wie bitte?«, schnauft Blondie und macht einen Schritt auf mich zu. »Jetzt reicht es aber langsam.«

»Ich wollte niemandem zu nahe treten. Wirklich nicht.«

»Verschwinden Sie. Aber ganz flott.«

»Ja sofort«, sage ich. »Aber eine Frage habe ich noch: Ist Herr Kiekbusch heute da?«

Und dann machen die Jungs einen Fehler. Theo sagt: »Der arbeitet nicht mehr hier.« Und Blondie verkündet gleichzeitig: »Der ist krankgeschrieben.«

»Der arbeitet nicht mehr hier, weil er krank ist?«, frage ich.

»Das geht Sie gar nichts an«, pflaumt Theo mich an. »Sie gehen jetzt. Und zwar ein bisschen plötzlich.«

Unschlüssig bleibe ich stehen, in der Hoffnung, dass mir noch etwas einfällt oder die Jungs doch ein Einsehen mit mir haben. Sie haben kein Einsehen. Und als Theo mich zum zweiten Mal zum Gehen auffordert und Blondie Anstalten macht, dieser Aufforderung mit Körpereinsatz Nachdruck zu verleihen, füge ich mich in mein Schicksal. Allerdings nicht, ohne vorher noch die EINS auf meinem Handy gedrückt zu haben. Die Zahl, unter der meine Hamburger Telefonnummer abgespeichert ist.

Ich sage »Tschüs« und verschwinde.

Dann setze ich mich ins Auto und warte. Genau eine Viertelstunde. Als ich die Taxizentrale danach erneut betrete, ziehen die Jungs hörbar die Luft ein.

»Entschuldigung, aber mir muss mein Handy aus der Jackentasche gefallen sein. Ich kann es nirgends finden.«

»Hier ist es nicht«, sagt Theo.

»Ich guck nur ganz schnell, bin gleich wieder weg«. Dann tue ich so, als würde ich den Boden absuchen, beuge mich wie zufällig über die Pflanzen, und wer hätte es gedacht, da liegt doch tatsächlich mein Telefon.

»Ach, da ist es ja«, rufe ich begeistert aus. »Muss mir wohl aus der Manteltasche gefallen sein. Da habe ich ja noch mal Glück gehabt.«

Den beiden Männern steht das Misstrauen deutlich ins Gesicht geschrieben. Sie spüren, dass irgendetwas nicht stimmt. Mit mir und mit meinem Handy. Und bevor sie draufkommen, mache ich, dass ich Land gewinne.

Zurück im Auto, höre ich meinen Anrufbeantworter ab. Es haben sich etliche Nachrichten angesammelt. Meine Mutter möchte, dass ich sie zurückrufe. Herr Görike von meiner Bank droht, drei Schecks platzen zu lassen und zwei Dauerüberweisungen zu stornieren. Unter anderem die für die

Miete. Cornfeld schimpft, weil er seit zwei Stunden vor dem Büro der Rieckhof herumsteht, nichts passiert und er langsam abgelöst werden will. Von Timo ist leider keine Nachricht dabei.

Endlich kommt der Anruf, auf den ich gewartet habe. Da mein Handy zwischen den Topfpflanzen gelegen hat, ist die Akustik nicht optimal. Die Stimme von Theo ist relativ deutlich zu verstehen, die von Blondie dagegen fast gar nicht.

Blondie: »…«

Theo: »Hast du die Handynummer von Karl?«

Blondie: »Nein, nur die Festnetz…«

Theo: »Wir müssen ihn sofort anrufen.«

Blondie: »Sollten wir nicht Lor…«

Theo: »Der ist nicht mehr in Bremen. Ist wohl abgetaucht.«

Blondie. »Bess…«

Danach ist es still. Ich überlege, ob die beiden das Zimmer verlassen haben, als ich doch noch die Stimme von Theo höre. »Hallo, Melanie, hier ist Theo, kannst mir mal den Karl geben? Ja, ich warte … Karl, die Tusse aus Hamburg ist wieder aufgetaucht und hat sich nach dir …«

Und dann macht es Piep. Die Zeit für die Hinterlassung einer Nachricht ist zu Ende. Und mir fällt ein, dass ich schon vor Ewigkeiten den Anrufbeantworter umstellen wollte, so dass man so lange aufs Band reden kann, wie man möchte. Na ja, immerhin weiß ich nun den Vornamen von Kiekbusch. Ich weiß, dass er in Bremen und im Augenblick zu Hause ist. Also rufe ich die Auskunft an, lasse mir die Adresse von Karl Kiekbusch heraussuchen. Und mache mich auf den Weg.

Die Straße zu finden, ist nicht ganz einfach. Zweimal muss ich anhalten und fragen, bis ich endlich in den *Alten Schleusenweg* einbiege. Kiekbuschs Zuhause ist eine typisch norddeutsche, mit Rotklinker verkleidete Doppelbungalowhälfte. Geraffte Voilegardinen an den Fenstern, kurz geschorene Rasenfläche, Koniferen vor dem Haus.

Als ich klingle, ertönt ein Gong, den ich das letzte Mal in den Siebzigern an der Wohnungstür einer Freundin gehört habe. Auch Frau Kiekbusch sieht aus, als wäre sie aus den Siebzigern übrig geblieben. Altmodisch hochtoupierte Betonfrisur, viel zu viel blauer Eyeliner, hellrosa Lippenstift. Kalter Blick aus wässrigen blauen Augen. Ihr Auftreten und ihr Ton erinnern an eine Gouvernante. Eine Gouvernante mit einem Faible für Züchtigungen.

»Was wollen Sie? Wir kaufen nichts.«

»Und ich verkaufe nichts«, sage ich und ringe mir ein freundliches Lächeln ab. »Ich möchte zu Ihrem Mann.«

»Der ist nicht zu Hause.«

Das weiß ich besser. »Es ist wirklich dringend. Dringend und außerordentlich wichtig.«

Sie mustert mich von Kopf bis Fuß. Einen Augenblick habe ich die Hoffnung, sie würde mich reinlassen. Doch dann schlägt sie die Tür zu. Einfach so. Ohne ein weiteres Wort.

Wütend laufe ich zu meinem Auto zurück. Irgendwie will ich mich nicht damit abfinden, dass ich an der Haustür dieses Bungalows scheitere. Ich fahre meinen Wagen in eine Seitenstraße und lege mich auf die Lauer. Zwei Stunden gebe ich mir. Wenn sie in der Zeit das Haus verlässt, statte ich Herrn Kiekbusch einen Besuch ab. Wenn sie es nicht tut, fahre ich nach Hamburg zurück. Meine Geduld wird auf eine harte Probe gestellt. Ich warte und warte und warte ... Irgendwann wird mir langweilig. Außerdem schläft mein rechter Fuß ein und fängt an zu kribbeln. Ich steige aus dem Wagen, springe ein bisschen auf der Stelle, mache ein paar Kniebeugen, stütze mich mit den Händen auf dem Kofferraum ab und schaffe exakt fünfzehn Liegestützen, bevor meine Armmuskulatur zu vibrieren beginnt. Danach versuche ich mich an Rumpfbeugen und stelle mit Entsetzen fest, dass ich mit den Fingerspitzen noch nicht einmal bis zu den Fußknöcheln komme. Aus den Augenwinkeln registriere ich eine Bewegung und hechte sofort hinter mein Auto. Frau Kiekbusch hat das Haus verlassen und stolziert in einem eng geschnittenen grauen Mäntelchen hoch erhobenen Hauptes den Gehweg hinunter. Sie sieht stur geradeaus und scheint ihre Umgebung nicht wahrzunehmen.

»Spielst du Verstecken?«

Erschrocken fahre ich herum zu einem kleinen übergewichtigen Jungen, der mich fragend ansieht. Du lieber Himmel. Da wird man schwanger, ruiniert sich die Figur, erträgt die schmerzhafte Geburt, schläft danach keine Nacht mehr durch, altert in Rekordzeit und mutiert zur lebenden Versorgungseinheit auf zwei Beinen. Und was ist nach fünf Jahren das Ergebnis? Ein kleiner, dicker Junge, dem der Rotz aus der Nase läuft. Ich sollte bei Gelegenheit meinen Kinderwunsch noch einmal überdenken.

»Nein«, sage ich, »ich spiele nicht Verstecken.«

»Räuber und Gendarm?«

»Ja«, sage ich gedehnt. »So könnte man es ausdrücken.«

Auf einmal blitzt so etwas wie Erkenntnis in seinen dunklen Augen auf. Als hätte er etwas begriffen. »Fängst du die bösen Männer?«

»Ja«, sage ich und mustere ihn nachsichtig. Anscheinend ist er nicht der Hellste. »Ich fange böse Männer. Das hast du gut erkannt.«

»Kann ich dir helfen?«

Ich schüttele den Kopf. Bis mir auffällt, dass der Junge Fußballklamotten trägt und, was noch viel interessanter ist, eine Trillerpfeife um den Hals hängen hat.

»Bist du Schiedsrichter?«

Er nickt.

Aha, dann kann er also auch nicht Fußball spielen. Denn Schiedsrichter werden immer die, die die anderen Jungs nicht in ihre Mannschaft aufnehmen wollen. Langsam fängt er an, mir leidzutun.

»Willst du mir helfen?«, frage ich. »Aber du musst sehr gut aufpassen. Denn wenn du einen Fehler machst, haben wir das Spiel verloren. Und das könnte für mich ziemlich unangenehm ausgehen.«

Er nickt und sieht dabei so ernst und gewissenhaft aus, dass ich ihm die Rolle des Aufpassers zutraue.

»Dann hör mal zu«, sage ich, beuge mich zu ihm und flüstere ihm ins Ohr.

Ein paar Minuten später schleiche ich an der Hauswand von Kiekbuschs Bungalow entlang. Da schönes Wetter ist, habe ich die Hoffnung, dass vielleicht die Terrassentür oder ein Fenster offen steht. Aber es kommt viel besser. Im Garten entdecke ich einen Mann. Er sitzt auf einem dunkelgrünen Plastikstuhl, hat mir den Rücken zugekehrt und seinen mit weißen Mullbinden bandagierten Kopf in den Nacken gelegt. Ich bin mir ziemlich sicher, dass das Kiekbusch ist, der da so hingebungsvoll die Sonne genießt. Beim Näherkommen sehe ich, dass sein rechtes Bein eingegipst ist und auf einem Schemel liegt, auch seine rechte Hand steckt in einem dicken Verband. Als ich beim Anschleichen auf einen kleinen Ast trete, knackt es, und sofort fährt Kiekbuschs Kopf in meine Richtung. Das Einzige, was ich in seinem Gesicht wiedererkenne, ist der Schnauzbart. Der Rest ist völlig verquollen und schimmert in allen erdenklichen Regenbogenfarben. Auf dem linken Jochbein verläuft eine schwarze Linie, von der sich die verknoteten Fäden wie kleine schwarze Fliegen abheben.

»Gehen Sie«, sagt er, als er mich erkennt, und macht hektische, abwehrende Bewegungen mit der linken Hand, was hilflos und auch ein bisschen komisch aussieht.

»Ich wollte Ihnen nur ein paar Fragen stellen«, versuche ich ihn zu beschwichtigen. Aber das macht ihn noch ängstlicher.

»Ich rede nicht mit Ihnen. Hauen Sie ab.«

Hilflos sieht er in Richtung der offen stehenden Terrassentür.

»Melanie!«, ruft er.

»Melanie ist einkaufen gegangen«, sage ich, ziehe mir einen der Plastikstühle heran und setze mich.

»Als wir uns das letzte Mal gesehen haben, sahen Sie besser aus«, sage ich, lehne mich im Stuhl zurück und nicke ihm aufmunternd zu. »Ist das nicht ein herrlicher Tag?« Ich streife meine Schuhe von den Füßen und setze die nackten Sohlen in das weiche Gras. »Das tut gut. Wissen Sie was, ich glaube, ich bleibe noch ein bisschen bei Ihnen.«

»Sie gehen! Und zwar sofort.« Hektisch versucht er an sein Handy heranzukommen, das neben ihm im Gras liegt.

»Sorry«, sage ich und kicke das Telefon mit dem Fuß weg. »Telefoniert wird nicht.« Beim Blick auf das silberne Telefon, das jetzt für Kiekbusch in unerreichbarer Entfernung liegt, habe ich plötzlich wieder ein Bild vor Augen: Kiekbusch, der vor der Taxizentrale steht und verstohlen in sein Mobiltelefon spricht. Wen hat er damals eigentlich angerufen?

Kiekbusch ist kurz vorm Explodieren. »Das ist Hausfriedensbruch«, zischt er.

Bei der Ehefrau glaube ich nicht, dass es hier allzu viel Hausfrieden gibt.

»Ich tu doch gar nichts«, antworte ich. »Und ich gehe auch gleich wieder. Wenn Sie mir ein paar Fragen beantwortet haben.« Umständlich krame ich meinen Geldbeutel aus der Tasche.

»Meine Frau wird gleich zurückkommen. Die ist nie lange weg.«

»Was ist passiert?«, frage ich und deute auf sein Gesicht, während ich sechs Hundert-Euro-Scheine abzähle.

»Ich hatte einen Unfall. Einen Autounfall.«

»Und das soll ich Ihnen glauben?« Ich wedele mit den Geldscheinen durch die Luft.

Sofort beginnt er wieder mit diesen abwehrenden Winkbewegungen, die noch lächerlicher aussehen als beim ersten Mal.

»Wenn Sie mir etwas über den Taxifahrer erzählen, der am 27. September letzten Jahres meine Freundin gefahren hat, dann gehören die sechshundert Euro Ihnen.«

»Ich weiß es nicht, und ich will Ihr Geld nicht. Lassen Sie mich in Ruhe.«

»Das klang das letzte Mal aber ganz anders. Da waren Sie doch noch ganz wild auf die Kohle.«

»Ich weiß nicht, wer dieser Taxifahrer ist. Ich weiß nichts. Ich weiß wirklich nichts.«

Ich krame Nadines Bild aus der Tasche und zeige es ihm. Erschrocken fährt er zurück. So als ginge es nicht um die Porträtaufnahme einer jungen hübschen Frau, sondern um den Kopf der Medusa.

»Nie gesehen, nie gesehen«, stammelt er und fängt wieder an, mit den Händen imaginäre Mücken zu vertreiben.

Der Typ ist völlig durch den Wind. Meine Hoffnung, irgendetwas von ihm zu erfahren, tendiert langsam gegen null. Ich stecke sowohl das Geld als auch den Computerausdruck wieder ein. Doch noch gebe ich nicht auf.

»Sie wissen was«, sage ich, »da bin ich mir ganz sicher. Und solange Sie mir nichts erzählen, bleibe ich hier sitzen.«

»Nein, bitte«, sagt er gequält. »Glauben Sie mir doch. Ich weiß nichts. Ich wollte doch damals nur ein bisschen angeben …«

»Ich könnte Ihre Nachbarn besuchen, von Tür zu Tür gehen und den Leutchen das Foto unter die Nase halten. Ich könnte …«

»O Gott«, stöhnt er so laut, dass ich zum ersten Mal befürchte, er könnte einem Schwächeanfall oder irgendetwas anderem Lebensverkürzendem erliegen. Fast tut er mir leid.

Da höre ich den lang anhaltenden schrillen Ton einer Trillerpfeife. Mein kleiner Schiedsrichter scheint etwas entdeckt zu haben, was einen schnellen Abgang ratsam erscheinen lässt. Ich schlüpfe in die Schuhe und schnappe mir meine Handtasche.

»Leider muss ich Sie schon verlassen.« Ich werfe ihm meine Visitenkarte in den Schoß. »Sollten Ihr Mumm oder Ihr Charakter überraschenderweise zurückkehren, dann rufen Sie mich einfach an. Die sechshundert Euro warten auf Sie. Und wenn Ihre Infos interessant sind, gibt es auch noch mehr.«

Schritte nähern sich. Es wird Zeit zu verschwinden. Eilig laufe ich über die Wiese zur gegenüberliegenden Hausseite und drücke mich durch Rhododendren und andere, zum Teil ziemlich stachelige Büsche zurück zur Straße. Melanies scharfe Stimme ist jetzt laut und deutlich zu hören, genauso wie das wehleidige Gezeter ihres Mannes. Nur gut, dass ich meinen kleinen Aufpasser da draußen habe. Kiekbuschs Frau hätte ich in dieser Situation nur ungern über den Weg laufen wollen.

Der kleine Junge wartet neben meinem Auto auf mich.

»Das hast du prima gemacht«, sage ich, krame in meinem Geldbeutel nach ein paar Münzen und drücke sie ihm in die Hand.

Er strahlt. »Wirst du sie fangen?«, fragt er leise. So leise, dass ich ihn nicht richtig verstehe.

»Wen soll ich fangen?«, frage ich und gehe in die Hocke, um ihm besser ins Gesicht sehen zu können.

»Die Männer?«

»Welche Männer?«

»Bist du nicht wegen der bösen Männer da?«

»Doch, doch«, sage ich und merke, wie sich mein Herzschlag beschleunigt. »Du meinst die bösen Männer, die …«, ich mache eine weit ausholende Handbewegung in Richtung von Kiekbuschs Haus.

»Die haben meinen Papa …«

Und jetzt hat er Tränen in den Augen.

»Deinen Papa?«, frage ich bestürzt. »Der Herr Kiekbusch ist dein Papa?«

Er nickt, und das Wasser läuft ihm über die Wangen.

»Die bösen Männer sind gekommen und haben deinem Papa – wehgetan?«, frage ich.

Er senkt den Kopf, und die Tränen tropfen von seinem Kinn auf den kleinen, dicken Bauch. Ich fische ein Tempo aus meiner Manteltasche und drücke es ihm in die Hand.

»Haben Sie deinen Papa verhauen?«

Wieder heftiges Nicken, verbunden mit geräuschvollem Schniefen. Laut prustend putzt er sich die Nase und gibt mir das feuchte Taschentuch zurück.

»Ich war mit der Mama im Schlafzimmer.«

Diese Schweine, denke ich wütend, verprügeln den Mann in seinem eigenen Haus, während seine Familie sich im Schlafzimmer versteckt hält.

»Du hast aber nichts gesehen?«, frage ich erschrocken.

»Nein, aber gehört. Die haben so laut geschrien.«

»Und weißt du noch, was sie gesagt haben?«

»Dass sie ihn umbringen und mich und Mama auch.«

Nun schluchzt der kleine Kerl hemmungslos, und ich drücke ihn ganz fest an mich. Mit einem Mal ist mir egal, dass er zu dick ist, nicht Fußball spielen kann und sein Rotz meine Jacke verschmiert. Sämtliche Vorbehalte sind dahin. Er ist ein Kind, das Angst hat und beschützt werden muss. Und zu meinem eigenen Erstaunen entwickle ich doch noch so etwas wie Muttergefühle für ihn.

»Du musst keine Angst haben. Ich werde sie fangen. Und dann werden die nie wieder jemanden verhauen oder jemandem Angst machen, das verspreche ich dir.«

Und während ich den weinenden Jungen fest an mich drücke, überkommt mich das Mitleid. Das Mitleid mit Kiekbusch und seiner Familie.

»Wie viele Männer waren es?«, frage ich den Jungen leise und streiche ihm eine Haarsträhne aus der Stirn.

Er schüttelt den Kopf.

»Ist dir irgendetwas aufgefallen? Weißt du, wie sie ausgesehen haben?«

Erneutes Kopfschütteln.

»Gar nichts?«, frage ich.

»Doch«, sagt er schniefend. »Ich habe sie gehört, als sie gekommen sind. Die hatten Motorräder. Ganz laute Motorräder.«

Der kleine Junge ist längst im Haus seiner Eltern verschwunden, als ich immer noch im Wagen sitze und völlig aufgewühlt bin. Mein Hirn arbeitet mit Hochdruck und versucht die Informationen in einen logischen Zusammenhang zu bringen. Die Tatsache, dass Kiekbusch von den Rockern zusammengeschlagen worden ist, bedeutet vor allem eins: Willi stand nicht zufällig auf dem Parkplatz, und er hat mich auch nicht zufällig angesprochen. Irgendjemand hat ihm Bescheid gesagt … Und ich muss nicht lange überlegen, um darauf zu kommen, wer das gewesen sein könnte: Kiekbusch. Nachdem ich mich geweigert habe, ihm sechshundert Euro zu geben, hat er sich einen anderen gesucht, der zahlt. Er hat Willi angerufen und ihn darüber informiert, dass eine Frau aufgetaucht ist, die sich nach einem bestimmten Taxifahrer erkundigt. Aber wieso hat das Willi interessiert, warum hat er sich mit mir verabredet, was wollte er von mir, und warum wurde er dann ermordet? Und was hat der Taxifahrer damit zu tun? Und was Nadine? Eine Möglichkeit wäre natürlich, dass die Biker Nadine etwas angetan haben, aber dann hätte die Rieckhof mich wohl kaum auf den Taxifahrer angesetzt, sondern auf die Motorradfahrer. Das ist alles ziemlich seltsam und verworren. Aber eins ist klar: Es gibt keine zwei Fälle. Es gibt nur einen. Und der ist brandgefährlich. Nickls Warnungen erscheinen mir da auf einmal in einem völlig anderen Licht.

Als mein Blick auf die Uhr am Armaturenbrett fällt, stelle ich erschrocken fest, dass es später ist, als ich dachte. Ich habe heute Abend noch etwas vor und sollte mich langsam mal sputen.

Kapitel 10

Ich komme zu spät. Daran ist Alexandra schuld. Wir waren schon auf dem Weg zum Literaturhaus, als der Anruf kam. Ihre Tochter hatte Fieber und verlangte nach der Mama. Warum Helge nicht in der Lage ist, sich allein um das Kind zu kümmern, weiß der Teufel. Mir blieb nichts anderes übrig, als Alexandra wieder nach Hause zu bringen. Und das hat Zeit gekostet. Als ich die Treppenstufen zum Literaturhaus hinaufstürme, hat die Lesung schon begonnen. Die Tür zum Veranstaltungssaal ist geschlossen und wird von einem schmalbrüstigen Mittzwanziger bewacht, der sich seiner Bedeutung als Hüter des Allerheiligsten nur zu bewusst ist.

»Wir sind voll«, sagt er abweisend.

»Ich bin eine Freundin des Autors«, behaupte ich. Immerhin waren der Autor und ich schon mal auf Tuchfühlung.

»Stehen Sie auf der Liste?« Er kramt einen Zettel aus der Geldkassette, die vor ihm auf einem hochbeinigen Bistrotisch steht.

Ich schüttele den Kopf. »Es soll eine Überraschung werden.«

Misstrauisch mustert er mich. »Das kann jeder sagen.«

»Ich bin wirklich eine Freundin«, sage ich mit Nachdruck. »Bitte, ich störe auch niemanden, und Herr Hildebrand wird sich riesig freuen, wenn ich komme.« Das hoffe ich zumindest.

Der Zerberus lässt sich Zeit und mich warten. Ich schiebe ihm zwanzig Euro zu und sage: »Das stimmt so«. Erst nachdem er das Geld verstaut und die Kassette geschlossen hat, sieht er mich an. »Sie sind ganz leise«, sagt er und öffnet die Tür einen Spalt.

Ich schlüpfe hindurch und bleibe neben dem Eingang an der Wand stehen. Die Lesung findet im großen Saal des Literaturhauses statt, einem prunkvollen Salon, der, wie das ganze Haus, aus dem 19. Jahrhundert stammt. Normalerweise befindet sich hier das Literaturhauscafé. Aber bei Veranstaltungen wird der Gastronomiebetrieb in die Räume des ersten Stocks verlegt. Neugierig sehe ich mich um. Im Publikum sind sehr viele junge Leute, eindeutig mehr Frauen, viele ausgesprochen attraktiv. Alle Tische sind besetzt. Und wer keinen Stuhl ergattern konnte, hockt am Boden oder steht wie ich an der Wand. Timo sitzt auf einem provisorischen Holzpodest an einem schmalen Tisch. Er liest gut, sehr professionell, fast wie ein Schauspieler. Immer wieder sieht er von seinem Buch hoch und lässt den Blick durch den Raum schweifen. Jedes Mal, wenn er in meine Richtung guckt, richte ich mich auf und hoffe, dass er mich erkennen, mir vielleicht zunicken wird. Tut er aber nicht. Wahrscheinlich blendet ihn das Licht. Als er die Lesung mit einem »Das war's« beendet und Applaus aufbrandet, löse ich mich von der Wand und versuche mich zu ihm durchzuschlagen. Doch das ist gar nicht so einfach. Als ich endlich vor ihm stehe, scheint er erfreut. Nimmt mich in den Arm und küsst mich rechts und links auf die Wange. Nicht auf den Mund.

»Hat es dir gefallen?«

»Du warst super. Hast du mich nicht gesehen? Ich habe da hinten gestanden …«

Ein älterer, distinguiert aussehender Herr im grauen Anzug kommt auf Timo zu und überreicht ihm einen Strauß weißer Margeriten. Timo nimmt ihn eher zögerlich entgegen.

»Wir haben im ersten Stock einen Tisch reserviert und würden uns freuen, wenn Sie noch eine Kleinigkeit mit uns essen würden.«

»Sehr gern«, antwortet Timo und hält die Blumen wie eine schleimige Kröte von sich weg. Als hätte er Angst, gebissen oder verätzt zu werden.

»Soll ich sie nehmen?«, frage ich.

Sofort hellt sich Timos Miene auf, und mit einem Ausdruck großer Erleichterung drückt er mir die Blumen in die Hände. »Ich habe leider nicht viel Zeit.«

»Das macht doch nichts«, antworte ich automatisch und werde von einer Blondine zur Seite geschoben, die Timo ein Buch hinhält. »Herr Hildebrand, könnten Sie bitte *Für Gitti* reinschreiben?« Und schon drängt sich ein Typ mit ungewaschenen Haaren und Armeeparka an mir vorbei, der zwei Bücher schwenkt. »Eins ist für mich, das andere verschenke ich«, verkündet er, und ich rutsche in die dritte und dann in die vierte Reihe. Timo scheint mein Verschwinden in der Menge nicht zu bemerken. Doch irgendwann sieht er hoch und lässt den Blick suchend über die Köpfe wandern.

Ich winke ihm mit den Blumen. »Ich melde mich«, rufe ich.

»Ich bitte darum!« Das strahlende Lächeln, das er mir schenkt, behält er auch dann noch bei, als er sich seinem nächsten Fan zuwendet.

Auf der Heimfahrt beschäftigt mich nur ein Gedanke: *Ich hätte nicht hingehen sollen.* Es war ein Fehler. Er war im Stress, er musste arbeiten, er konnte sich nicht um mich kümmern. Aber er hätte mich zum Essen in den ersten Stock mitnehmen können. Das war geschäftlich, versuche ich mir sein Verhalten schönzureden, da nimmt man doch nicht gleich eine Bekannte mit. Schon gar nicht, wenn man sich kaum kennt und aus der Beziehung mehr werden könnte. Doch der Gedanke versöhnt mich nicht. Ich kann es kaum ertragen, nicht in seiner Nähe zu sein. Und er verbringt den Abend ohne mich. Obwohl er es hätte anders einrichten können. Das ist kein gutes Zeichen.

Um mich abzulenken und wenigstens noch einen kleinen Erfolg für den heutigen Abend zu verbuchen, entschließe ich mich, Nickl anzurufen. Auch wenn mir das verdammt schwer fällt. Da ich aber möchte, dass er die Familie Kiekbusch im Auge behält, damit der kleine Junge nicht noch weiter geängstigt wird, werde ich um diesen Anruf nicht herumkommen. Auch wenn ich mir dann wahrscheinlich einen Vortrag über die Gefährlichkeit der Rocker und meine Blauäugigkeit anhören darf. Doch Nickl, der seine Handynummer auf der Rückseite seiner Visitenkarte notiert hatte, meldet sich nicht. Ich hinterlasse ihm eine Nachricht auf der Mailbox und bitte um Rückruf. Als ich nach Hause komme, bin ich immer noch deprimiert und enttäuscht. Ein Zustand, der sich weder vor dem Fernseher noch in der Badewanne verbessert. Und dazu führt, dass ich sehr früh und völlig frustriert zu Bett gehe.

Mitten in der Nacht werde ich wach. Seltsam. Ich werde nie mitten in der Nacht wach. Meine Irritation ist jedoch nur von kurzer Dauer. Ich bin viel zu müde, um mir lange den Kopf darüber zu zerbrechen, was mich aufgeweckt haben könnte, und igele mich wieder in meine Bettdecke ein. Im Wegdämmern höre ich ein Geräusch. Ein metallisches Klacken, das irgendwo aus dem Flur kommt. Jemand läuft die Treppe im Hausflur hinunter. Es ist zwei Uhr morgens. Das ist definitiv nicht die richtige Zeit, um Werbebroschüren oder Zeitungen auszutragen. Ich schiebe die Decke zur Seite, stehe auf und schleiche zur Tür. Habe ich Post bekommen? Ist Timo vielleicht noch schnell vorbeigekommen und hat einen Brief oder Zettel eingeworfen? Eine kleine Überraschung, über die ich morgen früh nach dem Aufstehen hätte stolpern sollen? Das fände ich echt süß. Vielleicht hat er ja auch gemerkt, dass unser Treffen heute Abend nicht so toll gelaufen ist. Doch da steigt mir ein merkwürdiger Geruch in die Nase, der alle romantischen Überlegungen zunichte macht. Es stinkt. Es stinkt, als würde jemand seine Badelatschen verbrennen. Ich reiße die Schlafzimmertür auf und renne in den Flur. Auf der Matte vor der Eingangstür liegt ein Stück lichterloh brennende Pappe, die jemand durch den Briefschlitz in meine Wohnung geworfen hat. Funken stieben durch die Luft und drohen meinen Mantel, der an einer alten hölzernen Garderobe hängt, in Brand zu setzen. Ich werde hektisch, reiße den Trenchcoat vom Haken, versuche den Brand damit zu löschen und fege die Vase mit Timos Blumen und eine Lampe von der Kommode. Bevor es mir endlich gelingt, die Flammen einzudämmen, bin ich zweimal in eine Glasscherbe getreten. Dann habe ich es geschafft. Es brennt nicht mehr, es stinkt nur noch bestialisch, und mein rechter Fuß tut weh. Schwer atmend, mit klopfendem Herzen und dem versengten Mantel in der Hand, stehe ich da und starre auf die Wasserpfütze, die sich auf den Pitchpine-Dielen ausgebreitet hat und in der Glasscherben, die Margeriten und der zerdellte Lampenschirm liegen. Ich überlege, was ich als Nächstes tun soll, als ein Geräusch an mein Ohr dringt. Wie aus weiter Ferne, erst leise und dann immer lauter werdend, ähnlich einem sich nähernden Zug. Mich in dem Maße in Alarmbereitschaft versetzend, wie mir klar wird, was es zu bedeuten hat. Ich schmeiße meinen Trenchcoat in die Ecke und humple ins Wohnzimmer zum Fenster. Meine böse Ahnung bestätigt sich. Er steht direkt vor dem Haus. Unter einer Straßenlaterne. Von Kopf bis Fuß in schwarzes Leder gekleidet, mit einem Helm auf dem Kopf, dessen Visier geschlossen ist, sitzt er auf einer metalicblauen Harley, starrt zu mir hoch – und winkt.

»Feiges Arschloch«, rufe ich, während er den Motor aufheulen lässt und laut donnernd vom Bürgersteig auf die Straße fährt. Spätestens jetzt dürften sämtliche Anwohner wach sein. Ich presse die Stirn gegen die Glasscheibe und versuche sein Nummernschild zu erkennen. Es ist so verdreckt, dass ich es nicht lesen kann.

»Verdammt!«, fluche ich und schlage mit der Faust gegen den Fensterrahmen. Doch mein Wutausbruch findet ein jähes Ende. Es klingelt. An meiner Wohnungstür. Mir bricht der kalte Schweiß aus. War der Typ nur die Vorhut, und der Rest der Gang steht jetzt vor der Tür, um Frau Petry richtig einzuheizen? Panisch werfe ich einen Blick auf die Straße, kann aber keine weiteren Motorräder entdecken. Vielleicht sind die Herrschaften ja mit dem Auto gekommen. Wieder klingelt es. Diesmal lang, sehr lang und ungeduldig. Ich humple zum Flur und greife mir im Vorbeigehen eine große Papierschere von meinem Schreibtisch. Kampflos kriegen die mich nicht. Jemand schlägt gegen die Tür und schimpft. Laut und ungehalten. Ich erkenne die Stimme und entspanne mich. Noch nie in meinem Leben habe ich mich so gefreut, meinen Nachbarn, den lieben Herrn Rebbelmeier, zu hören. Noch nie war ich so glücklich, dass es diesen Wahnsinnigen gibt, dass dieser Irre direkt neben mir wohnt und hemmungslos zu jeder Tages- und Nachtzeit seine Rechte einfordert. Kaum habe ich die Tür geöffnet, heult er mir, mit hochrotem Kopf und vor Wut schnaubend, etwas von nächtlicher Ruhestörung und nachbarschaftlichem Rowdytum vor. Und ich? Ich strahle ihn an, als handele es sich um George Clooney persönlich. Meine Reaktion verunsichert ihn. Aber nur kurz. Innerhalb von wenigen Sekunden beruhigt er sich, verzeiht mir mal so eben zwischen Tür und Angel und humpelt an mir vorbei in die Wohnung.

»Wie sieht es denn hier aus?«, fragt er mit einem missbilligenden Blick auf die Wasserpfütze. »Und lüften könnten Sie auch mal wieder.«

Während ich das Wasser aufwische, die Scherben einsammle und Timos Blumen in einer neuen Vase deponiere, macht Rebbelmeier es sich an meinem Küchentisch gemütlich. Als Erstes verlangt er nach einem Averna. Den sei ich ihm schuldig, tönt er, nachdem ich mitten in der Nacht einen solchen Radau gemacht hätte. In Wirklichkeit hat er wegen seines gebrochenen Fußgelenks wahrscheinlich nicht schlafen können und den Krach aus meiner Wohnung als Vorwand für seinen nächtlichen Besuch genutzt.

»Was ist passiert?«, fragt er.

Ich setze mich und untersuche die beiden Schnittwunden in meinem Fuß. Gott sei Dank sind sie nicht besonders tief.

»Irgend so ein Arschloch hat mir brennendes Papier durch den Briefschlitz geschmissen«, sage ich und tupfe das

Blut mit einer Papierserviette ab. »Beim Löschen ist dann das ein oder andere zu Bruch gegangen.«

Rebbelmeier starrt mich entsetzt an. »Sie machen Witze!«

»Mein voller Ernst.«

»Wer tut denn so was?«

»Leute, die mir einen Denkzettel verpassen wollen. Ich schätze, das war so etwas wie eine Warnung.«

»Aber dabei hätte doch das ganze Haus abbrennen können«, sagt er entgeistert.

»Der Typ hat relativ viel Krach gemacht. Vielleicht wollte er ja, dass ich aufwache.«

Ich wickle mir eine Serviette um den Fuß und hüpfe auf einem Bein zum Wasserkocher, den ich mit Leitungswasser volllaufen lasse.

»Was machen Sie da?«, fragt er.

»Baldriantee.«

»Haben Sie keinen Averna?«

»Kann ich leider nicht mit dienen.«

Rebbelmeier verzieht das Gesicht, fügt sich aber erstaunlich schnell in sein Schicksal. »Haben Sie denn einen Verdacht?«, fragt er. »Wissen Sie, wer es gewesen sein könnte?«

»Ich habe so ein paar Vermutungen.«

»Erzählen Sie«, fordert er mich mit glänzenden Augen auf. Wenn es jemanden gibt, der meinen Job spannend findet, dann ist es mein lieber Nachbar. Am liebsten würde er sich als mein Assistent verdingen. Was ich bisher erfolgreich verhindern konnte.

»Sie wissen doch, ich bin zu Geheimhaltung verpflichtet und darf nicht über meine Aufträge reden.«

»Sie sind doch nicht James Bond«, antwortet er beleidigt, »und außerdem hätte dieser Wahnsinnige meine Wohnung gleich mit abgefackelt, wenn Sie nicht aufgewacht wären. Da habe ich doch wohl ein Recht zu erfahren …«

»Ich bin irgendjemandem auf die Füße gestiegen. Ich weiß aber nicht genau, wem. Das Einzige, was ich weiß, ist, dass die Jungs Harleys fahren und äußerst brutal und rücksichtslos vorgehen.«

Rebbelmeier starrt mich an. »Harley-Fahrer tun so etwas nicht«, sagt er mit Nachdruck. »Ich hatte auch mal eine.«

»Eine Harley?«

»Nein, eine *50er Kreidler.* Die habe ich von meinem Vater …«

O Gott, bevor er anfängt, mich mit seinen Jugenderinnerungen zu langweilen, unterbreche ich ihn lieber.

»Wann sind Sie aus dem Krankenhaus entlassen worden?«, frage ich, während ich zwei Teebecher aus dem Schrank hole.

»Gestern. Frau Linke hat mich abgeholt.«

»Wie nett.«

Ich stelle ein paar Plätzchen auf den Tisch. Während er auf einem Butterkeks herumkaut, wird die Falte über seiner Nasenwurzel immer tiefer.

»Wir sind in Gefahr«, sagt er.

»Wir?«, frage ich erstaunt.

»Ja, wir! Das darf man nicht unterschätzen. Ich muss etwas unternehmen.«

»Wollen Sie ausziehen?«, frage ich hoffnungsvoll und setze mich zu ihm.

Er greift über den Tisch und tätschelt meine Hand. »Die Türschlösser in diesem Haus sind uralt. Da kommt jedes

Kind rein. Da muss was passieren. Ich besorge uns neue Schlösser. Für sämtliche Türen. Wir verriegeln und verrammeln unsere Wohnungen, dass da keiner mehr reinkommt. Auch nicht durch den Briefschlitz.«

Ich stehe auf und bringe meine Hand in Sicherheit. Wir wollen es mit den nachbarschaftlichen Gefühlen nicht gleich übertreiben.

»Und um Ihr Büro kümmere ich mich auch«, fügt er entschlossen hinzu.

Während ich den Baldriantee aufgieße, kommen mir Zweifel, ob es wirklich eine so gute Idee ist, Rebbelmeier mit der Sicherung meiner Wohnung und meines Büros zu beauftragen. Er ist der Typ, der Gelegenheiten nicht nur nutzt, sondern auch ausnutzt. Und wie ich ihn kenne, wird er zu jeder möglichen und unmöglichen Zeit vor meiner Tür stehen, um mir Vorträge über die neuesten Sicherheitsstandards zu halten oder die von ihm installierten Schlösser und Alarmanlagen zu kontrollieren. Nachdem ich den aufgebrühten Tee auf zwei große Henkelbecher verteilt habe, steht mein Entschluss fest. Ich werde die Sache mit den Schlössern selbst in die Hand nehmen. Doch als ich mich wieder zu ihm umdrehe, sind seine Augen geschlossen, das Dreifachkinn liegt auf seiner Brust, und aus dem offen stehenden Mund kommen leise rasselnde Grunztöne. So laut wie er schnarcht, braucht der keinen Tee mehr.

Kapitel 11

Am nächsten Morgen bin ich erst gegen elf im Büro. Müde und schlecht gelaunt. Ich habe so gut wie nicht geschlafen. Rebbelmeier hat die Nacht auf meinem Sofa zugebracht. Zu meinem Schutz, wie er behauptet hat. Aber wahrscheinlich fand er meine Couch einfach nur gemütlicher als sein altes, durchgelegenes Bett. Während ich bis um sieben Uhr unruhig in der Wohnung herumgetigert bin, schnarchte mein Nachbar selig in meine weißen Sofakissen. Sollte er auf ein Frühstück spekuliert haben, wurde er bitter enttäuscht. Noch nicht einmal eine Tasse Kaffee habe ich ihm angeboten, sondern ihn gleich um sieben vor die Tür gesetzt. Danach habe ich noch drei Stunden geschlafen. Ein Schlaf, der keine Erholung brachte.

Im Büro lege ich mich auf ein kleines schwarzes Sofa, das in meinem Zimmer steht und so schmal ist, dass meine Beine über die Armlehne hängen. Ich nicke trotzdem ein. Werde dann aber vom Telefon aus dem Schlaf gerissen. Cornfeld ist dran. Und er klingt noch müder, als ich mich fühle.

»Mir reicht es«, sagt er.

»Womit?«

»Womit?«, ruft er entrüstet. »Ich observiere die Rieckhof. Und das schon seit gestern.«

»Ah ja, genau.« Ich reibe mir die Augen. »Ist irgendetwas Spannendes passiert?«

»Nein.« Er gähnt. »Die Nacht hat sie im Bett verbracht. Und heute Morgen ist sie in ihr Büro gefahren. Und jetzt will ich auch ins Bett. Also, wann kommen Sie?«

»Gleich. Ich mache mir noch schnell einen Kaffee, und dann bin ich bei Ihnen.«

Er schnauft. »Dann bringen Sie mir wenigstens einen mit.«

»Okay«, sage ich und lege auf.

In der Küche befülle und starte ich die Kaffeemaschine, setze mich an den kleinen, schmalen Tisch, der direkt vor dem Fenster steht, und beobachte, wie sich die Glaskanne langsam füllt. Mich beschäftigt die Frage, ob ich nach dem, was heute Nacht passiert ist, den Fall nicht doch zurückgeben muss. Die Rieckhof hat uns belogen, das ist eindeutig. Diese Motorradfahrer hängen in der Geschichte mit drin. Sie wollen ganz offensichtlich nicht, dass ich den Fahrer finde, und haben ziemlich rabiate Methoden, diesem Wunsch Nachdruck zu verleihen. Aber mir widerstrebt es zutiefst, jetzt aufzugeben, jetzt einfach das Handtuch zu werfen und mich mit eingeklemmtem Schwanz aus dem Fall zurückzuziehen.

So einfach lass ich mich nicht einschüchtern. Wir müssen die Schwester finden, denke ich müde. Die Schwester ist der Schlüssel.

Die Wärme in der Küche und das gleichmäßige Zischgeräusch lullen mich ein. Mein Kopf sinkt nach vorn, und ich drifte weg …

»Sie sind ja noch unprofessioneller, als ich dachte.«

Erschrocken fahre ich hoch und stoße einen spitzen Schrei aus.

Nickl steht breit grinsend vor mir. »Wo ist denn Ihr

Mumm geblieben, Frau Petry? Die Heldin der Hamburger Schnüfflerbranche, die Frau, die es mit allen Rockern dieser Welt aufnimmt, kreischt wie ein Teenager beim ersten Popkonzert.«

»Ich weiß ja nicht, wie das bei Ihnen in der Provinz ist. Aber in Hamburg haben die Wohnungen draußen an der Tür eine Klingel. Da muss man draufdrücken.«

»Die gibt es in Bremen auch«, antwortet er, »aber da lassen die Leute ihre Türen nicht offen stehen.«

»Kein Grund, einfach reinzuplatzen.«

»Sie haben angerufen.«

»Ich wollte Sie sprechen. Es war keine Rede davon, dass Sie mich besuchen sollen.«

»Habe ich gern getan«, sagt er ungerührt, während sein Blick zur Kaffeemaschine wandert. »Kann ich auch einen haben?«

So weit kommt es noch. »Der ist noch nicht fertig«, wehre ich ab.

»Warum haben Sie angerufen?«, fragt er.

»Kommen Sie.« Ich lotse ihn in mein Büro.

Nachdem er auf meinem Besucherstuhl Platz genommen hat und ich hinter meinem Schreibtisch sitze, erzähle ich ihm von Kiekbusch. Dem Taxifahrer, der für sechshundert Euro bereit war, Erkundigungen einzuziehen, und sich jetzt, nachdem man ihn zusammengeschlagen hat, für das Geld nicht länger interessiert.

»Welche Erkundigungen sollte Kiekbusch denn für Sie einholen?«

Ich beiße mir auf die Lippe. Wie weit soll ich mich aus dem Fenster lehnen? Wie weit kann ich gehen, ohne meiner Auftraggeberin gegenüber illoyal zu werden?

Nickl sagt nichts. Er hält das Schweigen länger aus als ich.

»Es ging um Informationen über einen Taxifahrer«, sage ich und erzähle ihm die ganze Geschichte.

»Wer, glauben Sie, hat Kiekbusch zusammengeschlagen?«, fragt er.

»Ich denke, diese Rocker. Die Typen, die auch in der Lagerhalle waren. Das vermute ich zumindest.«

»Haben Ihnen die Jungs eigentlich schon einen Besuch abgestattet?« Bei der Frage bekommt sein Blick etwas Stechendes.

Ich zögere eine Sekunde zu lange.

»Sie haben«, stellt er fest. »Und? Was haben sie getan?«

»Brennendes Papier durch den Briefschlitz geschmissen.«

Nickl zuckt zusammen und starrt mich einen Moment wortlos an. »Ich hoffe, das hat Sie beeindruckt«, sagt er eisig.

»Ein bisschen.«

»Ein bisschen?«, ruft er. »Sie sind ja von allen guten Geistern ...«

»Jetzt beruhigen Sie sich mal«, unterbreche ich ihn. »Mir geht es gerade nicht um diese Typen. Mir geht es um den Jungen.«

»Welchen Jungen?«

»Kiekbusch hat einen kleinen Sohn, und der hat mitbekommen, wie sein Vater zusammengeschlagen wurde. Er hat es nicht direkt gesehen, aber er hat es gehört. Und nun hat er Angst.«

Zum ersten Mal sieht Nickl nicht mehr wie ein überheblicher Idiot aus. Die Geschichte mit dem Kind scheint ihm tatsächlich nahezugehen.

»Und was glauben Sie, was ich jetzt tue?«, fragt er.

»Den Kleinen beschützen. Schließlich sind Sie bei der Polizei.«

»Dafür müssen Sie aber noch ein paar mehr Infos rauslassen.«

Ich muss mich getäuscht haben. Nickl ist doch ein Idiot.

»Das kann ich nicht.«

Er stützt beide Ellenbogen auf, beugt sich weit über den Schreibtisch und sieht mir direkt in die Augen. Das kenne ich schon. Das ist Teil seiner Einschüchterungsstrategie. Nur wirkt die bei mir nicht mehr.

»Wir haben ein bisschen im Leben von diesem Willi herumgestochert«, sagt er. »Können Sie sich noch an die Halsketten erinnern, die ich Ihnen in Bremen gezeigt habe?«

»Die mit dem Delfin?«, frage ich und kann nicht verhindern, dass meine Stimme vor Aufregung eine Oktave nach oben rutscht.

Nickl nickt. »Genau, die mit dem Delfin und die mit den Strasssteinen und die mit dem Amulett und, und, und.«

»Und – und was?«

Wir werden vom Telefon unterbrochen. Das ist mit Sicherheit Cornfeld. Ich hebe den Hörer hoch und lege ihn wieder auf.

»Und was?«, wiederhole ich.

»Wir vermuten«, sagt Nickl, »dass es sich bei diesen Kettchen um Trophäen handelt. Und zwar von den Frauen, die Willis Hobby zum Opfer gefallen sind.«

»Herrgott«, fahre ich ihn an, »machen Sie es nicht so spannend. Welches Hobby?«

Mein Handy klingelt. Ich drücke die rote Taste und lege es zurück auf den Schreibtisch.

»Er und seine Kumpels haben Frauen vergewaltigt. Mädchen, die sie irgendwo nachts aufgegabelt haben. Die allein unterwegs und nicht sonderlich vorsichtig waren. Sie haben sie mit ihren Harleys beeindruckt. Haben sie zu einer Spritztour eingeladen und sie dann in irgendeine abgelegene Wohnung, in einen Keller, eine Garage, irgendwohin gebracht, wo sie ungestört waren. Wo niemand die Schreie der Frauen hören konnte. Und dort haben sie sie dann vergewaltigt. Tagelang. Die jüngste war sechzehn Jahre alt ...«

»Wurden sie ermordet?«, frage ich.

»Nein. Wenn sie genug hatten, setzten sie ihre Opfer irgendwo aus. Im Wald. In einem Industriegebiet. An der Autobahn.«

»Und die Frauen haben die Vergewaltiger nicht angezeigt?«

»Eine Einzige hat das getan«, sagt Nickl und starrt an mir vorbei an die Wand.

»Und dann?«, frage ich unsicher.

»Sie hat ihre Aussage genau drei Tage überlebt. Dann hatte sie einen Unfall.«

»Einen Unfall?«

»Sie ist verbrannt.«

»Sie ist verbrannt«, wiederhole ich entsetzt.

»Beim Hantieren mit Spiritus. Eine Fremdeinwirkung ließ sich nicht nachweisen.«

»Aber Sie glauben nicht dran. Ich meine, Sie glauben nicht an einen Unfall.«

»Was ich glaube, spielt überhaupt keine Rolle.«

»Was ist mit den anderen Frauen?«

»Die schweigen eisern. Die meisten mussten ins Krankenhaus. Zwei von ihnen wurden sehr schwer verletzt. Ein Mädchen ist durch Schläge ins Gesicht auf einem Auge erblindet, die andere sitzt im Rollstuhl. Nach dem sogenannten Unfall sind einige der Opfer abgetaucht. Sind in eine andere Stadt gezogen, haben sich die Haare gefärbt, die Wohnung oder den Job gewechselt. Eine Frau einzuschüchtern, der so etwas angetan wurde, ist nicht sonderlich schwierig.«

Nickls Gesicht ist so hart wie Granit. Der beiläufige Ton, in dem er spricht, kann nicht darüber hinwegtäuschen, wie sehr ihn das Ganze mitnimmt.

»Das hätte ich Willi nicht zugetraut«, sage ich. Ich habe immer gedacht, man merkt, also man spürt, ob jemand gefährlich ist. »Und die Harley …«

»Die Harley ist die Fliegenfalle. Damit locken sie die Mädchen an, geben ihnen das Gefühl, harmlose Jungs zu sein, die einen auf Easy Rider machen. Irgendwie schaffen sie es, den Frauen zu suggerieren, dass Harley-Fahrer harte, aber im Grunde genommen nette Kerle sind. Das haben die echt raus.«

Ja, denke ich. Das haben die wirklich raus. Wenn ich mir vorstelle, dass ich mit Willi eine Spritztour gemacht habe … Eine Spritztour, die ganz anders hätte enden können.

Ich muss erst einmal schlucken, bevor ich die nächste Frage formulieren kann. »Wer sind die anderen Männer? Die anderen Vergewaltiger?«

»Wissen wir nicht«, antwortet Nickl lapidar.

Das glaube ich ihm nicht. »Kommen Sie. Sie müssen doch einen Verdacht haben. Willi hatte irgendwelche Kumpels, hatte Freunde, mit denen er um die Häuser zog, zum Saufen ging.«

Nickl schüttelt den Kopf. »Willi ist unsere einzige Spur.«

»Wer's glaubt«, sage ich und ernte ein Achselzucken. So

komme ich offensichtlich nicht weiter. »Woher wissen Sie von den anderen Opfern? Wenn die sich doch weigern, zur Polizei zu gehen?«

»Wie schon gesagt, die meisten von ihnen sind so schwer verletzt worden, dass sie sich ärztlich behandeln lassen mussten. Und Ärzte sind verpflichtet, immer dann die Polizei einzuschalten, wenn sie vermuten, dass jemand Opfer eines Verbrechens geworden ist. Wir können die Frauen nicht zu einer Aussage zwingen. Aber wir kriegen trotzdem so einiges mit. Es gibt immer wieder Leute, die etwas erzählen. Jemand vom Krankenhauspersonal, Verwandte oder Freunde der Opfer. Den Rest kann man sich dann ganz gut zusammenreimen.«

Ich nicke. »Soweit verstehe ich das alles. Aber was ich nicht kapiere, ist, warum die Typen Willi umgebracht haben?«

»Sie meinen die Motorradfahrer?«

Ich nicke.

»Dass die es waren, ist ja bloß eine Vermutung.«

»Aber eine sehr naheliegende. So wie die Leiche ausgesehen hat«, sage ich. »Vielleicht wollte er tatsächlich mit mir reden? Vielleicht wollte er mir alles erzählen, weil er aussteigen wollte. Und die Jungs haben Wind davon gekriegt und ihn am Reden gehindert. Und vorher haben sie noch ein Exempel an ihm statuiert.«

Aber was hat das alles mit dem Taxifahrer zu tun?, geht es mir durch den Kopf.

»Das sind Spekulationen, die uns nicht weiter bringen.« Nickl trommelt mit den Fingern auf die Tischplatte. »Ich habe Ihnen alles erzählt, was ich weiß. Und jetzt möchte ich, dass Sie mir etwas erzählen.«

Das kann ich ihm nicht mehr ernsthaft verweigern.

»Okay«, sage ich. »Unter zwei Bedingungen. Erstens: Sie kriegen keine Namen von mir. Mein Auftraggeber bleibt anonym. Sonst geht gar nichts.«

Nickl will etwas einwenden. Doch ich lasse ihn gar nicht erst zu Wort kommen. »Zweitens: Ich bekomme die Liste mit den Namen der mutmaßlichen Opfer. Und sie geben mir mindestens zwei Namen von verdächtigen Personen, die Umgang mit Willi hatten.«

»Träumen Sie weiter«, sagt er unbeeindruckt.

Ich schenke ihm mein schönstes Lächeln. »Ich gebe mir alle Mühe.«

Kapitel 12

Cornfeld sieht aus, als wäre er kurz davor, einen Mord zu begehen. Als ich in der Isestraße unter der Hochbahn neben seinem klapprigen 2CV einparke, reißt er die Tür auf, springt aus dem Auto und kommt auf mich zugeschossen. Das Gesicht so grau und zornig, dass einem angst und bange werden könnte. Sofort betätige ich die Zentralverriegelung meines BMWs. Sein Versuch, die Fahrertür aufzureißen, misslingt.

»Pia!«, ruft er mit vor Wut bebender Stimme. »Sie wollten vor einer Stunde da sein. Sie gehen nicht ans Telefon, Sie …«

Er registriert die Thermoskanne, die ich demonstrativ vor die Fensterscheibe halte.

»Kaffee«, rufe ich, »ganz heiß, mit Milch und Zucker. Genauso, wie Sie ihn mögen.«

Der Kaffee bringt ihn aus dem Konzept, und er starrt völlig paralysiert auf die Kanne. Ich winke mit einer kleinen Papiertüte.

»Berliner. Ganz frisch vom Bäcker. Sind noch warm.«

Sein Gesicht sieht nur noch grau und ganz furchtbar müde aus. Die Wut ist verraucht, der Widerstand bröckelt. Ich entriegele die Türen. »Steigen Sie ein«, rufe ich. »Ich habe eine Menge Neuigkeiten für Sie.«

Cornfeld trottet um den Wagen herum und lässt sich auf

den Beifahrersitz fallen. Kommentarlos greift er nach der Kanne und der Tüte. Während ich erzähle, widmet er sich voll und ganz seinem Frühstück. Ich bin mir nicht sicher, ob er mir überhaupt zuhört. Als ich geendet habe, wischt er sich die Krümel vom Mund. Die Krapfen sind weg, die Kanne ist leer.

»Ich hatte ja gehofft, Sie würden mir einen übriglassen«, sage ich, nehme ihm die leere Tüte aus der Hand, drücke sie zu einer handlichen Kugel zusammen und werfe sie auf den Rücksitz.

Cornfeld leckt sich den Puderzucker von den Lippen. »Hat sich dieser Nickl denn auf Ihren Handel eingelassen?«

»Nicht ganz. Wir kriegen weder die Namen der Opfer noch die Namen verdächtiger Personen aus Willis Umfeld.«

»Wer hätte das gedacht.« Cornfeld verzieht das Gesicht.

»Nun ja. Er hat ja auch so schon eine Menge Infos rausgelassen. Da war ich ihm was schuldig.«

»Das heißt, Sie haben ihm alles gesagt?«

»Ich habe ihm die Geschichte von Nadine erzählt, von dem Taxifahrer und dieser ominösen Fahrt. Aber ich habe keine Namen genannt. Musste ihm aber versprechen, dass ich mich melde, wenn wir irgendetwas herausfinden.«

Cornfeld sitzt völlig in sich zusammengesackt neben mir. Seine Augenlider hängen auf Halbmast.

»Sind Sie noch wach?«

»Aber hallo«, sagt er und setzt sich auf.

»Die Namen der Opfer könnten wir vielleicht auch selbst rauskriegen …«

»Übrigens«, unterbricht er mich. »Die Sekretärin von der Rieckhof hat gestern angerufen. Ob Nadine eine Kette mit einem Delfinanhänger besitzt beziehungsweise besessen hat, weiß die Rieckhof nicht.«

»Glauben Sie das?«

Er zuckt mit den Schultern. »Es gibt noch eine andere Möglichkeit. Ich könnte versuchen, mit Hilfe des Wasserzeichens den Namen des Fotografen herauszufinden.«

»Dieses Wasserzeichen war doch kaum zu erkennen.«

»Das geht schon«, antwortet er schleppend. »Dann könnte der Fotograf uns das Bild in einer besseren Qualität schicken, und wir könnten versuchen, es zu vergrößern.«

»Tun Sie das«, sage ich. »Ich bin mir zwar ziemlich sicher, dass ihr der Delfinanhänger gehört hat. Und sie eins der Vergewaltigungsopfer ist. Aber es wäre nicht schlecht, wenn wir das beweisen könnten.«

Cornfeld nickt, und das Kinn sinkt ihm auf die Brust.

»Sie fahren jetzt heim und legen sich ins Bett. Und wenn Sie sich ausgeschlafen haben, suchen Sie Nadine ...«

Ich schupse ihn an. Benommen sieht er mich an. »Was?«

»Fahren Sie heim!«, sage ich.

»Okay.« Er steigt aus. Dann beugt er sich noch einmal nach unten und sieht zu mir ins Wageninnere. »Das war von Anfang an eine ziemlich undurchsichtige Geschichte, Pia. Und durch das, was Nickl erzählt hat, wird sie auch noch extrem gefährlich. Sollten wir den Auftrag nicht doch lieber zurückgeben?«

Ich schüttele den Kopf. »Wer weiß, wie viele Frauen die noch entführen und vergewaltigen. Wollen Sie da ruhig zusehen, die Hände in den Schoß legen und sagen, das geht mich alles nichts an?«

»Das geht uns ja auch nichts an. Um so was kümmert sich die Polizei ...«

»Die kommt ja offensichtlich auch nicht weiter.«

»Pia«, sagt er und fährt sich müde mit der Hand durch die halblangen rötlichen Haare. »Es könnte doch sein, dass diese Typen Ihnen einen Denkzettel verpassen wollen. Dass die hier in Hamburg auftauchen und …« Er macht eine beredte Pause.

»Und mich verschleppen und misshandeln?«, vollende ich seinen Satz.

Er nickt.

»Das ist Quatsch«, sage ich und bin froh, Cornfeld nichts von dem Biker mit der metallicblauen Harley erzählt zu haben. »Wenn die bis jetzt noch nicht hier aufgetaucht sind, dann tun sie es auch nicht mehr«, behaupte ich. »Und warum sollten sie mir etwas antun wollen? Ich habe ja nichts gegen sie in der Hand.«

Cornfeld scheint nicht wirklich überzeugt, trollt sich aber zu seinem Wagen. Als ich ihm hinterhersehe, habe ich plötzlich das Gefühl, die Luft um mich herum fange an zu brennen. Mein Hals wird eng und mein Puls rast. Ganz langsam durchatmen, ganz ruhig in den Bauch atmen, versuche ich mich selbst zu beruhigen. Aber gegen so viel Panik, wie mir gerade in die Knochen gefahren ist, helfen Atemübungen nur wenig.

Eine Viertelstunde später habe ich mich wieder im Griff. Ich sitze bei geöffneten Fenstern im Wagen, atme die kühle Luft ein und sauge sie tief in die Lungen. Angst gehört zum Leben, ganz besonders dann, wenn man Privatdetektivin ist. Als ich vor fünf Jahren die abgewirtschaftete Detektei meines Onkels erbte, war das nicht mehr als ein Büro mit gammeligem Mobiliar und ein paar offenen Rechnungen. Damals wies mir meine Erbschaft den Weg aus einem langweiligen, von täglichen Intrigen bestimmten Leben in der Rechtsabteilung eines großen Industrieunternehmens. Doch da hatte ich keine Panikattacken. Da schoben mir keine durchgeknallten Motorradfahrer brennendes Papier durch den Briefschlitz. Da war meine Welt noch in Ordnung. Da … fällt mir etwas ein. Dieser Biker gehört mit Sicherheit zu den Vergewaltigern. Zwar war weder seine Maschine noch deren Farbe besonders auffällig, aber womöglich gibt es in Bremen nicht so viele metallicblaue Harleys. Und der Name des Fahrers ließe sich vielleicht auf diesem Weg herausfinden. Ich krame einen Zettel und einen Stift aus dem Handschuhfach. Noch während ich mir ein paar Notizen mache, sehe ich aus den Augenwinkeln, dass die Rieckhof das Haus verlässt und mit eiligen Schritten zu einem schwarzen Renault Scenic läuft. Ich werfe Kuli und Papier auf den Beifahrersitz und fädele mich zwei Autos hinter ihr in den Verkehr ein. Mal sehen, was Frau Rieckhof in ihrer Mittagspause so treibt.

Sie biegt links in den Eppendorfer Baum ab und fährt dann quasi immer geradeaus: Lenhartzstraße, Tarpenbekstraße, Alsterkrugchaussee … Richtung Flughafen. Will sie verreisen?, frage ich mich erstaunt. An der Abzweigung zum Airport hält sie sich jedoch rechts und fährt geradeaus auf die Langenhorner Chaussee. Ich bleibe dezent im Hintergrund und gebe mir alle Mühe, sie nicht aus den Augen zu verlieren. Diszipliniert hält sie sich an Geschwindigkeitsbegrenzungen, wechselt nicht allzu häufig die Spur und fährt nicht bei Rot über die Kreuzung. Ein Zeichen, dass sie keinen Verdacht geschöpft hat. Trotzdem ist mir nicht klar, was sie in dieser Gegend will.

Als ich das Schild ASKLEPIOS KLINIK NORD OCHSEN-

ZOLL sehe, reagiere ich nicht. Dann bemerke ich ihren Blinker, und mir läuft es kalt über den Rücken. Mich beschleicht ein seltsames Gefühl, so etwas wie eine Ahnung, die sich aber noch nicht richtig fassen lässt. Die Rieckhof biegt rechts ab. Ich steige zu spät in die Eisen, so dass mein Hintermann mir fast hinten drauffährt. Er hupt und wird nicht müde, mir den Stinkefinger zu zeigen. Was ich komplett ignoriere.

Mit dem Abbiegen lasse ich mir Zeit. Ich möchte nicht, dass meine Klientin mich im Rückspiegel entdeckt. Das ist aber nicht der einzige Grund, warum ich es nicht eilig habe. *Ochsenzoll* ist im Hamburger Volksmund das Synonym für Irrenanstalt. Hier werden die harmlosen, aber auch die weniger harmlosen Verrückten therapiert. Hier verschwinden sadistische Frauenmörder hinter hohen Klinikmauern, und jeder freut sich, wenn sie dort bleiben und nicht den ein oder anderen Ausbruchversuch wagen. Ich bin noch nie hier gewesen und würde es begrüßen, möglichst schnell wieder zu verschwinden.

Als ich die Einfahrt passiere, ist weit und breit nichts von einem schwarzen Renault zu sehen. Ich war zu langsam. Frustriert fahre ich einfach geradeaus, hoffe, den Wagen irgendwo zu entdecken, und bete, dass es hier keine Tiefgarage gibt. Das würde meine Chance, ihn zu finden, drastisch verschlechtern. Während ich im Schritttempo weiterfahre, nach der Rieckhof und ihrem Auto Ausschau halte, stelle ich fest, dass das Klinikgelände riesig ist. So weit das Auge reicht. Und alles, was ich an Hinweisschildern sehe, bezieht sich auf psychische Erkrankungen. Da gibt es eine Psychiatrische Institutsambulanz, eine Psychiatrische Notaufnahme, eine Akutstation, eine Abteilung für Abhängigkeitserkrankungen, die Gerontopsychiatrie und die von mir so geschätzte

Forensische Psychiatrie. Die Abteilung für die psychopathischen Serienkiller. Ich hoffe, die ist gut gesichert, und das Personal schließt auch immer schön hinter den Patienten ab. Langsam beende ich meine Rundfahrt und nähere mich dem Ausgang. Als ich mich gerade mit dem Gedanken abfinde, unverrichteter Dinge wieder nach Hause zu fahren, taucht das Haus 32 vor mir auf. Auf dem Parkplatz davor stehen drei Autos: ein silbergrauer Renault Espace, ein dunkelblauer Golf und ein schwarzer Renault Scenic.

Ich parke meinen Wagen gut zweihundert Meter von der Klinik entfernt und zücke mein Handy. Cornfeld ist *not amused*. Er klingt völlig verschlafen, und ich muss so ziemlich alles, was ich sage, ein- bis zweimal wiederholen, bevor er es begreift. Es bedarf einiger Überredungskunst, dass er sich an seinen Computer setzt und für mich im Internet recherchiert. In dem Gebäude, vor dem Rieckhofs Auto parkt, befindet sich die II. Abteilung für Psychiatrie und Psychotherapie.

»… die Abteilung verfügt über große Erfahrung im Umgang mit schweren Krisensituationen. Ein weiterer Schwerpunkt liegt auf dem Gebiet der Behandlung von massiven Persönlichkeits- beziehungsweise Borderline-Störungen. Ein differenziertes sozialpsychiatrisches Angebot mit Bewegungs-, Musik-, Tanz-, Gestaltungs- und Ergotherapie sowie …«

Cornfeld verstummt. Ist er eingeschlafen?

»Cornfeld? *Cornfeld!*«, schreie ich in den Hörer.

»Was, was?«, kommt es völlig benommen zurück.

»Gehen Sie ins Bett. Aber schnell.«

Nachdem ich das Gespräch beendet habe, überlege ich,

unter welchem Vorwand ich die Klinik betreten und mich dort umsehen könnte. Da kommt mir der Zufall zur Hilfe. Die Rieckhof verlässt das Gebäude in Begleitung einer Frau, die einen grauen Jogginganzug trägt und sich die Kapuze ihres Shirts tief ins Gesicht gezogen hat. Die beiden laufen direkt auf mich zu. Ich beuge mich zur Seite und tue so, als müsste ich im Fußraum vor dem Beifahrersitz Fussel vom Boden klauben. Nachdem sie an meinem Auto vorbeigegangen sind, setze ich mich wieder auf und beobachte sie im Rückspiegel. Sie gehen Arm in Arm, eng nebeneinander. Die innige Vertrautheit der beiden bringt das seltsame Gefühl zurück, das mich beim Abbiegen auf das Klinikgelände beschlichen hat. So als hätte mein Unterbewusstsein etwas begriffen, was noch nicht bis zu meinem Bewusstsein vorgedrungen ist.

Ich werde von einem Krankenwagen abgelenkt, der mit hoher Geschwindigkeit und eingeschaltetem Blaulicht an mir vorbeifährt und fast meinen Seitenspiegel abrasiert.

Als ich wieder in den Spiegel sehe, unterhalten sich die Frauen mit einem groß gewachsenen blonden Mann, der einen weißen Kittel trägt. Vermutlich ein Arzt. Sie verabschieden sich mit Handschlag voneinander. Und während die beiden Frauen ihren Weg fortsetzen, kommt der Mann die Straße hoch, geht an meinem Wagen vorbei in Richtung Klinik.

Mein Handy piepst. Lang und laut. Und signalisiert mir damit den Eingang einer SMS. Inständig hoffe ich, dass sie von Timo ist. Doch sie ist nicht von Timo, sie ist von meiner Mutter. Was ich in zweierlei Hinsicht irritierend finde. Zum einen wusste ich nicht, dass sie sich mit moderner Telekommunikation auskennt, und zum anderen ist mir neu, dass sie bereits aus dem Krankenhaus entlassen wurde. Denn anscheinend ist sie zu Hause, da sie mich bittet, zu ihr in die Elbchaussee zu kommen. Und zwar gleich. Vielleicht braucht sie Hilfe. Schließlich sitzt sie im Rollstuhl. Ich starte den BMW. Bevor ich losfahre, setze ich den Blinker, werfe noch einmal einen Blick in den Seitenspiegel und beobachte, wie sich die Frau im Jogginganzug von der Rieckhof löst und den Weg zurückläuft. Auf den Arzt zu, der stehen geblieben ist und sich nach ihr umgedreht hat.

Alles, was ab diesem Zeitpunkt passiert, läuft in Zeitlupe ab. So kommt es mir zumindest vor. Als nähme ich das Geschehen langsamer, deutlicher und größer wahr. Als würde ich diese Frau durch ein Vergrößerungsglas hindurch betrachten. Und ich registriere jedes Detail. Den Reißverschluss ihrer Jacke, der bis unters Kinn hochgezogen ist, den grauen Hosenstoff, der sich eng um ihre dünnen Oberschenkel legt, den offenen Schnürsenkel ihres rechten Turnschuhs, der bei jedem Schritt durch die Luft peitscht. Und ich sehe die Kapuze, die ihr vom Kopf rutscht und Zentimeter für Zentimeter einen kahl geschorenen Schädel freigibt. Ich sehe ihr ovales, blasses Gesicht, die großen Augen, die schmale Nase, den Schmollmund, der seltsam blutleer wirkt. Ich sehe ein Gesicht, dessen Schönheit immer noch beeindruckend ist. Und genauso deutlich sehe ich, als sie an mir vorbeiläuft, den Arzt schon fast erreicht hat und lachend die Hände nach ihm ausstreckt, die große, dunkelrote Narbe, die quer über ihren kahlen Hinterkopf verläuft.

Kapitel 13

Mehr als fünf Jahre ist es her, dass ich das letzte Mal zu Hause gewesen bin. Es hat sich nichts verändert. Abgesehen von der Verwahrlosung, die weiter fortgeschritten ist. Das ist der Vorteil, wenn man geizig ist. Dann sieht man kalt lächelnd zu, wie der Putz bröckelt, die Farbe blättert und der Giersch die Blumenbeete platt macht. Dann stören verrostete Gartenzäune genauso wenig wie geborstene Gehwegplatten, werden verdreckte Fensterscheiben ebenso ignoriert wie verbogene Gitterstäbe. Dann bekommt man den Tunnelblick, der alles außer Acht lässt, was nicht substantiell notwendig ist und Geld kosten könnte. Während ich den Kiesweg hinunterkomme, betrachte ich wehmütig die alte Villa, die Ende des letzten Jahrhunderts erbaut wurde und einmal mein Zuhause war. Ich sehe mich als Vierjährige, wie ich auf dem Dreirad über den Kies flitze, als Sechsjährige mit der Schultüte im Arm, die ich so fest an mich drücke, dass die Bonbons oben herauskullern. Ich sehe meinen Vater mit weit ausgebreiteten Armen, auf den ich freudestrahlend zulaufe.

Knirschend geht ein Flügel des vorderen Portals auf. Im dahinterliegenden Halbschatten erkenne ich meine Mutter. Sie sitzt im Rollstuhl. Ich bin beruhigt. Es scheint nichts Dramatisches passiert zu sein.

»Und?«, fragt sie. »Betrachtest du dein Erbe?«

»Werde ich die Villa denn erben Mama? Oder wirst du dafür sorgen, dass ich an das Haus genauso wenig rankomme wie an Papas Hinterlassenschaft?«

»Was redest du denn da für einen Unsinn? Dein Vater hat auf meinen Rat hin das Geld langfristig für dich angelegt. Das war nur in deinem Interesse.«

»Tatsächlich«, sage ich und gehe an ihr vorbei in die Eingangshalle.

Die Luft, die mir entgegenschlägt, ist kalt und abgestanden. Der muffige Raum liegt in einer trüben Düsternis, die nur durch ein paar Lichtstrahlen aus den bleiverglasten Fenstern erhellt wird.

»Du bekommst dein Erbe in fünf Jahren ausbezahlt, und dann hat es sich fast verdoppelt«, sagt sie, greift nach den Rädern ihres Rollstuhls und durchquert die Halle.

»Ich hätte es aber schon vor fünf Jahren gebraucht.«

»Da warst du noch viel zu jung.«

»Mit fünfunddreißig war ich alt genug«, erwidere ich aufgebracht.

»Nicht für so viel Geld«, sagt sie scharf und rollt in die Küche.

Ich verzichte darauf, das Thema weiter zu vertiefen, und folge ihr. Beim Anblick der alten Einbauschränke, der Sammlung von Wedgwood-Tellern in den offenen Holzregalen, des AGA-Herds stelle ich erfreut fest, dass meine Mutter nichts verändert hat. Alles sieht so aus wie früher. Nur dass ich nirgends halbvolle Gläser oder halbleere Ginflaschen entdecken kann. Ein Anblick, den ich seit frühester Kindheit gewohnt war.

»Und worum geht es jetzt? Warum sollte ich zu dir kommen?«, frage ich.

»Um mit mir meine Entlassung aus dem Krankenhaus zu feiern.«

Sie schiebt ihren Rollstuhl zu dem alten Refektoriumstisch, auf dem zwei Gedecke und ein wunderbar duftender Kuchen stehen.

»Du hast gebacken?«, frage ich ungläubig.

Sie nickt. »Hättest du nicht gedacht, was?«

Nein, das hätte ich nicht gedacht. Für Hausfrauentätigkeiten war sich meine Mutter eigentlich immer zu schade.

»Russischer Zupfkuchen«, sagt sie stolz und zerteilt ihn mit einem gigantischen Küchenmesser. »Nach einem Rezept von deiner Oma.«

Erneut geht mir der Gedanke durch den Kopf, dass sie sich ja vielleicht wirklich verändert haben könnte. Äußerlich zumindest hat sie das getan. Von der alten, verhärmten Frau, die ich zuletzt im Krankenhaus gesehen habe, ist nicht viel übrig geblieben. Das Haar hat sie sich färben und in elegante Wellen legen lassen. Sie ist dezent geschminkt und hat die Reste der Hämatome in ihrem Gesicht mit Theaterschminke überdeckt. Mit Mitte sechzig sieht sie gut zehn Jahre jünger aus und ist, trotz ihrer Falten, immer noch eine Schönheit.

»Wann bist du denn entlassen worden?«, frage ich.

»Gestern Morgen.«

»Warum hast du mich nicht angerufen? Ich hätte dich abgeholt.«

»Ich wollte dich nicht überfordern«, sagt sie und lächelt spöttisch.

»Dass du auf andere Rücksicht nimmst, ist neu«, antworte ich und setze mich an den Tisch, an dem ich schon als Kind meine Hausaufgaben gemacht habe. Zärtlich lasse ich die Hände über das weiche, mit unzähligen Macken und Flecken überzogene Holz gleiten. Meine Mutter schenkt mir Kaffee ein und legt ein Stück Kuchen auf meinen Teller.

»Müsstest du nicht in die Reha?«

»Papperlapapp.« Sie winkt ab. »Was soll ich denn da? Lauter alte Leute, die sich gegenseitig auf den Wecker gehen.«

»Könnte ich bitte Zucker haben?«

Sie nickt, zieht eine fast leere Tüte aus einer Schublade und schüttet die kläglichen Reste in meine Tasse. Danach schneidet sie das Papier auseinander und wischt mit einem Pinsel die Zuckerreste aus den Stanzfalten. Mit einer Mischung aus Faszination und Grauen beobachte ich, wie sie einen kleinen weißen Zuckerberg an der Tischkante zusammenschiebt, ihn vorsichtig auf ihre Handinnenfläche kippt und ihn dann in eine silberne Dose schüttet. Unsere Blicke treffen sich, und sie hält inne.

»Ich weiß, was du denkst«, sagt sie. »Du denkst, ich wäre geizig.«

»I wo«, sage ich. »Auf so was würde ich nie kommen.«

Mit versteinerter Miene platziert sie ihren Rollstuhl mir gegenüber und sieht mich unverwandt an. »Pia, ich bin pleite.«

»Mama, du bist doch schon seit dreißig Jahren pleite«, antworte ich gereizt. Ihr Geiz ist so legendär wie ihre Angst vorm Älterwerden.

»Kind«, sagt sie eindringlich, »Kind, ich meine es ernst. Ich verdiene seit zwanzig Jahren kein Geld mehr. Irgendwann sind die Vorräte aufgebraucht. Ich weiß nicht, wie lange ich unser Haus noch halten kann. Die Bank sitzt mir im Genick …«

Da bist du nicht die Einzige, denke ich und mustere sie

verunsichert. Eigentlich ist sie immer diejenige in der Familie gewesen, die mit Geld umgehen konnte. Im Gegensatz zu mir und meinem Vater. Allerdings verdient sie ja wirklich schon seit geraumer Zeit nichts mehr. 1988 stand sie zum letzten Mal auf der Bühne. Und da war der Saal nur noch halb voll.

»Wie schlimm ist es denn?«

»Sehr schlimm«, sagt sie leise.

»Mama, wenn ich dir helfen kann …«

Sie tätschelt meine Hand. »Das ist lieb.«

»Wir könnten das Haus verkaufen. Es ist doch sowieso viel zu groß.«

Ruckartig zieht sie die Hand zurück. »Bist du verrückt? Das Haus verkaufen? Nie im Leben.«

»Mama! Welcher Mensch braucht achthundert Quadratmeter? Das ist doch Wahnsinn.«

Sie schlägt mit der Faust auf den Tisch. So fest, dass meine Tasse hochhüpft. »Das kommt überhaupt nicht in Frage.«

»Du kriegst zwei bis drei Millionen für den alten Kasten«, insistiere ich.

»Ché Scheiße«, sagt sie und beendet damit die Diskussion.

Ich nippe an meinem Kaffee und halte den Mund. Wenn sie *ché Scheiße* sagt, dann ist das Gespräch erst einmal beendet. Das war schon immer so. Gut fünf Minuten sitzen wir schweigend da. Trinken Kaffee, essen Kuchen, sehen uns nicht an.

»Hast du Kontakt zu Lennard und Constantin?«, fragt sie.

Lennard und Constantin sind meine Brüder. Zehn und acht Jahre älter als ich und die Helden meiner Mutter. Ihre

Lieblinge. Der große Altersunterschied hat mir zeitlebens Probleme bereitet. Ich war immer die Kleine. Ganz niedlich, aber viel zu jung, als dass sie wirklich etwas mit mir hätten anfangen können. So blieb das geschwisterliche Verhältnis vage und irgendwie leidenschaftslos. Nach ihrem Studium wanderten sie nach Australien aus und legten so die größtmögliche Distanz zwischen sich und unsere Mutter. Eine Tatsache, die sie ihnen weder verziehen noch je verwunden hat.

»Ab und zu bekomme ich mal eine Mail und die üblichen Karten am Geburtstag und zu Weihnachten«, sage ich und mustere sie interessiert. »Warum fragst du? Melden Sie sich nicht bei dir?«

»Natürlich tun sie das«, antwortet sie mit so viel Nachdruck, dass ich sicher bin, sie lügt. Bevor ich nachfragen kann, werden wir von meinem Handy unterbrochen.

»Petry«, melde ich mich und kann, als ich Timos Stimme höre, nicht verhindern, dass sich ein glückseliges Lächeln auf meinem Gesicht breitmacht.

»Wie geht es dir?«, fragt er.

»Gut«, sage ich, und mir fällt wieder unser letztes Treffen ein. Als ich mich nach seiner Lesung abgeschoben und nicht richtig gewürdigt fühlte. Dieses Mal würde ich mich zurücknehmen und ihn ein bisschen zappeln lassen.

»Können wir uns morgen sehen? Vielleicht zum Mittagessen?«, fragt er.

Anstatt »nein« zu sagen oder die Antwort doch zumindest hinauszuzögern, sage ich sofort »okay« und mache auch gleich einen Vorschlag, wo das Treffen stattfinden könnte: »Was hältst du vom *Café Paris?* So gegen zwölf.«

»Wo ist das?«

»In der Innenstadt, Rathausstraße.«

»Alles klar. Dann sehen wir uns morgen um zwölf. Ich freu mich.«

»Ich mich auch«, sage ich leise und lege so viel Zärtlichkeit in die Stimme, wie mir das im Angesicht meiner Mutter möglich ist.

Ich stecke das Handy zurück und habe den Reißverschluss meiner Tasche noch nicht ganz geschlossen, als mir der lauernde Blick meiner Mutter auffällt.

»War das dein Freund?«

»Nein, ein Bekannter. Eine geschäftliche Geschichte. Nichts Privates.«

Sie glaubt mir kein Wort. »Wo hast du ihn kennengelernt?«

»Mama, es ist nichts Wichtiges. Glaub mir. Nur irgendein Typ.«

»Wie heißt der Typ?«

»Timo.«

»Wie alt?«

»Achtunddreißig.«

»Verheiratet? Kinder?«

»Geschieden, zwei siebenjährige Töchter, Zwillinge, die bei ihrer Mutter leben.«

»Wie sieht er aus?«

»Nett. Gut. Eigentlich ziemlich gut. Er hat etwas Besonderes …«

»Beruf?«

Jetzt reicht es.

»Ich müsste mal aufs Klo«, sage ich und stehe auf.

»Weißt du noch, wo es ist? Oder soll ich dich begleiten?«

»Danke Mama, ich find's schon.«

Auf dem Weg zur Gästetoilette komme ich am Schlafzimmer meiner Mutter vorbei. Die Tür steht offen. Neugierig gehe ich hinein und sehe mich in dem dreißig Quadratmeter großen, hellen Raum um. Während die Belle Etage düster, schwer und einschüchternd wirkt, sind die Zimmer in den beiden oberen Stockwerken von einer Helligkeit und Leichtigkeit, die man nicht vermuten würde, wenn man die Villa betritt. Und während ich mich so umsehe, verstehe ich, dass meine Mutter das Haus nicht verkaufen will. Sie hängt zu Recht daran. Sie hängt auch an der Einrichtung, die komplett aus den Fünfzigern stammt und so gut erhalten ist, dass man das Zimmer in einem Museum ausstellen könnte. Bis hin zu den Tapeten.

Als ich wieder gehen will, fällt mir etwas auf. Auf dem Bett liegen Einkaufstüten. Tüten in sehr schönen Farben mit vielsagenden Aufdrucken. Eine ist knallrot, und es steht *Escada* darauf. Eine andere ist orange, und es steht *Hermès Paris* darauf. Eine dritte ist schwarz, und es steht *Jil Sander* darauf. Ich halte die Luft an. Meine Mutter war einkaufen. Sie hat sich richtig was gegönnt. Ich sehe mir den Inhalt der Tüten und die Preisetiketten an und komme auf einen Gesamtwert von dreitausend Euro. Sie hat mal so eben dreitausend Euro ausgegeben. Die arme Frau, der die Bank im Genick sitzt, die um ihr Haus bangt, die die Zuckerreste aus den Stanzfalten der Papiertüten kratzt. Ich lege meine Hände auf die Oberschenkel und atme tief durch. Nicht aufregen, denke ich, nur nicht aufregen, das ist es nicht wert. Doch leider hilft das gar nichts. Mir schlägt das Herz bis zum Hals, und die Wut kriecht wie eine böse Schlange durch meine Eingeweide. Es ist einfach ein beschissenes Gefühl, mal wieder auf einen ihrer Auftritte hereingefallen zu sein. Da kommt mir ein Gedanke, der die Sache noch schlimmer macht. Ich schnappe mir eine der Tüten, renne die Treppe hinunter und stürme in die Küche, direkt zum Abfalleimer. Als ich auf das Pedal trete und der Deckel hochklappt, sehe ich sofort, was ich gesucht habe. Eine Packung Dr.-Oetker-Backmischung »Russischer Zupfkuchen«. Von wegen »nach einem Rezept von deiner Oma«. Ich ziehe die Schachtel, an der Eigelb und Apfelschalen kleben, heraus und drehe mich zu meiner Mutter, in der einen Hand die *Jil-Sander*-Tüte, in der anderen die Backmischung.

»Könntest du mir das vielleicht mal erklären?«

Sie grinst amüsiert. »Du hast mir geglaubt? Oder? Fast hättest du es mir wirklich abgekauft.«

Begeistert klatscht sie in die Hände. Und in ihrem Gesicht stehen so viel Stolz und Triumph, dass es mir die Sprache verschlägt.

Als ich mit hundert Sachen über die Elbchaussee brettere, bebe ich innerlich vor Wut. Meine Mutter ist ein Ungeheuer. Ein Teufel in Menschengestalt, eine Bestie. Eine lebenslange Plage. Und angesichts ihrer fünfundsechzig Jahre und der heutzutage erschreckend hohen Lebenserwartung sehr wohl in der Lage, mir das Dasein noch weitere Jahrzehnte zur Hölle zu machen. Warum bin ich bloß in dieses gottverdammte Krankenzimmer gegangen? Warum habe ich sie wieder in mein Leben gelassen? »WARUM?«, brülle ich, als mein Handy klingelt.

»Ja!«, blaffe ich und höre erst einmal nur Rauschen und Knacken. Irgendwo dazwischen, in weiter Ferne, Cornfelds Stimme.

»Soll ich Sie ablösen?«

»Was?«, rufe ich.

»Soll ich Sie bei der Observation von der Rieckhof ablösen?«

»Die observiere ich nicht mehr.«

Die Verbindung wird besser, und ich kann Cornfeld klar und deutlich verstehen.

»Wieso?«, brüllt er mir ins Ohr.

»Schreien Sie doch nicht so. Ich bin nicht taub.«

»Entschuldigung. Wieso observieren Sie sie denn nicht mehr?«

»Das ist nicht mehr nötig.«

»Aber …«

»Was glauben Sie, wen sie in Ochsenzoll besucht hat?«

»Doch nicht etwa …«

»Genau. Ihre Schwester Nadine. Die dort Patientin ist und ziemlich ramponiert aussieht.«

»Dann hat sie uns tatsächlich die ganze Zeit beschissen«, sagt Cornfeld. »Apropos beschissen«, fährt er fort, »ich habe den Fotografen gefunden, der das Bild von Nadine aufgenommen hat. Das Wasserzeichen war seine Mailadresse. Er hat mir die Aufnahme als Hi-Res auf CD geschickt in einer Auflösung von zehn Megabyte …«

»Cornfeld, bitte, keine langwierigen Erklärungen«, unterbreche ich ihn. »Bringen Sie es auf den Punkt.«

Einen Moment herrscht Ruhe am anderen Ende der Leitung. Cornfeld ist beleidigt. Zu gern hätte er mir die Story seiner erfolgreichen Recherche erzählt, aber dafür habe ich jetzt überhaupt keinen Nerv.

»Es ist kein Halbmond«, sagt er. »Der Anhänger ist eindeutig ein Delfin.«

Ich schlage mit der flachen Hand auf das Lenkrad. »Für

wen hält die uns eigentlich«, werde ich nun richtig sauer. »Was für ein blödes Spiel spielt die? Ich kläre das, und zwar gleich«, sage ich, verabschiede Cornfeld, lege auf und drücke das Gaspedal durch. Mit der Wut, die ich im Bauch habe, könnte ich die gesamte HSV-Fankurve aufmischen. Die gute Frau Rieckhof kann sich auf was gefasst machen.

Kapitel 14

Von der Elbchaussee bis nach Marienthal brauche ich fünfundzwanzig Minuten. Mit quietschenden Reifen stoppe ich vor dem modernen Appartementhaus, in dem die Rieckhof wohnt. Ich lasse meinen Gefühlen freien Lauf und klingle Sturm. Bei meiner Klientin und bei ihren Nachbarn, bis mich endlich jemand hereinlässt. Doch auch ausgiebiges Klopfen an die Wohnungstür bringt mich nicht weiter. Die Rieckhof ist nicht da. Kein Licht, keine Geräusche, nichts was auf ihre Anwesenheit schließen ließe. Womöglich spielt sie immer noch den Babysitter für ihre Schwester. Ich gebe auf und fahre nach Hause. Dort weiß ich nicht, wohin mit meiner Wut und dem Adrenalin, das immer noch in Unmengen in meinem Blutkreislauf zirkuliert. Ich entschließe mich, joggen zu gehen, ziehe meine Sportsachen an und mache mich auf den Weg zur Außenalster. Wie immer starte ich an der Krugkoppelbrücke, laufe am Wasser entlang durch den Alsterpark bis zur alten Rabenstraße und von dort das Alsterufer hinunter bis zur Kennedybrücke. Der Anblick der weißen Segelboote auf dem tiefblauen Wasser ist immer wieder grandios. Wo gibt es das schon? Einen achtzehn Hektar großen See mitten in der Stadt. Ich beobachte eine Horde tollender Hunde auf einer Wiese, sehe einem Ehepaar mit zwei Kleinkindern zu, die Enten und Schwäne füttern, und fange langsam an, mich zu beruhigen. Was will ich eigentlich? Ich lebe in der schönsten Stadt der Welt, bin gesund und frisch verliebt. Und morgen mit dem Mann meiner Träume zum Essen verabredet. Was kümmert es mich da, ob mich eine Frau Rieckhof belügt oder meine Mutter ihre schauspielerischen Fähigkeiten an mir testet. Das ist mir doch völlig egal.

Als ich an der Kennedybrücke ankomme, drehe ich um und laufe die Strecke wieder zurück. Danach geht es mir besser. Viel besser.

Am nächsten Morgen mache ich mich ausgeschlafen und in bester Stimmung erneut auf den Weg nach Marienthal. Punkt sieben stehe ich vor der Wohnungstür meiner Klientin. Mal sehen, ob die Rieckhof zu Hause ist. Sie ist es. Und, im Gegensatz zu mir, ausgesprochen mies gelaunt. Obwohl es noch früh am Tag ist, ist sie schon perfekt frisiert, sorgfältig geschminkt und trägt einen grauen Hosenanzug, der schick, trendy und verdammt teuer aussieht.

»Was ist denn?«, fragt sie unwirsch, als ich die Treppe zu ihrer Wohnung hochkomme. »Wenn Sie Informationen für mich haben, rufen Sie mich bitte an, oder hinterlassen Sie eine Nachricht bei meiner Assistentin.«

»Es ist etwas Persönliches«, sage ich. »Und Persönliches bespreche ich auch lieber persönlich.«

Ohne ihre Erwiderung abzuwarten, gehe ich an ihr vorbei und betrete einen schmalen Flur, der in ein circa fünfzig Quadratmeter großes Wohnzimmer führt. Die nach oben abgerundeten Fenster reichen vom Boden bis fast an die Decke und gehen der einen Seite des Raumes auf einen französischen Balkon und an der anderen auf eine Dachterrasse hinaus. Eine breite Wendeltreppe führt zu einer Galerie, auf der ein schwarzer Flügel vor einer Wand mit weißen Bücherregalen steht. Die Einrichtung zeigt, dass Frau Rieckhof eine erfolgreiche Architektin ist, der es weder an Geld noch an Geschmack mangelt. Dafür mangelt es an Benehmen.

»Ich habe nicht viel Zeit«, sagt sie. Was ich als Aufforderung verstehe, mich hinzusetzen.

»Wo ist Ihre Schwester?«, frage ich.

Sie zögert. »Zu Hause.«

»Wo wohnt Ihre Schwester?«

»Was spielt das für eine Rolle?«

Sie mustert mich argwöhnisch, wobei ihr Blick immer wieder zu meinen staubigen, schwarzen Stiefeln abschweift, die sich sehr kontrastreich vom weißen Teppichboden abheben.

»Ihre Schwester ist nicht zu Hause«, sage ich. »Ihre Schwester ist in Ochsenzoll. In der II. Abteilung für Psychiatrie und Psychotherapie.«

Jetzt setzt sie sich auch. Sagt aber nichts.

»Ich fände es nett, wenn Sie mir das erklären könnten.«

Mit unbeweglicher Miene starrt sie auf den Boden.

»Frau Rieckhof«, sage ich eindringlich. »Mir hat ein Motorradfahrer mitten in der Nacht brennendes Papier durch den Briefschlitz geworfen. Wenn ich nicht zufällig aufgewacht wäre, könnten Sie mich jetzt auf dem Friedhof besuchen. Ich möchte von Ihnen wissen, was diese Kerle mit Ihrer Schwester zu tun haben. Was ist mit Nadine passiert?«

Die Rieckhof hat Tränen in den Augen, die sie ganz schnell wegblinzelt. Zum ersten Mal bekommt ihre harte Fassade Risse. Doch sie hat sich gleich wieder im Griff.

»Es tut mir leid«, sagt sie.

»Was tut Ihnen leid?«

»Das mit dem Papier.« Sie tupft sich die Augenwinkel mit einem Tempotaschentuch ab.

»Diese Motorradfahrer, was haben die getan?«, frage ich und kann mir die Frage eigentlich auch selbst beantworten. Aber ich will es von ihr hören.

»Sie haben Nadine vergewaltigt. Drei Tage und vier Nächte lang. In der vierten Nacht haben sie sie aus dem fahrenden Auto geworfen. In der Nähe einer Raststätte. Wie ein Stück Müll.«

»Und die Kopfverletzung?«

»Sie wurde gegen eine Leitplanke geschleudert und erlitt dabei einen Schädelbasisbruch.«

Die Rieckhof putzt sich die Nase und zerknüllt das Taschentuch in ihren Händen.

»Wurde die Polizei eingeschaltet?«

»Nein. Nadine hatte viel zu viel Angst. Erst recht, nachdem der Brief kam.«

»Was für ein Brief?«

»Sie hat einen anonymen Brief erhalten. Mit einem Zeitungsausschnitt. Einem Artikel, in dem es um den Tod einer jungen Frau ging. Sie ist bei dem Versuch, Spiritus in einem Fondue-Brenner anzuzünden, verbrannt. In dem Zeitungsbericht hieß es, es sei ein Unfall gewesen. Aber in dem anonymen Brief, der dabeilag, stand, dass Nadine auch Feuer fangen würde, sollte sie auf die Idee kommen, zur Polizei zu gehen. Die Drohung war jedoch gar nicht nötig. Nadine hätte sowieso nicht ausgesagt.«

»Und das erzählen Sie mir erst jetzt?«, frage ich und merke, wie mir die Wut trotz aller guten Vorsätze schon wieder in die Knochen fährt. »Sie lassen mich auf eine Bande

Vergewaltiger los, die Frauen anzünden oder aus fahrenden Autos werfen, und halten es nicht für nötig, mir irgendetwas davon zu sagen? Erzählen mir stattdessen diesen rührseligen Quatsch vom Taxifahrer.«

»Nein, nein«, ruft sie und hebt abwehrend beide Hände. »Das dürfen Sie nicht glauben. In den Taxifahrer hat sie sich wirklich verliebt. Die Vergewaltigung liegt ja schon länger zurück …«

»Dafür war die Narbe an ihrem Kopf zu frisch«, unterbreche ich sie.

»Nadine ist schon mehrmals operiert worden. Nach diesem Vorfall bekam sie gesundheitliche Probleme. Nicht nur wegen der Kopfverletzung. Sehen Sie, Nadine hatte eine schwere Kindheit. Unsere Eltern trennten sich, als ich dreizehn und Nadine zwei Jahre alt war. Ich kam zu meinem Vater, Nadine zu meiner Mutter. Während es mir gut ging, war meine Mutter nicht in der Lage, sich um Nadine zu kümmern. Sie wurde von einer Pflegefamilie zur nächsten gereicht und landete als Jugendliche im Heim. Nadine ist von Anfang an ziemlich schutzlos durchs Leben gegangen. Solche Menschen sind prädestiniert für Übergriffe. Potenzielle Täter spüren diese Schwäche und nutzen sie aus. Deshalb ist Nadines Reaktion auf die Vergewaltigungen auch so massiv, verstehen Sie. Sie ist schon wieder Opfer geworden. Mittlerweile hat sie zig stationäre Aufenthalte und Therapien hinter sich und wird so mit Psychopharmaka vollgepumpt, dass sie die meiste Zeit nicht ansprechbar ist.«

»Darum ist sie also in Ochsenzoll«, stelle ich fest.

»Woher wissen Sie das überhaupt?«

»Ich habe Sie beobachtet. Gestern. Als Sie mit Ihrer Schwester spazieren gegangen sind.«

»Sie haben *mich* observiert!«, ruft sie aus. »Das ist ja wohl …«

»Wer war der blonde Mann, mit dem Sie geredet haben?«

Irritiert sieht sie mich an. »Blonder Mann? Ach«, dann macht sie eine ungeduldige Handbewegung. »Das war Nadines Arzt. Ein ganz hervorragender Psychiater.«

»Ist er nicht ein bisschen jung?«, rutscht es mir heraus.

»Er ist hochqualifiziert und hat lange für die *bzfo* gearbeitet.«

»Für die *bzfo?*«, frage ich nach.

»Das ist ein Behandlungszentrum für Folteropfer in Berlin. Aber Sie lenken ab. Ich möchte von Ihnen wissen, wieso Sie mich beobachten. Dafür bezahle ich Sie nämlich nicht.«

Langsam gewinnt ihre Überheblichkeit wieder die Oberhand.

»Wenn man das Gefühl hat, von seiner Auftraggeberin belogen zu werden, muss man sich eben absichern.«

»Ich habe Sie nicht belogen. Ich habe Ihnen nur nicht alles erzählt. Weil ich dachte, dass das nicht nötig sei.«

»Wie soll das weitergehen, Frau Rieckhof?«

»Suchen Sie den Taxifahrer.«

»Wozu?«

»Er war nach langer Zeit der erste Mann, den Nadine überhaupt wahrgenommen hat. Den sie nett fand, über den sie gesprochen hat. Der es geschafft hat, so etwas wie einen Zugang zu ihr zu finden. Ich glaube einfach, dass dieser Mann ihr gut tun würde. Dass er sie vielleicht aus dieser Psychose herausholen, ihr den Halt und die Sicherheit geben könnte, damit sie irgendwann in der Lage ist, ein Leben ohne Medikamente zu führen. Verstehen Sie, was ich meine?«

Von dieser neuerlichen Wendung völlig verunsichert, nicke ich.

»Haben Sie den Brief und den Zeitungsartikel noch?«, frage ich.

»Ja. Natürlich.«

Sie greift nach meinen Händen. »Helfen Sie mir, bitte.«

Ich sitze da und fühle mich unter Druck gesetzt, fühle mich bedrängt von der Art, wie sie mich ansieht, wie sie mit mir redet. Jetzt auf einmal wird sie emotional. Jetzt, wo sie merkt, dass ihr die Felle davonschwimmen. Ich möchte mich ihr entziehen, schaffe es aber nicht.

»Okay«, sage ich. »Ich mache noch einen Versuch. Aber nur noch einen.«

Sie lächelt und drückt ein letztes Mal meine Hände. »Danke«, sagt sie und steht auf.

Kapitel 15

Hamburg zeigt sich von seiner schönsten Seite. Die Temperatur erreicht grandiose fünfundzwanzig Grad. Und um mich herum scheint es nur gut gelaunte Menschen zu geben. Mit einer Ausnahme. Und das bin ich. Seit einer geschlagenen Viertelstunde sitze ich im *Café Paris* und warte. Auf Timo. Ich habe mir einen Platz vor dem Eingang auf dem Bürgersteig erobert, von wo aus ich einen guten Überblick über die Rathausstraße habe, und halte mich an einem Latte Macchiato fest. Von Sekunde zu Sekunde werde ich saurer. Wenn ich etwas hasse, dann, versetzt zu werden. Um zwanzig nach zwölf reicht es mir. Ich entschließe mich, allein zu essen, und winke der Kellnerin.

»Welchen Fisch gibt es heute?«

»Hai!«

»Hai?«, frage ich. »Wissen Sie denn nicht, dass die vom Aussterben bedroht sind, weil die Japaner so gern Haifischflossensuppe essen?«

Die Kellnerin zuckt mit den Schultern. »Das müssen Sie den Köchen erzählen. Damit habe ich nichts zu tun. Ansonsten hätten wir aber auch noch Kabeljau.«

»Okay. Dann Kabeljau und eine Apfelsaftschorle.«

Sie verschwindet, und ich rutsche auf meinem Stuhl hin und her, tue so, als wäre ich in eine Zeitung vertieft und beobachte die Straße. Ich fasse es nicht, Timo kommt nicht. Er ist schon über eine halbe Stunde zu spät. Das gibt es doch nicht.

Als die Kellnerin mein Essen bringt, ist Timo immer noch nicht aufgetaucht. Nur sehr halbherzig koste ich von dem Fisch. Mir ist der Appetit vergangen. Und dann passiert, was ich längst nicht mehr erwartet habe. Timo kommt. Im Laufschritt eilt er direkt auf mich zu. Ich kann nicht behaupten, dass mich sein Anblick unglücklich macht. Unendlich erleichtert, gebe ich mir jede Mühe, ihn das nicht merken zu lassen.

»Hi«, sagt er und lässt den Blick über den Tisch und die Stühle wandern.

»Hai«, antworte ich kauend, »gibt es heute auf der Speisekarte. Und das, obwohl die vom Aussterben bedroht sind.«

»Das ist der Kabeljau, den du da gerade isst, auch«, erwidert er.

»Was? Du machst Witze.«

»Können wir reingehen?«, fragt er und greift schon nach meinem Glas und dem Brotkorb.

Den Vorschlag kann ich bei dem schönen Wetter zwar nicht nachvollziehen, bin aber nicht in der Stimmung, ihm irgendetwas abzuschlagen.

»Klar«, sage ich, stehe auf und folge ihm mit meinem Teller und dem Besteck in der Hand.

Er steuert einen Tisch an der rückwärtigen Wand des Cafés an. Möglichst weit weg von frischer Luft, Sonne und aufkeimenden Frühlingsgefühlen. Das verstehe, wer will.

»Bist du nicht gerne draußen?«

»Nicht wirklich«, er grinst ein bisschen schief. »Ich mag keine Krabbeltiere.«

Erstaunt sehe ich ihn an. Er deutet auf meinen Teller. »Der Kabeljau wird kalt.«

»Und der ist wirklich vom Aussterben bedroht?«

Timo stützt sich mit beiden Ellenbogen auf der Tischplatte ab und faltet die Hände vor dem Gesicht zu einem Dreieck. »Daran ist der rücksichtslose Raubbau in Nord- und Ostsee schuld«, doziert er. »Achtzig Prozent der Tiere, die in den Geschäften landen, sind noch nicht einmal geschlechtsreif und haben demzufolge noch nie abgelaicht. Was dazu führt, dass es bald keinen mehr geben wird.«

Ich lege Messer und Gabel auf den Teller. »Sorry«, sage ich zu den Gräten. »Wenn ich das gewusst hätte, hätte ich dich nicht gegessen.«

Timo mustert mich amüsiert. »Das hätte den Kabeljaubestand auch nicht gerettet.«

»Warum hast du dich eigentlich so verspätet?«, frage ich und kann mir einen beleidigten Unterton nicht verkneifen.

»Erst habe ich ewig gebraucht, bis ich das Café gefunden habe. Und dann hatte ich Probleme, einen Parkplatz zu finden.«

Ich räuspere mich. »Das *Café Paris*«, sage ich, »liegt total zentral, mitten im Zentrum. Wie schafft man es, das nicht zu finden?«

»Ich kenne mich noch nicht so gut aus. Ich lebe ja erst seit kurzem hier. Und außerdem musste ich heute Morgen noch auf einen Handwerker warten ...«

»Wo hast du denn vorher gewohnt?«

»In Lübeck. Aber das war mir auf Dauer zu langweilig.«

»Und warum jetzt Hamburg?«

»Hier gibt es die schöneren Frauen«, er zwinkert mir zu.

»Das inspiriert mich. Außerdem spielt mein nächstes Buch in Hamburg.«

»Und was ist mit deinen Kindern?«

»Die besuche ich natürlich, sooft ich kann.« Er greift nach der Speisekarte. »Mann, habe ich Hunger.« Spitzbübisch blinzelt er mir über den Kartenrand hinweg zu. »Hast du gedacht, ich komme nicht mehr?«

»Ich wollte gerade gehen.«

»Nein«, sagt er. »Das glaube ich nicht.«

»Was darf ich Ihnen bringen?«, unterbricht uns die Kellnerin und klopft nervös mit dem Stift auf ihren Schreibblock.

»Steak frites, schön blutig mit Pommes und ein Mineralwasser«, antwortet Timo.

Kaum ist die Bedienung verschwunden, rückt er näher zu mir heran. »Wenn meine Wohnung fertig ist, dann besuchst du mich mal. Ja?«

Ich nicke.

»Allerdings gibt es ein Problem. Einen Fluch.«

Ich sehe ihn mit großen Augen an. »Einen Fluch?«

Er nickt eifrig. »Die Wohnung ist verflucht. Es dürfen nur Frauen hereinkommen, die ich schon einmal geküsst habe.«

»Wie bitte?«

»Ich kann es nicht ändern. Es ist leider so. Wir müssen uns vorher geküsst haben. Sonst fällt der Kronleuchter von der Decke.«

Ich gebe einen Grunzlaut von mir. »Wegen mir musst du es nicht so kompliziert machen. Frag doch einfach, ob wir uns küssen können.«

»Können wir?«

»Klar.«

»Es gibt aber noch ein Problem.«

»Noch einen Fluch?«

»Das nicht, aber – es muss ein richtiger Kuss sein. Leidenschaftlich, betörend, überwältigend.« Er grinst. »Sonst gilt es nicht.«

»Sonst fällt der Kronleuchter von der Decke?«

Er nickt.

»Hast du überhaupt einen Kronleuchter?«, frage ich, als er den Arm um mich legt und mich an sich zieht.

»Seit unserem letzten Treffen träume ich von deinem Mund«, flüstert er.

»Nur von meinem Mund?«

»Nein«, sagt er. »Auch von …«

Sofort verschließe ich seine Lippen. So genau will ich das gar nicht wissen.

Mit meinem Ausflug in das *Café Paris* ist der schönere Teil des Tages vorbei. Als ich nach dem Mittagessen beschwingt ins Büro komme, und »Hallo, ich bin wieder da!« rufe, erhalte ich keine Antwort. Was soll das denn? Will mir Cornfeld damit signalisieren, dass er schlechte Laune hat? Ich lasse mich gar nicht erst auf irgendwelche Spielchen ein, sondern stürme gleich in sein Büro.

»Was ist los?«, belle ich ihn an. »Welche Laus ist Euer Gnaden denn heute über die Leber gelaufen?«

Keine Reaktion. Ungerührt sortiert Cornfeld Papiere von links nach rechts und dann wieder von rechts nach links und tut so, als wäre ich gar nicht vorhanden.

»Cornfeld«, sage ich leise, »Sie sagen mir sofort, was los ist, sonst …«

»Glauben Sie an Wunder?«, fragt er und mustert mich kühl.

»An was für Wunder?«

»An die Auferstehung von Toten, zum Beispiel.«

»Nein, glaube ich nicht«, antworte ich genervt. »Cornfeld, was soll das? Was wollen Sie?«

Er lässt sich in seinen Stuhl zurücksinken und verschränkt die Arme vor der Brust. »Ihre vor fünf Jahren verstorbene Frau Mama hat mich heute Morgen angerufen. Dafür, dass die gute Frau schon so lange das Zeitliche gesegnet hat, ist sie verdammt gesprächig.«

»Meine Mutter …«, fange ich an und komme nicht dazu weiterzureden. Cornfeld ist auf hundertachtzig und nicht bereit, sich unterbrechen zu lassen.

»Entweder«, sagt er scharf, »haben wir es hier mit einer Hochstaplerin zu tun, einer geistig verwirrten Frau, die gerade ihren unerfüllten Kinderwunsch auslebt, oder aber Sie haben Ihre Mutter auf dem Friedhof für Kuscheltiere beerdigt, und nun hat sie sich gerade freigeschaufelt, kommt halb vermodert, mit jeder Menge Maden im Haar auf klapprigen, abgenagten Knochen ins Leben zurück und ist so bösartig wie Lady Macbeth in ihren besten Tagen.«

»Meine Mutter«, nehme ich Anlauf, »meine Mutter ist nicht tot.«

»Nein!«, ruft er aus und springt vom Stuhl. »Tatsächlich, ist es zu glauben? Ihre Mutter ist gar nicht gestorben. Das ist ja ein Ding. Da erzählen Sie mir seit Jahren, dass Sie eine arme Vollwaise sind. Keine Mami, kein Papi, kein Geschwisterlein, das arme kleine Pialein ganz allein auf der Welt, den Unbilden des Lebens hilflos ausgeliefert …«

»Das war ein bisschen geschummelt«, sage ich.

»Ach ne, *geschummelt* nennen Sie das.«

»Für mich war sie gestorben, verdammt noch mal!«, schnauze ich ihn an. »Vor fünf Jahren ist sie für mich gestorben, verstehen Sie das?«

»Und was hat sie jetzt wieder auferweckt?«

»Ein Schlaganfall. Sie hatte einen Schlaganfall. Es geht ihr sehr schlecht. Sie sitzt im Rollstuhl. Sie braucht mich.«

»Den Eindruck habe ich auch.« Er hält mir eine zwei Seiten lange Liste unter die Nase. »Das liebe kleine Mütterlein benötigt ein paar Kleinigkeiten.« Er fischt die nächsten beiden Seiten von seinem Schreibtisch. »Außerdem sollen Sie doch bitte ein paar Besorgungen für sie erledigen. Und wenn Sie das alles getan haben, also so in etwa ein bis zwei Wochen, dann kommen Sie wieder ins Büro, und wir machen hier mit unserer Arbeit weiter.«

Wortlos nehme ich ihm die Blätter aus der Hand und gehe zur Tür.

»Ach übrigens«, ruft er. »Falls Sie noch irgendetwas zu beichten haben, zum Beispiel, was der liebe Papi so treibt, ob sie Geschwister, Ehemänner, leibliche, adoptierte, eheliche oder uneheliche Kinder haben, die Sie irgendwann einmal aus dem Hut zu zaubern gedenken, dann wäre jetzt eine echt gute Gelegenheit, darüber zu reden.«

»Wenn Sie mal einen Monat Zeit haben, dann setzen wir uns zusammen, und ich erzähle Ihnen ein bisschen was aus meinem Leben«, sage ich.

Dann gehe ich zurück in mein Büro, setze mich an den Schreibtisch und sehe die Listen meiner Mutter durch. Es dauert nicht lange, und ich habe das Gefühl, in die Vergangenheit zurückkatapultiert zu werden. Meine Mutter verwandelt sich gerade wieder in den Drachen, als den ich sie in Erinnerung habe. Ich soll ihr doch bitte diverse Zeitschriften wie *Theater heute*, die *Herald Tribune*, die italienische *Vogue*, *Wallpaper*, die französische *Elle* und ungefähr zehn Bücher in den jeweiligen Originalsprachen besorgen. Danach kommt eine Auflistung von Kosmetikartikeln der Firma Shiseido. Allein dafür muss ich wahrscheinlich einen Kredit aufnehmen. Denn wenn meine Mutter sich nicht geändert hat, und davon bin ich mittlerweile überzeugt, dann werde ich nie im Leben auch nur einen einzigen Cent von ihr zu Gesicht bekommen.

Ich lege die Liste, die noch fünfzehn weitere Posten aufweist, aus der Hand und sehe mir die mit den Besorgungen an. Es geht damit los, dass ich die kaputte Waschmaschine reparieren lassen, einen neuen Geschirrkorb für die Spülmaschine besorgen und einen Kostenvoranschlag für den zerschlissenen Teppichboden im Gästezimmer einholen soll. Weiter geht es mit so netten Punkten wie: Fenster im Heizungskeller erneuern, Gehwegplatten austauschen, Zaun streichen lassen …

Ich bin ihre Tochter, denke ich, nicht ihr Hausmeister. Aber zwischen Personal und Verwandtschaft hat sie noch nie einen Unterschied gemacht.

Resigniert lege ich die Blätter auf den Schreibtisch, lasse mich in den Stuhl sinken und stelle mir vor, was passiert wäre, wenn ich vor ein paar Tagen nicht zurück ins Krankenhaus, sondern zu meinem Wagen gegangen wäre. Wenn ich so weitergelebt hätte wie bisher, frei von Schuldgefühlen, von maßlosen Forderungen und irrwitzigen Ansprüchen. Aber das ist müßig, denn dafür ist es nun zu spät.

Kapitel 16

Resigniert wende ich mich wieder meiner Arbeit zu. Doch auch das ist nicht erfreulich. Warum habe ich der Rieckhof bloß versprochen, einen letzten Versuch zu starten? Ich habe nicht den geringsten Schimmer, wie ich vorgehen, wo ich ansetzen, wen ich befragen soll. Kiekbusch werde ich ganz bestimmt nicht noch einmal aufsuchen. Ich möchte weder ihn noch seine Familie in Gefahr bringen. Die Taxifahrer in Bremen schweigen. Jetzt, nachdem ein Kollege zusammengeschlagen worden ist, noch eiserner als zuvor. Was ich nur zu gut verstehe. Wer also sollte mir … Nickl! Vielleicht hat er ja in der Zwischenzeit etwas herausgefunden und ist so nett, es mir zu erzählen. Ich könnte ihm berichten, was ich über Nadine in Erfahrung gebracht habe, und hoffen, dass das seine Gesprächsbereitschaft erhöht. Außerdem sollte ich ihn fragen, ob er mir bei der Suche nach dem Besitzer der metallicblauen Harley behilflich sein kann. Damit ich das nächste Mal wenigstens weiß, wer mir da gerade Feuer unterm Hintern macht.

Nachdem sich unter seiner Handynummer nur die Mailbox meldet, rufe ich bei der Kripo in Bremen an und verlange nach Hauptkommissar Nickl.

»Worum geht es denn?«, fragt mich eine freundliche Frauenstimme.

»Um den Mord an Willi Remshagen.«

»Dafür ist Hauptkommissar Nickl nicht mehr zuständig.«

»Das kann nicht sein«, widerspreche ich. »Herr Nickl war wegen des Falls ja gestern noch bei mir in Hamburg.«

Am anderen Ende der Leitung herrscht tiefe Stille. Als Folge großer Verwirrung, wie ich vermute.

»Einen Moment, bitte«, sagt sie und drückt das Gespräch weg.

Ich warte. Und dann höre ich wieder eine Stimme. Diesmal ist sie männlich.

»Reichert.«

»Hallo, Herr Reichert«, begrüße ich ihn. »Könnten Sie mich bitte mit Herrn Nickl verbinden?«

»Es geht um den Mord an Willi Remshagen, sagte mir die Kollegin?«

»Richtig.«

»Wie ist, bitte, Ihr Name?«

»Pia Petry.«

»Sie sind die Frau, die die Leiche gefunden hat?«

»Genau.«

»Möchten Sie Ihrer Aussage noch etwas hinzu…«

»Ich möchte Herrn Nickl sprechen«, sage ich und bin langsam genervt.

»Hauptkommissar Nickl ist nicht mehr zuständig. Ich habe den Fall übernommen. Wenn Sie also bitte mir …«

»Wieso ist Nickl nicht mehr zuständig?«

»Das hat organisatorische Gründe.«

»Ich möchte ihn aber gerne sprechen. Und das hat persönliche Gründe.«

»Es tut mir leid, aber das geht nicht.«

»Warum?«, frage ich und bin kurz davor, sauer zu werden.

»Hauptkommissar Nickl ist seit gestern in Urlaub.«

Entgeistert starre ich den Telefonhörer an. Was soll das denn? Völlig verwirrt lege ich auf. Nickl kommt an seinem ersten Urlaubstag nach Hamburg, um mit mir über einen Fall zu reden, den er gar nicht mehr bearbeitet. Von dem er abgezogen worden ist. Aus organisatorischen Gründen. Was ich natürlich nicht glaube. Doch was für Gründe können das sein, die solche Konsequenzen nach sich ziehen? Ist Nickl inkompetent? Hat er nicht schnell genug Ergebnisse vorweisen können, oder ist er das Opfer einer Intrige geworden? Hat ihm dieser Reichert den Fall abgeschossen? Aus karrieretechnischen Gründen? Allerdings hatte ich nicht den Eindruck, dass Nickl gestern wie Mr Karriereknick persönlich aussah. Er war so selbstsicher und arrogant wie eh und je. Oder ist das alles Fassade? Ist er in Wirklichkeit ein armseliger Loser, der sich von einem Kollegen die Butter vom Brot nehmen und nur bei Hamburger Privatdetektivinnen den Macker raushängen lässt?

Cornfeld taucht in der Tür auf.

»Kann ich reinkommen?«

Ich nicke. Wie es aussieht, hat er das Kriegsbeil begraben.

»Ist Nickl tatsächlich nicht mehr zuständig?«

»Sie haben mal wieder gelauscht«, stelle ich fest und bin froh, einen so emotionalen, aber Gott sei Dank auch sehr harmoniesüchtigen Assistenten zu haben.

»Wenn Sie dermaßen laut reden, müsste ich mir ja die Ohren zuhalten, um nicht alles zu verstehen.« Er setzt sich auf meine Schreibtischkante.

»Nickl bearbeitet den Fall nicht mehr und ist seit gestern in Urlaub. Nun wüsste ich zu gern, wieso er an seinem ersten freien Tag bei uns im Büro aufkreuzt.«

»Weil Sie ihn angerufen haben und er mit Ihnen sprechen wollte, bevor er in den Flieger nach Mallorca steigt«, schlägt Cornfeld vor. »Er wollte erst seine Hausaufgaben erledigen und dann in die Ferien starten.«

Ich verziehe das Gesicht. »Nicht sehr wahrscheinlich.«

»Oder er macht allein weiter? Der große Rächer, der sich von nichts und niemandem von seiner Arbeit abhalten lässt. Der glaubt, der Einzige zu sein, der den Fall lösen kann und die Übeltäter ihrer gerechten Strafe zuführen wird.«

»Vielleicht«, sage ich. »Auf jeden Fall steht er zurzeit nicht zur Verfügung. Ich hatte gehofft, mit seiner Hilfe wenigstens den Namen von einem dieser Schweine herausfinden zu können.«

Cornfeld sieht mich nachdenklich an. »Die Geschichte geht Ihnen ziemlich nah.«

»Nicht näher als andere«, sage ich und weiß, dass das nicht stimmt. »Aber ich hätte eine Aufgabe für Sie. Sie könnten nach Bremen fahren und sich bei den Harley-Clubs umsehen, wenn es denn welche gibt. Ich wüsste zu gern, wie viel metallicblaue Maschinen dort unterwegs sind.«

»Und dann bin ich der Nächste, dem sie brennendes Papier durch den Briefschlitz werfen«, erwidert Cornfeld.

Ich brauche einen Moment, bis mir einfällt, dass ich ihm das nicht erzählt habe.

»Wer hat es Ihnen gesagt?«

»Rebbelmeier! Er macht sich Sorgen um Sie und will, dass ich auf Sie aufpasse.«

»Dieser Idiot«, fluche ich leise. »Das kriegt er zurück.«

»Warum haben Sie es mir verschwiegen?«

»Weil ich Sie nicht beunruhigen wollte.« Damit schließe ich das Thema auch gleich ab. Ich stehe auf und greife nach meiner Handtasche. »Ich fahre noch einmal raus nach Ochsenzoll und versuche mit Nadine zu reden. Ihre Schwester behauptet zwar, dass sie mit Medikamenten vollgepumpt würde und die meiste Zeit nicht ansprechbar sei, aber irgendwie hat sich das gestern anders für mich dargestellt. Die beiden Frauen waren eifrig ins Gespräch vertieft, und Nadine machte einen ausgesprochen wachen Eindruck.«

»Und wenn es nicht klappt?«, fragt Cornfeld.

»Dann war das mein letzter Versuch.«

Eine Stunde später laufe ich durch die II. Abteilung für Psychiatrie und Psychotherapie. Als ich die Treppe zum fünften Stock hinaufgehe, höre ich einen unglaublichen Krach. Ohrenbetäubende Musik und lautes Gekreische. Was ist denn da los? Moderne Psychiatrie hatte ich mir anders vorgestellt. Oder haben die hier kein Haloperidol?

Auf der obersten Stufe kommt mir eine Frau im Weißkittel entgegen, die alle Anzeichen großer Aufregung zeigt. Aufgerissene Augen, eine Stimme, die locker zwei Oktaven über ihrer normalen Tonlage liegt, und wild vor meinem Gesicht herumfuchtelnde Hände.

»Hier ist der Zutritt verboten. Gehen Sie bitte«, schreit sie mir durch den Lärm hindurch zu.

Beherzt greife ich nach ihrer Hand und schüttele sie gründlich durch. »Jacqueline Rieckhof«, schreie ich zurück. »Ich bin eine Schwester von Nadine und wollte sie besuchen.«

Etwas Intelligenteres ist mir auf die Schnelle nicht eingefallen. Und ich hoffe, mit dieser fadenscheinigen Lüge Erfolg zu haben. Es klappt. Sie stutzt und verliert etwas von ihrer Dynamik.

»Das geht nicht«, sagt sie.

Doch da habe ich mich schon an ihr vorbeigedrängt und laufe in die Richtung, aus der der Krach kommt. Als ich um die Ecke biege, stehe ich im Aufenthaltsraum der Station. Dort, wo Stühle um kleine Tische gruppiert sind, wo Topfpflanzen in braunen Kübeln vor sich hinwelken, wo eine Anrichte mit Büchern, Fernseher und Stereoanlage den Patienten Wohnzimmeratmosphäre suggerieren soll, dort herrscht das pure Chaos. Mit offenem Mund bleibe ich stehen und wohne einem Schauspiel bei, das völlig irre und abgefahren ist. Und ich bin nicht die Einzige. Immer mehr Leute laufen zusammen, stehen dicht gedrängt neben und hinter mir und sind genauso gebannt wie ich.

Der Song *Smoke Over the Water* von *Deep Purple* plärrt aus den Lautsprechern, und Nadine, die neben dem Bücherregal steht, grölt lauthals mit, während sie mit großer Wucht und Treffsicherheit Bücher und CDs durch die Gegend wirft. Immer wieder muss ich mich wegducken, um keins der Geschosse an den Kopf zu bekommen. Genauso erstaunlich wie ihr Verhalten ist ihr Aussehen. Sie hat sich ein dünnes Netz um den kahlen Schädel gebunden, in das sie weiße Vogelfedern geknüpft hat, so dass ihr Kopf aussieht, als wäre ein Kissen darauf explodiert. Von einem schmalen Slip abgesehen, ist sie nackt, hat aber ihren Körper flächendeckend und ausgesprochen kunstvoll mit Lippenstift bemalt. Die Hals-, Fuß- und Bauchketten sowie die Armbänder, die sie trägt, sind aus Bonbonpapier gebastelt und glänzen im Kunstlicht der Lampen wie buntes Lametta.

Nadine ist schön. Sie hat den Körper einer weißen Naomi Campbell und bewegt sich mit der Anmut und dem Sexappeal einer Table-Tänzerin. Sie singt und lacht und kreischt. Sie ist wahnsinnig. So wie man sich wahnsinnig vorstellt. Durchgedreht, ausgeflippt, durchgeknallt. Nur dass ihr Wahnsinn eine Ästhetik hat, die faszinierend ist. Ich werde von einem Mann rüde zur Seite geschoben, der sich einen Weg zu Nadine bahnt. Er ist so breit wie hoch, mit der Muskulatur eines Gorillas und dem breitbeinigen Gang eines Bodybuilders. Eindeutig der Mann fürs Grobe.

»Frau Rieckhof«, ruft er, »hören Sie bitte sofort damit auf!«

Und schon trifft ihn eine CD am Kopf. Schimpfend und langsam die Beherrschung verlierend, geht er auf sie zu und packt sie an den Handgelenken. Der Versuch, ihr den Arm auf den Rücken zu drehen, misslingt gründlich. Nadine umfasst seinen Kopf und nimmt ihn in den Schwitzkasten. Eine gerade mal eins sechzig große, zierliche Person klemmt sich dieses Kraftpaket unter den Arm. Und zwar so fest, dass sein Kopf knallrot anläuft und er um Hilfe ruft.

Fassungslos sehe ich die alte Frau an, die im blauen Bademantel und Flip-Flops an den Füßen neben mir steht. Sie bemerkt meinen ungläubigen Blick und kichert begeistert.

Nadine lässt den Mann los, packt ihn an den Hüften und wirft ihn auf einen der umstehenden kleinen Tische, der krachend unter ihm zu Bruch geht. Die Leute um mich herum lachen und klatschen. Nadine verbeugt sich zur Menge und strahlt wie ein kleines Mädchen, das gerade einen kleinen Jungen vermöbelt hat. Mein Staunen geht in Entsetzen über. Seit wann können Verrückte physikalische Gesetze außer Kraft setzen? Seit wann entwickeln sie übernatürliche Kräfte? Ich dachte immer, so etwas gibt es nur in Filmen. Und zwar in Horrorfilmen. Neben mir teilt sich die Menge, und der blonde Mann, den ich gestern mit der Rieckhof und Nadine auf der Straße gesehen habe, geht an mir vorbei.

»Wer ist das?«, frage ich meine Nachbarin leise.

»Janson. Dr. Rainer Janson«, flüstert sie und kichert schon wieder.

»Nadine«, sagt Dr. Janson. »Kommen Sie bitte.«

»Ich will noch Musik hören.«

»Das können Sie doch auch in Ihrem Zimmer.«

»Kann ich nicht.« Sie greift nach einem Buch.

»Nadine, lassen Sie …«, sagt er und kann gerade noch dem fliegenden Hardcover ausweichen.

Unbeeindruckt geht er weiter auf sie zu. In seiner rechten Hand blitzt etwas auf. Eine Spritze.

»Ich will nicht«, sagt sie.

»Ich gebe Ihnen ein Medikament«, redet er beruhigend auf sie ein, »das wird Ihnen gut tun.«

»Nein, bitte.« Sie weicht zurück.

Der Arzt deutet auf ihren rechten Oberarm. »Das ist ein sehr hübsches Muster.«

»Paisley«, sagt sie leise und lächelt.

»Soll ich die Spritze hier ansetzen?« Er deutet auf ein kunstvoll gemaltes Blatt mit einem spitz zulaufenden, gebogenen Ende.

Sie lächelt immer noch. Auch dann noch, als er ganz behutsam die Nadel in ihren Arm sticht und den Kolben nach unten drückt.

Nadine lässt die CD, die sie in der Hand hält, fallen.

»Wir gehen jetzt«, sagt Dr. Janson, hakt sie unter und führt sie durch die Menge der gaffenden Zuschauer.

Sekundenlang herrscht völlige Stille. Niemand sagt etwas. Dann kommt Bewegung in die Gruppe.

»Tolle Vorstellung«, sagt die alte Frau neben mir und schlurft davon. Ich nicke. Wo sie recht hat, hat sie recht.

Kapitel 17

Nach Nadines spektakulärem Auftritt kehrt schnell Ruhe ein. Die meisten Patienten verschwinden auf ihren Zimmern, das Pflegepersonal geht wieder seinen gewohnten Tätigkeiten nach. Und ich mache mich auf die Suche nach Dr. Janson, klappere die Station ab, frage Schwestern und Pfleger, öffne Türen, die zu öffnen ich nicht befugt bin, und lasse mich von Patienten in Gespräche verwickeln, die skurril bis herzzerreißend traurig sind. Ein alter Mann möchte von mir wissen, wo der Hauptbahnhof ist. Da müsse er hin, erzählt er mir, da er dort mit seiner Mutter verabredet sei. Und ich frage mich, wie viele Jahre seit dieser Verabredung wohl vergangen sein mögen. Und was so besonders daran gewesen war, dass sie ihm jetzt nach all der Zeit wieder in den Sinn gekommen ist. Ich behaupte, mich nicht auszukennen, und verweise ihn an eine der Schwestern, die gerade vorbeiläuft.

Endlich sehe ich Dr. Janson, wie er eines der Zimmer verlässt, und hefte mich an seine Fersen.

»Herr Dr. Janson«, rufe ich.

Er bleibt stehen und dreht sich zu mir um.

»Herr Dr. Janson«, wiederhole ich und halte ihm meine Hand hin. »Jacqueline Rieckhof. Ich bin eine Schwester von Nadine.«

Mit unbewegter Miene ignoriert er meine Hand. »Nadine hat nur eine Schwester. Und die heißt Louise«, sagt er kühl.

»Da sind Sie nicht richtig informiert.« Ich strahle ihn an und klemme mir mit einem koketten Augenaufschlag eine Haarsträhne hinters Ohr. Den Versuch, mit ihm zu flirten, goutiert er nicht.

»Wissen Sie«, sage ich. »Ich lebe in München und komme nur manchmal zu Besuch. Deshalb haben Sie wahrscheinlich noch nie von mir gehört.«

Jetzt spielt ein kleines, allerdings eher ironisches Lächeln um seinen Mund. »Was wollen Sie?«

»Mit Ihnen reden.«

»Worüber?«

»Über Nadine.«

Wieder taucht dieses Lächeln auf. »Na, dann kommen Sie mal mit, Frau Petry.«

Er läuft den Flur hinunter, schließt eine Tür auf und lässt mir den Vortritt.

»Das hätten Sie mir auch gleich sagen können, dass Sie wissen, wer ich bin«, maule ich.

»Ich war dagegen, dass Frau Rieckhof Sie engagiert.«

Er deutet auf einen von zwei etwas antiquiert aussehenden Ohrensesseln, die rechts und links vom Fenster stehen. Ich setze mich und stelle fest, dass der Sessel gemütlicher ist, als er aussieht. Während Dr. Janson zu seinem Schreibtisch geht, um dort einen Schreibblock und einen Füller zu deponieren, sehe ich mich in seinem Zimmer um. Es entspricht dem Klischee vom fleißigen, an Äußerlichkeiten nicht interessierten Wissenschaftler. Schwarze Metallregale, in die jede Menge Bücher und Zeitschriften gequetscht sind, ein hässlicher, braun lackierter Schreibtisch, auf dem ein hellgrauer PC thront. Das Einzige, was dem Raum eine persönliche Note verleiht, ist eine afrikanische Holzmaske, die über dem Schreibtisch an der Wand hängt.

Dr. Janson setzt sich und mustert mich interessiert. Aus der Nähe sieht er gar nicht mal so übel aus. Ich schätze ihn auf Anfang dreißig. Mit seiner schmalen, schlaksigen Figur, dem hellen Haar und den Lachfältchen um die Augen ist er der Typ, der wahrscheinlich auch noch mit fünfzig wie ein Student aussehen wird.

»Sie sind also Privatdetektivin«, sagt er in einem Ton, als könne er das nicht so recht glauben.

»Darüber hat sich Frau Rieckhof auch schon gewundert. Ich entspreche wohl nicht so ganz den gängigen Vorstellungen.«

»Wie machen Sie das denn mit Ihren hochhackigen Schuhen, wenn Sie Ganoven verfolgen?«, fragt er, und mir fällt seine Stimme auf, die tief, melodiös und ausgesprochen angenehm ist.

»Ganz einfach«, sage ich, »ich setze mich in mein Batmobil und brettere den Gangstern über den Bürgersteig hinterher. Wenn es sein muss, auch die Treppen hinauf.«

»Dann sind Sie also so etwas wie eine Comicfigur.«

»Superwoman«, sage ich und nicke. »Aber erzählen Sie es bitte nicht weiter.«

Er lacht laut auf. Und ich fange an, ihn sympathisch zu finden.

»Apropos Superwoman«, sage ich. »Was ist mit Nadine passiert? Warum ist sie eben so ausgeflippt?«

»Ich bin Arzt und unterliege der Schweigepflicht«, belehrt er mich und zeigt mir wieder dieses hintergründige Lächeln.

»Nun«, sage ich und mache einen erneuten Versuch mit dem koketten Augenaufschlag und der Strähne, die ich mir hinter das Ohr klemme, »Sie sind, wenn ich Frau Rieckhof richtig verstanden habe, ein begnadeter Psychiater und ein hochrangiger Wissenschaftler.«

Ich hoffe, dass meine Schmeicheleien ihn etwas milder stimmen werden. Er beugt sich nach vorn, sagt aber nichts.

»Sie könnten mir doch einfach generell erzählen, was …«

»Ich bin dagegen, dass Sie diesen Taxifahrer suchen«, unterbricht er mich. »Ich halte das für eine Schnapsidee.«

»Warum?«

»Weil es das Letzte ist, was Nadine jetzt braucht. Sie braucht keine Liebesbeziehung. Das ist völliger Quatsch. Vergewaltigungsopfer, die ein so schweres Trauma erlitten haben, interessieren sich nicht mehr für Sex. Die wollen keinen Körperkontakt, keinen Austausch von Flüssigkeiten. Die suchen einen Beschützer, einen väterlichen Freund …«

»Was passiert denn psychisch mit einem Menschen, der so etwas erlebt hat?«, frage ich. »Ganz allgemein, natürlich.«

»Nun ja«, sagt er zögernd und mustert mich, als wolle er abschätzen, ob ich seine Informationen nicht in irgendeiner Form missbrauchen könnte, »Menschen, die besonders schlimme Erfahrungen gemacht haben, die Opfer von Folter, Vergewaltigungen, Unfällen, Naturkatastrophen oder Kriegen geworden sind, werden ja nicht nur körperlich, sondern auch seelisch verletzt. Die Folgen können sich in ganz unterschiedlichen Symptomen zeigen. So leiden viele Betroffene unter Schlafstörungen und Albträumen, sie ziehen sich von ihren Mitmenschen zurück, zeigen eine depressive Interesselosigkeit Dingen gegenüber, mit denen sie sich früher gern beschäftigt haben, sind extrem reizbar, neigen zur Aggressivität und Gewalt, sind sehr schreckhaft …«

»Frau Rieckhof hat behauptet, Nadine leide an einer Psychose«, unterbreche ich ihn, da mir seine Ausführungen zu allgemein sind. »Ist denn eine Psychose eine typische Reaktion auf eine Vergewaltigung?«

»Nein«, sagt er. »Zu einer Psychose würde es in einem solchen Fall nur dann kommen, wenn es eine entsprechende Disposition gäbe. Wenn der Patient schon früher traumatische Erfahrungen gemacht hätte.«

»Was gerade mit Nadine passiert ist …«

Er schüttelt den Kopf. »Ich kann Ihre Frage nicht …«

»Dann lassen Sie es mich anders formulieren. Wenn eine traumatisierte Person so agiert, wie Nadine eben agiert hat, wie könnte dann eine von vielen möglichen diagnostischen Beurteilungen lauten?«

Dr. Janson schmunzelt. »Sie geben nicht so schnell auf, was?«

»Nein«, sage ich. »Das kann ich mir in meinem Job nicht leisten.«

»Nun gut«, fährt er fort. »Ein Patient, der eine solche Reaktion zeigt, spürt, dass die Erinnerungen anfangen, in ihm zu arbeiten. Er versucht, sich mit aller Macht dagegen zur Wehr zu setzen.«

»Indem er ausflippt.«

»So könnte man es ausdrücken.«

»Wann passiert so etwas?«

»Es gibt Auslöser, sogenannte Trigger. Das kann ein bestimmter Geruch sein, eine Stimme, die so ähnlich klingt wie die des Täters, das kann der Tag sein, an dem sich das traumatische Ereignis jährt, es kann die Jahreszeit sein, Blätter, die von den Bäumen fallen, Schnee, eine bestimmte Temperatur, ein Kleidungsstück, eine Farbe – irgendetwas, das die Erinnerung weckt.«

»Und wieso ist eine zierliche Person wie Nadine in der Lage, einen ausgewachsenen 90-Kilo-Mann durch die Gegend zu werfen?«, frage ich.

»Im Verlauf eines psychotischen Schubs befindet sich der Patient in einem absoluten Ausnahmezustand. Er ist dann unter Umständen in der Lage, seine körperlichen Kräfte so extrem zu bündeln, dass seine Leistungsfähigkeit weit über die Norm hinausgeht.«

»Früher hätte man so jemanden auf dem Scheiterhaufen verbrannt«, sage ich.

»Früher hat man viele psychisch Kranke verbrannt oder zu Tode exorziert.«

»Und wie helfen Sie solchen Patienten?«

»Durch eine entsprechende Therapie und durch Medikamente.«

Sein Pieper, der auf dem Schreibtisch liegt, meldet sich mit einem durchdringenden Signalton.

Dr. Janson steht auf und geht zum Telefon. »Ich denke, ich habe alle Ihre Fragen beantwortet.« Nach einem Blick auf seinen Pieper wählt er eine Nummer und meldet sich. »Das kann nicht sein«, sagt er unwirsch, »mein Anti-Angst-Seminar beginnt erst in einer halben Stunde.« Kopfschüttelnd legt er auf.

Ich erhebe mich ebenfalls und greife nach meiner Tasche.

»Anti-Angst-Seminare machen Sie auch?«, frage ich.

»Ja. Das ist mal etwas anderes als die Arbeit mit Traumapatienten. Die kann nämlich auf Dauer ganz schön belastend sein.«

»Das glaube ich sofort«, sage ich. »Ich möchte Ihren Job nicht machen.«

»Und ich möchte Ihren nicht machen«, sagt er und grinst spöttisch.

An der Tür bleibe ich dann noch einmal stehen. »Ist Frau Rieckhof eigentlich die Einzige, die Nadine besucht?«

»Ab und zu kommt auch Nadines Freund.«

»Das verstehe ich nicht«, sage ich erstaunt. »Wenn Nadine einen Freund hat, warum soll ich dann den Taxifahrer finden?«

Dr. Janson atmet tief durch und hebt abwehrend beide Hände.

»Bitte«, sage ich. »Das hat doch nichts mit Nadines Krankengeschichte zu tun. Das können Sie mir doch erzählen.«

Nervös fährt er sich mit der Hand durch die Haare.

»Der Junge hängt in dieser Geschichte mit drin«, sagt er stockend. »Der war an dem fraglichen Abend mit ihr zusammen. Ist aber vor ihr nach Hause gegangen.«

»Er hat sie allein gelassen?«

»Es ist jetzt genug. Ich habe Ihnen schon viel zu viel erzählt.«

Dr. Janson greift nach meinem Ellenbogen und versucht, mich zur Tür zu dirigieren.

»Wie heißt dieser Freund?«, frage ich.

»Das weiß ich nicht.«

Ich bleibe stehen. »Tut mir leid. Aber ich verstehe immer

noch nicht, warum Frau Rieckhof will, dass ich diesen Taxifahrer finde.«

»Weil sie glaubt, die Liebe heile alle Wunden«, sagt er.

»Sie glauben das aber nicht?«

Er schüttelt den Kopf. »Nein, ich glaube das nicht. Es gibt Wunden, die heilen nie.«

Kapitel 18

Der Schmerz, den Menschen unter Folter erfahren, hinterlässt unauslöschliche Spuren. Die Folterung gräbt sich in Körper und Seele. Durch Abbruch jeglicher normaler Kommunikation stürzt der Gefolterte in abgrundtiefe Einsamkeit, Verlassenheit, in Schutzlosigkeit und extreme Hilflosigkeit.

»Hallo!«, höre ich Cornfelds Stimme aus dem Flur.

»Hallo«, rufe ich zurück und starre weiter auf den Monitor meines PCs, zu sehr von meiner Lektüre gefangen, um mich mit meinem Assistenten zu beschäftigen.

Zweck und Ziel der Folter

Das Ziel der Folter ist es, ihr Opfer in eine Situation extremer Ohnmacht und größten Schmerzes zu bringen. Das Erhalten einer Aussage ist bloß vordergründiges Ziel der Folterungen. Bei Geständnissen unter Folter handelt es sich um mehr als um die Preisgabe von Informationen und den Verrat von Menschen: Zu gestehen beinhaltet, den Folterer als Herrscher anzuerkennen. Im Geständnis bricht der letzte Widerstand des Gefangenen, wird das letzte ihm noch Eigene entfremdet. Unter der Folter nicht zu sprechen ist die letzte Möglichkeit, die eigenen Grenzen und die eigene Identität zu wahren.

Die Folterer versuchen gezielt, diesen Widerstand zu bre-

chen, um damit das Erleben von Identität zu zerstören. Deshalb geht die totale Demütigung und Zerstörung der Person auch dann weiter, wenn die angeblich gesuchten Informationen von ihr längst gegeben wurden.

Cornfeld betritt mein Büro.

»Sie sind spät dran«, begrüße ich ihn, ohne vom Bildschirm aufzusehen.

»Falsch! Ich war sogar ausgesprochen früh dran.«

»Und kommen erst jetzt?«, frage ich und sehe ihn nun doch an.

»Ich war im Keller. Mit Ihrem Nachbarn, Herrn Rebbelmeier. Der ist heute Morgen hier aufgetaucht und hat behauptet, Sie hätten ihn mit der Sicherung unserer Büroräume beauftragt. Stimmt das?«

»Wir haben darüber geredet. Aber beauftragt habe ich ihn nicht.«

»Er sieht das anders. Und hat das ganze Haus gecheckt. Nicht nur unsere Wohnungstür und die Fenster, auch die Haustür hat er sich genauestens angesehen. Anschließend waren wir im Keller, und auf den Speicher wollte er auch noch. Gott sei Dank ist das Dachgeschoss ausgebaut. Sonst hätte er mich da auch noch raufgeschleift.«

»Und wo ist er jetzt?«

»Bei der Polizei. Er hat dort einen Beratungstermin: Wie sichere ich meine Wohnung gegen Einbrecher und Sittenstrolche.«

»Das ist ein Witz«, sage ich.

Cornfeld schüttelt den Kopf. »Ist es nicht.« Er geht um meinen Schreibtisch herum. »Was machen Sie da eigentlich?« Neugierig blickt er mir über die Schulter. *»Bzfo«*, liest er laut, ›*Behandlungszentrum für Folteropfer Berlin.* Wie kommen Sie denn da drauf?«

»Der Arzt, der Nadine therapiert, hat dort früher gearbeitet.«

»Haben Sie mit dem geredet?«

Ich drehe meinen Stuhl in seine Richtung. »Der gestrige Tag hielt so einige Überraschungen bereit«, sage ich und berichte ihm von Nadines Auftritt und dem, was mir Dr. Janson erzählt hat.

Cornfeld ist bei meinen Schilderungen blass um die Nase geworden. »Schlimm«, sagt er.

Ich nicke. »Und das Schreckliche ist, dass die Opfer es nicht irgendwann hinter sich haben, sondern ein Leben lang mit den Folgen kämpfen müssen.«

»Vergewaltigung läuft für Sie unter Folter?«, fragt Cornfeld und deutet mit dem Kopf zum PC.

»Klar, das hat nichts mit Sex zu tun. Das sind keine armen Männer, die der Samenstau zu gehirnamputierten Barbaren gemacht hat. Da geht es um Macht und Ohnmacht. Ums Zerstören. Darum, sich zu erhöhen, sich als Sieger zu fühlen, sich überhaupt zu spüren. Und das funktioniert nur, wenn man ein Opfer hat, das man fertigmachen kann.«

Cornfeld nickt und fährt sich mit der Hand müde über das Gesicht. »Und was tun wir jetzt?«

»Wir machen weiter. Dieser Dr. Janson hat mir erzählt, dass Nadine einen Freund hat oder hatte. Leider hat er mir den Namen nicht verraten. Das kläre ich aber mit der Rieckhof. Und dann sollten wir versuchen, etwas über diese Katharina herauszufinden.«

Ich krame den Zeitungsartikel hervor und reiche ihn Cornfeld. »Den habe ich von der Rieckhof. Darin steht, dass ein junges Mädchen bei dem Versuch, Spiritus anzuzünden, verbrannt ist. Es gab eine Stichflamme und …«

»War sie allein, als es passiert ist?«, fragt Cornfeld.

»Ja. Sie wollte ein Fleischfondue zubereiten. Aber offensichtlich hat sie viel zu viel Spiritus in den Brenner getan.«

Cornfeld liest den Artikel durch. »Klingt irgendwie plausibel. Also man hat nicht den Eindruck …«

»Nadine hat zusammen mit dem Artikel einen anonymen Brief bekommen, in dem gedroht wird, dass sie auch Feuer fangen würde, sollte sie zur Polizei gehen. Also würde ich mal davon ausgehen, dass es kein Unfall war. Wir sollten mit jemandem reden, der Katharina näher kannte. Mit jemandem aus ihrer Familie.«

»Hier steht nur Katharina S.«, sagt Cornfeld. »S. kann für alles Mögliche stehen. Schlimmstenfalls für Schmidt. Dann suchen wir ewig.«

»Wir könnten es über die Zeitung probieren. Über die Redakteurin, die den Artikel verfasst hat. Oder über die Friedhofsverwaltungen.«

»Die Redakteurin wird uns nichts verraten, und bei den Friedhofsverwaltungen ist es auch schwierig, da wir keinen Nachnamen haben. Ich könnte höchstens überprüfen, welche Todesanzeigen im fraglichen Zeitraum veröffentlicht wurden, oder ich sehe im Sterberegister nach. Vielleicht ist sie ja dabei.«

»Haben Sie eigentlich schon etwas über den Fahrer der metallicblauen Harley herausgefunden?«

Cornfeld geht zur Tür. »Wollen Sie auch einen Kaffee?«

»Ja«, sage ich. »Ich wollte aber auch etwas über …«

»Ich kümmere mich drum«, antwortet er und verschwindet in der Küche.

Na prima. Das heißt, er hat in der Sache noch gar nichts unternommen. Was macht der Typ eigentlich den ganzen Tag?

»Sie nehmen sich endlich den Biker vor, und ich recherchiere wegen Katharina«, rufe ich.

Kurz darauf kommt er mit zwei Tassen Kaffee zurück. »Was ist eigentlich mit Nickl? Wenn wir den im Boot hätten, könnte ich mir die ganze Recherche sparen.«

»Erstens würde der nie im Leben mit uns zusammenarbeiten, und zweitens ist er ja im Urlaub.«

»Haben Sie es denn noch mal telefonisch bei ihm versucht?«

»Mehrfach. Aber er geht nicht dran.«

»Ich wüsste ja zu gern, warum er von dem Fall abgezogen worden ist«, sagt er.

Nachdenklich sehe ich ihn an. »Wenn es Ihnen gelingt, einen missgünstigen Kollegen von Nickl aufzutreiben, der gegen eine kleine Bestechung bereit ist, aus dem Nähkästchen zu plaudern, dann dürfen Sie zwei Hunderter springen lassen.«

Cornfeld nippt versonnen an seinem Kaffee. »Vierhundert!«, sagt er.

»Dreihundert. Und keinen Cent mehr.«

»Okay.« Er zwinkert mir zu und geht in sein Büro.

Die folgende Stunde verbringe ich vor meinem PC. Ich surfe durch das Internet, in der Hoffnung, etwas über Katharinas Schicksal in Erfahrung zu bringen. Nach einer Stunde bin ich immer noch nicht weitergekommen.

Als es an der Tür klingelt, reagiere ich nicht. Es wird der Postbote sein oder jemand, der Zeitschriften oder Bürsten verkaufen will. Soll sich Cornfeld drum kümmern. Erst als die Tür zu meinem Büro aufgeht, sehe ich, dass ich mich geirrt habe. Timo steht vor mir und sieht hinreißend aus. Dahinter wartet Cornfeld – und der sieht alles andere als hinreißend aus. Wütende Menschen sind nun mal nicht sonderlich attraktiv. Ich nehme mir fest vor, mich nach einer gescheiterten Liebesbeziehung nie wieder von Cornfeld trösten zu lassen und ihm in Zukunft keinerlei Anlass für Hoffnungen zu geben. Schon gar nicht, wenn die Folge ungerechtfertigte Besitzansprüche und eifersüchtige Auftritte sind.

»Hi«, sage ich zu Timo und merke, wie meine Pulsfrequenz in die Höhe schnellt.

»Hi«, antwortet er, kommt herein und zieht einen schwarzweißen Border-Collie hinter sich her. Die Tür fällt krachend ins Schloss. Das wäre nicht nötig gewesen, Herr Cornfeld, ich habe auch so bemerkt, dass Ihnen der Besuch nicht passt.

»Was verschlägt dich denn nach Pöseldorf?«

»Ich wollte mit Lana in *Planten und Blomen* spazieren gehen. Aber sie wollte nicht.«

»Sie wollte nicht?«, frage ich erstaunt.

Timo grinst breit. »Sie wollte partout nicht aus dem Auto raus.«

»Und da hast du es in Pöseldorf versucht.«

»Genau.«

»Und hier ist sie ausgestiegen«, stelle ich fest.

»Ein sehr eigenwilliges Tier«, sagt er und macht ein gespielt bekümmertes Gesicht.

»Ich wusste gar nicht, dass du dir von einem kleinen Hund auf der Nase herumtanzen lässt.«

Timo zieht mich an sich. »Kleinen Hunden und schönen

Frauen kann ich einfach nicht widerstehen«, sagt er leise und berührt mit den Lippen meine Nasenspitze.

Verlegen schiebe ich ihn ein Stück von mir weg. »Ich wusste gar nicht, dass du einen Hund hast«, sage ich und streichle den kleinen Vierbeiner.

»Lana gehört meinem Onkel. Da er heute weg musste, kümmere ich mich ausnahmsweise mal um sie.«

»Die ist ja total süß.«

»Ja, sehr süß, aber auch sehr lebhaft.«

Was Lana sofort unter Beweis stellt und mit so viel Schwung auf meinen Papierkorb zuhält, dass sie Timo fast umreißt. Timo klinkt die Leine aus der Öse am Halsband und wickelt sich das Lederband um die Hand. Dann baut er sich direkt vor mir auf. So nah, dass kein Hundehaar mehr zwischen uns passt.

»Wie wäre es mit einer ordentlichen Begrüßung?«

Das Lächeln verschwindet aus seinem Gesicht. Was bleibt, ist dieser ganz spezielle Blick, mit dem er mich fixiert; der mir das Gefühl gibt, die einzige Frau auf der Welt zu sein, die einzige, die zählt. Meine Knie werden weich, und mein Widerstand bröckelt. Ich lasse zu, dass er mich küsst, dass er beide Arme um mich schlingt, dass er mich fest an sich drückt. Seine Zunge erkundet meinen Mund, seine Finger wandern zielstrebig über meinen Rücken und erreichen meinen Po, als Lana mit so viel Wucht an mir hochspringt, dass ich fast umkippe und abrupt aus Timos Armen gerissen werde.

Die plötzliche Unterbrechung bringt uns beide aus dem Konzept. Timo lächelt entschuldigend und versucht den Hund zu bändigen.

»Lana Platz. Lana Platz«, ruft er so lange, bis sie sich endlich hinlegt. Dann beugt er sich zu ihr hinunter und krault ihr das Fell. »Braves Mädchen.«

Während er den Hund beruhigt, steigt mir ein unangenehmer Geruch in die Nase. Alarmiert sehe ich mich um. Auf den glänzenden Pitchpine-Dielen direkt neben meinem Schreibtisch liegt ein kleiner brauner Haufen.

»O je«, sage ich und deute darauf.

Timo reißt die Augen auf. »Ach du Scheiße«, rutscht es ihm raus. »Ich mache das sofort weg.«

»Nein, lass nur. Ich kümmere mich nachher darum.«

»Aber du musst wirklich nicht …«

»Ist schon okay.« Ich greife nach seinem Arm, er nach meinen Schultern. Und schon stehen wir wieder ganz dicht beieinander – als die Tür aufgerissen wird.

Sofort weiche ich einen Schritt zurück.

»Ihre Mutter. Am Telefon«, bellt Cornfeld durchs Zimmer.

»Komme gleich«, sage ich.

Timo klinkt Lanas Leine wieder in ihr Halsband ein. »Ich muss jetzt auch los.«

»Wir sehen uns«, sage ich betont burschikos.

»Bald!«, antwortet Timo und gibt mir einen Abschiedskuss. Mitten auf den Mund.

Cornfeld räuspert sich und hält demonstrativ die Tür auf.

Im Zimmer meines Assistenten greife ich nach dem Telefonhörer. Ich registriere, dass Timo im Flur »Auf Wiedersehen« sagt und von Cornfeld keine Antwort erhält, ich höre, wie die Wohnungstür zufällt, wie Cornfeld in die Küche geht, und bin mir sicher, dass ich, wenn ich den Hörer an mein Ohr halte, außer dem Piepston der Amtsleitung nichts vernehmen werde.

»Hallo«, sage ich vorsichtig.

»Das hat ja ewig gedauert«, schnauzt mich meine Mutter an. Ich bin baff. Das hätte ich nicht gedacht. Ich wäre jede Wette eingegangen, dass mein Assistent den Anruf erfunden hat, um mich aus meinem Büro zu locken.

»Warte mal bitte, Mama«, sagte ich und rufe nach Cornfeld, der daraufhin in der Tür erscheint.

»Der Hund hat in mein Zimmer gemacht. Könnten Sie sich bitte darum kümmern?«

»Sonst geht es Ihnen aber noch gut«, fährt er mich an und schlägt die Tür hinter sich zu. Oho, da hat aber jemand schlechte Laune. Halb so wild, denke ich, der wird sich schon beruhigen. Ich wende mich wieder meiner Mutter zu. »Tut mir leid, aber ich musste noch einen Klienten verabschieden.«

»Dieser Cornfeld«, fragt sie, »wer ist das?«

»Mein Assistent.«

»Ach. Du kannst dir einen Assistenten leisten?«

»Ja. Die Detektei läuft gar nicht so schlecht …«

Sofort unterbricht sie mich. Die Erfolgsgeschichten anderer Leute haben sie noch nie interessiert. »Ich habe den armen Jungen mit Timo angeredet. Ich dachte, er wäre dein Freund. Da hat er aber mal sauer reagiert. Läuft da was zwischen dir und diesem Cornfeld?«

»Nein, Mama. Er ist nur mein Assistent. Und er ist auch nie mehr gewesen.«

»Aber er ist eifersüchtig. Er war geradezu beleidigt, als ich Timo zu ihm sagte.«

»Ich glaube, das bildest du dir nur ein.«

Und dann sage ich lange Zeit nichts mehr. Meine Mutter redet. Und da sie allein in einem großen Haus lebt, keine

Nachbarn, keine Freunde und keinen Kontakt zu ihren Verwandten hat und ich somit ihre einzige Anlaufstelle bin, gibt es viel zu berichten. Zum Beispiel, was sie heute Vormittag so gemacht hat, was sie heute Nachmittag und heute Abend noch zu erledigen gedenkt und – was viel wichtiger ist – was ich bitte noch alles für sie tun soll. Jeden Versuch, mich aus der Nummer herauszuwinden, unterbindet sie mit Jammern: »Ich sitze im Rollstuhl; ich bin völlig hilflos; ich habe Schmerzen; wer weiß, wie lange ich noch lebe« und so weiter und so weiter. Natürlich weiß ich, dass sie gerade versucht, mich an die Leine zu legen. Ich weiß aber auch, dass es völlig zwecklos ist, sich dagegen zur Wehr zu setzen. Also nehme ich einen Stift und notiere, was sie mir diktiert. Dabei habe ich ihre alten Listen noch nicht einmal ganz abgearbeitet.

Nachdem ich das Gespräch beendet habe, versuche ich einen Zeitplan zu erstellen, der es mir ermöglicht, die Auftragsflut meiner Mutter zu bewältigen und zwischendurch auch noch Geld zu verdienen. Als ich damit fertig bin, fällt mir die ungewöhnliche Ruhe im Büro auf. Es ist mucksmäuschenstill. Kein Klappern von Computertasten, keine Schritte, keine Telefonate, einfach nichts. Wo ist Cornfeld? Er ist weder in der Küche noch in irgendeinem anderen Zimmer. Dafür liegt der Hundehaufen immer noch an der gleichen Stelle und stinkt still, aber ausdauernd vor sich hin. Ein Blick auf die Garderobe macht die Vermutung zur Gewissheit. Cornfeld ist gegangen. Um elf Uhr morgens verlässt er das Büro, ohne sich zu verabschieden, ohne zu sagen, wo er hingeht. Das hat er noch nie getan. Und das gefällt mir gar nicht.

Kapitel 19

Dass Cornfeld verschwunden ist, ärgert mich. Aber weitaus mehr erbittert mich, dass ich es nun bin, die Lanas Hinterlassenschaft entsorgen muss. Wenn ich das gewusst hätte, hätte ich Timos Hilfsangebot nicht so einfach abgeschmettert. Todesmutig gehe ich ins Bad, streife mir ein Paar Gummihandschuhe über und bewaffne mich mit einer Rolle Klopapier. Nachdem ich den Hundekot in die Toilette gekippt habe, besprühe ich die Dielen mit Sagrotan und wische das Holz mit einem Stück Toilettenpapier trocken. Am Boden hockend und völlig in meine Arbeit vertieft, höre ich ein Geräusch an der Wohnungstür. Wer sagt's denn. Cornfeld ist zurück. Er hat sich beruhigt. So schnell habe ich das nicht erwartet.

»Und, vertragen wir uns wieder?«, rufe ich. »Oder muss ich Sie erst zum Mittagessen einladen?«

Er antwortet nicht. Dafür höre ich ihn im Büro herumlaufen. Türen werden geöffnet und wieder geschlossen, dann nähern sich Schritte. Das Erste, was ich sehe, als er hereinkommt und direkt vor mir stehen bleibt, sind schwere Motorradstiefel. Seit wann trägt Cornfeld Motorradstiefel?, geht es mir unsinnigerweise durch den Kopf. Dabei hat mein Magen längst begriffen, was hier gerade passiert, und sich zu einem schmerzhaften Knoten zusammengezogen. Wie fremdgesteuert wandert mein Blick an der speckigen Lederhose entlang zu einer imposanten Gürtelschnalle in Form eines fliegenden Adlers, weiter nach oben zu einem schmuddelig grauen T-Shirt, das um einen mageren Oberkörper schlottert, bis zu einem seitlich geknoteten Halstuch. Dort verharre ich, in der Hoffnung, meine Ängste seien unbegründet. Ich gebe mir einen Ruck und sehe ihm ins Gesicht. Der Anblick übertrifft meine schlimmsten Befürchtungen.

»Die Tür stand offen«, sagt er und legt den Helm auf meinen Tisch. »Haben Sie keine Angst? So ganz allein hier.«

»Guten Tag«, antworte ich steif und richte mich auf. »Haben Sie einen Termin?«

Er fläzt sich breitbeinig auf meinen Besucherstuhl, fährt sich mit der Hand durch das kurze, blond gefärbte Haar und schenkt mir ein Lächeln, von dem mir übel wird. Die Farbe seiner Gesichtshaut changiert ins Rötliche, was entweder ein Zeichen für einen zu hohen Blutdruck oder für einen zu hohen Alkoholkonsum ist. Seine Wangen sind mit Aknenarben überzogen, das Kinn ist mit Bartstoppeln bedeckt, was in seinem Fall nicht verwegen, sondern einfach nur ungepflegt aussieht. Er ist definitiv nicht der Typ Mann, mit dem ich mich allein in einer Wohnung aufhalten möchte.

»Sind Sie Frau Petry?«, fragt er und zwinkert mir zu. Ich fasse es nicht. Er versucht tatsächlich, mit mir zu flirten.

»Nein«, sage ich. »Ich bin Frau Meisner. Die Sekretärin.«

Die Antwort quittiert er mit einem ungläubigen Grunzen. »Netter Versuch.«

»Ich bin wirklich die Sekretärin.«

Er greift in seine Jackentasche, zieht ein Blatt Papier heraus und hält es mir hin. Mit spitzen Fingern nehme ich es entgegen. Es ist ein Foto. Ein Foto von mir. Wie ich neben Nickl in Bremen auf dem Parkplatz stehe, direkt neben dem

Einsatzwagen, in dem er mich nach dem Auffinden von Willis Leiche verhört hat.

»Woher haben Sie das?«, frage ich und bewege mich ein paar Schritte auf die Tür zu.

»Setzen Sie sich auf Ihren Stuhl«, sagt er scharf. »Sonst setze ich Sie drauf.«

»Nicht nötig«, antworte ich und komme seiner Aufforderung nach.

Betont lässig stütze ich die Ellenbogen auf der Tischplatte meines Schreibtischs ab und versuche, meine Angst durch einen möglichst selbstbewussten Tonfall zu kaschieren.

»Wer sind Sie? Wie heißen Sie? Was wollen Sie?«

»Nennen Sie mich … Harry«, sagt er. »Ich bin ein Freund. Ein Freund, der Sie warnen möchte.«

»Wovor wollen Sie mich denn warnen, Harry?«

»Nun, Sie wohnen in einem Altbau. Es ist ein hübscher Altbau, zugegeben, aber eben alt. Und in solchen Wohnungen sind die elektrischen Leitungen manchmal verrottet, und dann kann es zu unschönen Unfällen kommen.«

Harry verschränkt die Arme vor der Brust und mustert mich mit dem Gesichtsausdruck einer auf Beute lauernden Ratte.

»Und manchmal flattert brennendes Papier durch Briefschlitze in so alten Häusern«, sage ich.

Er nickt. »Das kann passieren. Ein echter Nachteil bei diesen Altbauten.«

»Sie fahren nicht zufällig eine metallicblaue Harley?«

Er schüttelt den Kopf und beugt sich nach vorn. »Was wollten Sie von Willi?«

»Von Willi?«

»Ja, von Willi!«

»Es ging um den Kauf einer Harley. Er wollte mich beraten.«

»Bullshit«, schnauzt er mich an.

»Warum interessiert Sie das?«

»Er war mein bester Kumpel, und ich will wissen, wer ihn umgebracht hat. So einfach ist das.«

»Sie haben keinen Verdacht?«

»Doch.« Er grinst mich wieder mit diesem widerlich öligen Gesichtsausdruck an. »Wie wär's mit Ihnen?«

»Ich! Was sollte ich denn für ein Motiv haben? Wie hätte ich einen Mann von Willis Größe und Statur …«

»Sie haben jemanden vorgeschickt, der die Drecksarbeit für Sie erledigt hat.«

»Ja klar, und anschließend habe ich mir das Ergebnis angeguckt, vor lauter Begeisterung neben die Leiche gekotzt und dann die Bullen geholt …«

»Sie haben gekotzt?« Laut lachend haut er sich auf die Oberschenkel. »Sie sind ja ein echter Vollprofi.«

»Deshalb ist es auch so teuer, mich zu engagieren.«

Er schnalzt ungeduldig mit der Zunge. »Du erzählst mir jetzt, was du von Willi wolltest, warum ihr euch in dieser Scheißhalle getroffen habt und was da passiert ist. Und zwar pronto, Schätzchen. Sonst werd ich unangenehm. Und ich kann verdammt unangenehm werden.«

Um seiner Drohung mehr Gewicht zu verleihen, greift er sich in den Schritt, in einer Art, die an Michael Jacksons frühe Videos erinnert.

Ich zwinge mich zu einem Lächeln, von dem ich hoffe, dass es mir nicht zur Grimasse verrutscht, und versuche, ruhig in den Bauch zu atmen. Nur keine Panik, denke ich, nur nicht hyperventilieren.

»Wollen wir was essen gehen?«, frage ich leichthin. »Hier um die Ecke gibt es ein paar nette Lokale. Da können wir uns dann in Ruhe unterhalten.«

Er schüttelt den Kopf.

»Okay, dann bleiben wir eben da, aber ich möchte einen Kaffee. Was ist mit Ihnen? Möchten Sie auch einen?«

Er zögert und scheint zu überlegen, ob er mir erlauben soll, den Raum zu verlassen.

»Ich hole ihn aus der Küche.«

Er zögert immer noch, und ich stehe auf. Er steht auch auf. »Ich komme mit.«

Wie schön. Auf dem Weg zur Küche bleibt Harry dicht hinter mir. Ich greife nach der Glaskanne mit dem kochendheißen Kaffee, drehe mich blitzschnell um und kippe meinem Besucher die heiße Brühe über die Hose. Genau über die Stelle, die er eben so demonstrativ vorgeführt hat. Er brüllt wie ein Stier, dem man gerade die Banderillas in den Nacken gestoßen hat, und macht einen Satz zurück. Meine Chance. Ich spurte an ihm vorbei zur Wohnungstür, renne die Treppe hinunter, biege um die Ecke und bleibe abrupt stehen. Durch das Glas der Haustür sehe ich einen weiteren Biker, der breitbeinig mit einer Zigarette in der Hand auf dem Bürgersteig steht. Gott sei Dank hat er mir den Rücken zugedreht. Mir bleibt nur eine Möglichkeit. Ich muss durch den Keller raus in den Garten. Blind stolpere ich in der Dunkelheit die schmale Treppe zum Kellergewölbe hinunter, haste durch ein Labyrinth schmaler Gänge an den hölzernen Verschlägen meiner Nachbarn vorbei, bis ich endlich die Hintertür erreiche. Mein Atem pfeift, und mir läuft der Schweiß in dünnen Rinnsalen über den Rücken. Als ich die Klinke nach unten drücke, rührt sich nichts.

Verzweifelt reiße ich an dem verdammten Türgriff. Was an dem Resultat nicht das Geringste ändert. Die Tür ist verschlossen. Seit ich hier wohne, ist das noch nie der Fall gewesen. Rebbelmeier!, denke ich entsetzt. Dieser Wahnsinnige hat das Haus vor Einbrechern gesichert. Und damit mein Todesurteil besiegelt. Mein Herz hämmert wie verrückt, und ich mache mir fast in die Hosen. Alles, woran ich denken kann, ist die Vorstellung, was der gute Harry mit mir anstellen wird, wenn er mich hier unten in die Finger kriegt. Sollte ich das überleben, bin ich ein Fall für Dr. Janson. Doch das Schicksal kommt mir zu Hilfe. An dem Verschlag neben mir fehlt das Hängeschloss. Ich schlüpfe hinein und ziehe die Tür leise hinter mir zu. Das war knapp. Schon kommen Schritte den Gang hinunter. Panisch sehe ich mich nach einem Versteck um. Doch die windschiefen Regale, in denen sich allem Anschein nach die ungeliebten Weihnachtsgeschenke der letzten zwanzig Jahre versammelt haben, helfen mir genauso wenig weiter wie der alte Fernseher, die drei Ghettoblaster, die beiden Nachtschränkchen und die Getränkekisten, die überall herumstehen. Ich kann definitiv nichts entdecken, worin oder wohinter ich mich verkriechen könnte.

Doch einen Lichtblick gibt es. Die roh gezimmerten Holzwände reichen nicht ganz bis zur Decke. Dort oben scheint genügend Platz zu sein, um mich hindurchzuzwängen und so den benachbarten Keller zu erreichen. Ich klettere auf eine sehr wacklig aussehende Konstruktion aus übereinandergestapelten leeren Bierkästen, als ich wieder Schritte höre, doch diesmal entfernen sie sich. Nur sehr langsam, aber immerhin. Ich halte die Luft an und bete: Lieber Gott, mach, dass er mich nicht findet, dass er endlich verschwindet, dass dieser Albtraum ein Ende hat. Und dann bekomme ich einen Krampf in der rechten Wade. Der Schmerz ist so heftig, dass ich reflexartig den Fuß anziehe und damit eine Katastrophe auslöse. Die Kästen unter mir fangen an zu kippeln und kommen ins Rutschen. Als der oberste wegkippt, hechte ich hoch und schaffe es gerade noch, mich mit beiden Händen an der Bretterkante festzukrallen, bevor der Turm laut scheppernd unter mir zusammenbricht. Frei schwebend hänge ich an der Wand und hoffe inständig, dass Harry nicht zurückkommen wird. Doch er kommt zurück. Und zwar sehr viel schneller, als er sich entfernt hat. Ich ziehe mich hoch, schwinge erst das eine und dann das andere Bein über die Kante, schramme mit dem Rücken an der Decke entlang und rutsche auf der anderen Seite wieder hinunter. Immerhin lande ich, ohne größeren Lärm und ohne größeren Schaden an meinem Knochengerüst zu verursachen. Dann stelle ich mich mit dem Rücken an die Wand, direkt neben eine daumenbreite Lücke, die zwischen zwei Brettern klafft. Ich drücke den Hinterkopf gegen das Holz und versuche, nicht zu atmen. Versuche, keinen Mucks von mir zu geben. Und lausche. Höre aber nichts. Ist er weg? Oder steht er in dem benachbarten Verschlag und spielt das gleiche Spiel? Hält die Luft an und versucht herauszufinden, wo ich bin?

»Hallo Pia!«

O Scheiße. Er steht direkt vor dem Spalt auf der anderen Seite. Ich habe das Gefühl, als könnte ich seinen Atem spüren, seine Körperausdünstungen riechen. Seine Nasenspitze erkennen.

»Hallo Pia. Ich sehe dich.«

Wie sollte er.

»Ich sehe dich immer noch.«

Am liebsten würde ich antworten: Du kannst mich gar nicht sehen, du Idiot. Aber ich schätze, das ist genau das, was er hören will.

»Pia. Ich komme jetzt gleich und hole dich.«

Na, dann komm doch, du wirst schon sehen, was du davon hast, denke ich wütend, als ich an der gegenüberliegenden Seite auf einem ramponierten Gartentisch ein paar Werkzeuge entdecke: einen Hammer, eine Säge und mehrere Feilen. Vorsichtig mache ich einen Schritt nach vorn und versuche, an den Hammer heranzukommen. Wenn ich es schaffe, den in den Gang zu werfen, könnte ich Harry vielleicht ablenken. Falls das nicht klappt, kann ich immer noch eine der Feilen als Waffe benutzen.

»Pia, Schätzchen …«

Ich umklammere den Hammer, als Harry plötzlich seltsame Töne von sich gibt. Er gurgelt und röchelt, wie jemand, der unter Wasser gedrückt wird. Was soll das denn? Ist das ein weiterer Versuch, mich aus der Reserve zu locken? Falls ja, muss er ein begnadeter Schauspieler sein. Er stöhnt und grunzt zum Gotterbarmen. Stocksteif stehe ich da und weiß nicht, was ich tun soll. Mir fällt nichts Besseres ein, als mich auf den Boden zu legen und unter der Bretterwand hindurchzuspähen. Was ich sehe, sind Harrys schwarze Stiefel. Und dahinter ein Paar weiße Turnschuhe unter dunklen Jeans. Ist das der Biker, der eben noch draußen vor der Haustür gestanden hat? Sind sie jetzt zu zweit hinter mir her?, frage ich mich entsetzt. Die seltsamen Geräusche ebben ab. Bis es völlig still ist. Was, verdammt noch mal, machen die da? Ich stehe auf, und wider jede Vernunft nähere ich mich dem Spalt. Und dann sehe ich ihn. Harry steht vor mir und starrt mich aus weit aufgerissenen Augen an. Seine

Gesichtshaut ist schweißnass, der Mund steht offen. Mit einem Mal bewegt er sich. Sackt auf mich zu, fällt gegen die Wand und rutscht zu Boden. Erschrocken weiche ich zurück. Dann höre ich Schritte. Schritte, die sich entfernen. Sehr schnell und sehr zielstrebig.

Kapitel 20

»Hildegard Fahrenkamp, Mordkommission Hamburg«, stellt sich die Frau vor, die mit energischen Schritten auf mich zueilt und mir einen checkkartengroßen Dienstausweis unter die Nase hält. Mit ihren schulterlangen dunklen Haaren, den rötlichen Strähnchen, der modischen Brille und einem Mantel, der kräftig über dem imposanten Busen spannt, erinnert sie mich an Mary Beth Lacey aus der US-Kultserie »Cagney and Lacey«. Sie sieht aus wie eine fürsorgliche Mutti, die zu Hause zehn Kinder versorgt. Aber sie kann auch anders, da bin ich mir sicher.

»Sie haben den Toten gefunden?«

»Nein«, sage ich. »Ich war dabei, als er ermordet wurde.«

Erstaunt zieht sie die Augenbrauen hoch. Doch bevor sie mir weitere Fragen stellen kann, taucht der Arzt, der Harrys Leiche untersucht hat, neben ihr auf und führt sie ein Stück zur Seite.

»Die Todesursache ist …«, sagt er und senkt seine Stimme so weit, dass ich ihn nicht mehr verstehen kann. Aber das ist auch gar nicht nötig. Wenn jemand weiß, wie Harry gestorben ist, dann ich. Schließlich habe ich daneben gestanden, als er mit einem dünnen Draht erdrosselt wurde. Und hatte bis zum Eintreffen der Polizei genügend Zeit, mir die Leiche genau anzusehen. Die Fahrenkamp verabschiedet den Mann und kommt zu mir zurück.

»Wir gehen«, sagt sie und bedeutet mir, ihr zu folgen.

»Wohin?«

»Ins Präsidium.«

»Ich habe schon alles Ihren Kollegen erzählt. Ich bin echt müde ...«

»Das verstehe ich«, sagt sie lächelnd. »Aber ich muss Ihre Aussage protokollieren.«

Mein Versuch, sie umzustimmen, scheitert. Und ich lande, wo ich schon häufiger gelandet bin: im Hamburger Polizeipräsidium, in einem gigantischen Gebäudekomplex am Bruno-Georges-Platz.

Das Büro der Fahrenkamp unterscheidet sich in keinster Weise von den Räumlichkeiten, die ich hier schon kennenlernen durfte. Neben der üblichen Ausstattung mit Schreibtisch, Schreibtischstuhl, Aktenschrank und einem Tisch mit vier Holzstühlen ist das einzig Auffällige eine Glasvase mit kleinen gelben Rosen, die neben ihrem PC auf dem Schreibtisch steht. Einziges Indiz, dass der Raum von einer Frau genutzt wird.

»Erzählen Sie mal«, sagt sie und lächelt mir aufmunternd zu.

Zum zweiten Mal für den heutigen Tag berichte ich von Harrys Überraschungsbesuch und den seltsamen Umständen seines vorzeitigen Ablebens. Während ich rede, wandert ihr Blick immer wieder zur Bildschirmoberfläche und bleibt dort für einige Sekunden hängen. Ich befürchte, ich weiß, welche Informationen sie gerade aufruft und welche Fragen sie mir gleich stellen wird.

»Sie wurden bei uns schon einmal erkennungsdienstlich behandelt?«, fragt sie, nachdem ich geendet habe.

»Ja.«

»Arbeiten Sie immer noch als Privatdetektivin?«

»Das tue ich.«

»Eins verstehe ich nicht so ganz. Warum sind Sie in den Keller gelaufen?«

»Weil vor der Haustür ein Mann stand, ein Biker, von dem ich befürchtete, er könne zu diesem Harry gehören.«

»Und da fanden Sie es sicherer, in den Keller zu rennen?«

»Nein. Ich meine, ja. Ich dachte, die Tür zum Garten wäre offen und ich könnte …«

»Ist Ihnen im Treppenhaus jemand begegnet?«

»Nein.«

»Sie haben gehört, wie der Mann erdrosselt wurde?«

Ich nicke.

»Aber von dem Mörder haben Sie nur die Turnschuhe gesehen?«

»Die Turnschuhe und die Jeans.«

»Hat der Mörder geredet?«

»Nein. Der hat keinen Ton von sich gegeben.« Im Gegensatz zu Harry.

Sie macht sich Notizen und sieht mich wieder an. »Wie war das noch mal? Warum sind Sie in den Keller gelaufen?«

»Um Kohlen raufzuholen«, antworte ich gereizt.

Es klopft an der Tür. Ein junger Mann kommt herein und reicht der Fahrenkamp kommentarlos einen Computerausdruck. Sie wirft einen Blick darauf und will das Blatt schon zur Seite legen, als irgendetwas doch noch ihr Interesse weckt und sie das Papier aufmerksam durchliest. Als sie mich danach ansieht, ist ihr mütterliches Lächeln verschwunden.

»Kann es sein, dass Sie ein Faible für tote Biker haben, Frau Petry?«, fragt sie.

»Na ja, so würde ich das nicht ausdrücken. Harry war ja erst mein zweiter …«

Sie zieht scharf die Luft ein. »Alles klar«, sagt sie und mustert mich, als sähe sie mich gerade zum ersten Mal. »Wir werden heute noch viel Zeit miteinander verbringen.«

Als ich die Treppe zu meiner Wohnung hochgehe, fühle ich mich, als hätte ich gerade das hundertste Lebensjahr vollendet. Ich bin müde, ausgelaugt und deprimiert. Kein Wunder. Das Verhör hat zwei Stunden gedauert und die Fahrenkamp sich von ihrer besten Seite gezeigt. Nie wieder werde ich dem Vorurteil aufsitzen, dass dicke Menschen nett und gemütlich sind. Keine Sekunde ließ die Hauptkommissarin einen Zweifel daran aufkommen, wer hier der Boss war und was passieren würde, wenn ich versuchte, sie zu verarschen. Dabei hätte sie gar nicht so autoritär auftreten müssen. Es gab für mich schließlich keinen Grund, zu lügen oder etwas geheim zu halten. Ich habe ihr alles erzählt. Alles, was ich weiß. Außer den Namen meiner Auftraggeberin. Den habe ich für mich behalten. Schließlich habe ich der Rieckhof mein Wort gegeben, und das breche ich nicht. Trotz mehrmaligen Nachbohrens blieb ich dabei, weder den Namen noch die Adresse meiner Klientin zu kennen. Geglaubt hat die Fahrenkamp mir nicht. Aber das Gegenteil konnte sie mir auch nicht beweisen.

Nach einer Ewigkeit stehe ich endlich vor meiner Wohnung. Seltsamerweise gelingt es mir nicht, die Tür aufzusperren. Ich kann zwar den Schlüssel in das Schlüsselloch stecken, schaffe es aber nicht, ihn zu drehen. REBBEL-

MEIER! Er hat mein Schloss austauschen lassen, mir aber weder Bescheid gegeben noch dafür gesorgt, dass ich einen neuen Schlüssel erhalte. Das hat mir gerade noch gefehlt. Völlig entnervt klingle ich Sturm bei ihm. Als niemand öffnet, schlage ich mit der Faust gegen die Tür und rufe seinen Namen. Auch das zeitigt keinen Erfolg. Er ist definitiv nicht zu Hause. Das habe ich nicht verdient, denke ich. Ich will in meine Wohnung, auf meine Couch, es mir mit ein paar Plätzchen und einer Decke vor dem Fernseher gemütlich machen. Ich will vergessen, was ich heute erlebt habe, will die Bilder des sterbenden Harry aus meinem Kopf kriegen, und vor allem will ich keine neuen Probleme lösen müssen.

»Verdammt«, schreie ich und trete gegen Rebbelmeiers Tür. Was an dem Resultat nichts ändert, außer, dass mir nun auch noch der Fuß wehtut. Wenn mein lieber Nachbar so weitermacht, sterbe ich noch wegen seiner Sicherheitsvorkehrungen. Ich sollte umziehen, und zwar so schnell wie möglich.

Keine meiner Freundinnen war willens oder in der Lage, mir für die Nacht ein Bett anzubieten. Und Cornfeld war nicht zu erreichen, weder zu Hause noch unter seiner Handynummer. Natürlich könnte ich genauso gut in ein Hotel gehen. Aber so leichtfertig möchte ich mein hart verdientes Geld nicht unter die Leute bringen. Also rief ich Timo an, der kein Problem damit hatte, mir Asyl zu gewähren.

Doch es ist gar nicht so einfach, zu ihm zu gelangen. Die Max-Brauer-Allee ist komplett dicht. Ich stehe im Stau und bin ausgesprochen erleichtert, als ich endlich die Julius-Leber-Straße erreiche, rechts abbiegen und der Blechlawine entkommen kann. Während ich Hamburgs hässlichste Unterführung passiere, überlege ich, in welch einem Haus Timo wohl wohnt. Ich tippe auf eine repräsentative Altbauwohnung, verwerfe die Idee aber gleich wieder. Altona ist dafür eigentlich nicht die richtige Gegend. Als ich in der Friedensallee seine Hausnummer an einem roten Klinkerbau entdecke, das wie ein ehemaliges Fabrikgebäude aussieht, bin ich angenehm überrascht. Was sich relativiert, als ich den Hausflur betrete. Er ist eng und muffig, die Wände sind mit jeder Menge Graffiti besprüht, die Wohnungstüren in den unterschiedlichsten, zum Teil knallbunten Farben gestrichen. Als ich endlich vor einer azurblauen Tür mit Timos Namensschild ankomme, bin ich völlig außer Atem. Ich muss mich kurz gegen die Wand stützen, bevor ich klingeln kann.

Die Tür geht auf, und Timo steht vor mir. Fast müsste ich mich schon wieder abstützen. Sein Anblick ist umwerfend. Er trägt eine enge verwaschene Jeans zu ansonsten nackter Haut. Und er lächelt mich mit einem Gesichtsausdruck an, den ich beunruhigend finde.

Mit einer einladenden Handbewegung tritt er zur Seite. »Seien Sie mein Gast …«

»… sagte die Spinne zur Fliege«, beende ich seine Begrüßung.

Er lächelt etwas gequält. »Na dann komm mal rein, du Fliege.«

Ich betrete sein Loft, das von einem großen Bett mit einer hellen Tagesdecke und einem Dutzend mit Ikat-Stoffen bezogenen Kissen dominiert wird. Die restlichen Möbel sind teils modern, teils sind es alte Stücke, die in dem großen Raum ein wenig verloren wirken.

»Schön hast du es hier«, sage ich und bewundere die weiß lasierten Holzdielen, die unverputzten Wände, die Sprossenfenster. Merkwürdig finde ich nur, dass hinter jedem Fenster ein Fliegengitter angebracht ist.

»Gibt es hier im Sommer so viele Mücken?«, frage ich erstaunt.

Timo nickt heftig. »Ja, ja. Das ist echt lästig.«

»Die Wohnung muss ja ein Vermögen an Miete kosten«, sage ich, während ich durch das Zimmer schlendere und mich neugierig umsehe.

»Das Gebäude war früher eine Schiffsschraubenfabrik«, erklärt Timo. »Eigentlich wollten sie es abreißen. Aber jetzt soll es doch saniert und wieder hergerichtet werden. Was wahrscheinlich zu einer drastischen Mieterhöhung führen wird. Im Moment geht es noch, weil die sanitären Einrichtungen eine Katastrophe sind und eine Heizung quasi nicht vorhanden ist.«

»Wie heizt du denn?«

»Mit einem Radiator.«

Das hört sich nicht mehr ganz so prickelnd an.

»Hast du Hunger?«, fragt er.

Ich nicke.

»Soll ich uns Polynesisches Huhn kochen?«

»Klingt gut.«

»Schmeckt auch so«, sagt er und zieht sich endlich ein T-Shirt über.

Das Polynesische Huhn ist fantastisch. Und auch der Rotwein schmeckt hervorragend. So langsam gelingt es mir, mich zu entspannen und ein wenig von den Ereignissen des Tages zu erholen. Mittlerweile ist es tiefschwarze Nacht. Und

Timo hat Dutzende von brennenden Kerzen über dem langen schmalen Holztisch verteilt. Ein sehr romantisches Ambiente. Ein zu romantisches Ambiente für eine beschwipste Frau und einen Mann, der im Laufe des Abends immer näher gerückt ist und mittlerweile direkt neben ihr sitzt.

Da ich die beginnende Romanze mit Timo nicht dadurch gefährden möchte, dass ich zu schnell mit ihm in die Kiste hüpfe, habe ich mir eine Frist von sechs Wochen gesetzt. Erst dann darf er in mein Bett. Eine Strategie, die zugegebenermaßen ein wenig altmodisch ist, sich in den zurückliegenden Jahren aber immer bewährt hat. Denn eins habe ich begriffen: Männer sind Jäger, die leichte Beute nicht zu schätzen wissen.

Timo legt den Arm um meine Schulter. »Du siehst blass aus.«

»Ich hatte heute einen echt beschissenen Tag«, sage ich und bereue es sofort.

»Was ist denn passiert?«

»Ach«, entgegne ich abwehrend, »nur Ärger. Klienten, die nicht zahlen. Aufträge, die zu keinem Ergebnis führen.«

Natürlich könnte ich auch schildern, was wirklich passiert ist. Aber ich habe die Geschichte heute schon zweimal erzählt und möchte uns die Stimmung nicht mit den gruseligen Details von Harrys Ermordung verderben.

»Das war doch nicht alles«, insistiert Timo. »Irgendetwas ist doch passiert.«

»Timo. Mein Job ist manchmal ziemlich hart. Ich glaube, du willst das gar nicht so genau wissen.«

»Fangen wir schon an, Geheimnisse voreinander zu haben?«, fragt er und sieht mir direkt in die Augen.

»Lass mir Zeit.«

Ehe ich mich versehe, küsst er mich. Lange. Sehr lange. Und sehr intensiv. Wenn wir nicht ganz schnell damit aufhören, werde ich die sechs Wochen nicht durchstehen. Mir bleiben nur zwei Möglichkeiten. Entweder ich gehe kalt duschen, oder ich denke mir eine Ablenkungsstrategie aus. Sanft schiebe ich ihn von mir.

»Wo ist eigentlich dein Badezimmer?«, frage ich, als ich eine kleine Spinne entdecke, die auf einer von Timos Haarfransen hockt. »Warte mal, du hast da was.«

»Was denn?«, fragt er, während ich versuche, das winzige Tier aus seinen Haaren zu zupfen.

»Gleich habe ich sie.«

»Wen hast du?« Timos Stimme klingt auf einmal seltsam gepresst.

»Eine Spinne.«

Er wird kreidebleich. »Nimm sie weg«, flüstert er. »O Gott, nimm sie doch weg«.

»Ich habe sie ja schon«, sage ich und halte sie ihm auf der flachen Hand unter die Nase. Timo ist weiß wie die Wand. Auf seiner Stirn haben sich winzige Schweißperlen gebildet. Mit weit aufgerissenen Augen starrt er das Tier an.

»Das ist doch nur eine kleine Spinne.«

»Schmeiß sie ins Klo.«

»Aber ...«

»SCHMEISS SIE INS KLO!«

Er springt auf, dirigiert mich zu einer Tür im hinteren Teil der Wohnung, stößt sie auf und deutet auf die dort befindliche Toilette. »Da rein.«

Tiere zu töten ist mir absolut zuwider. Das mache ich generell nicht. Es sei denn, die Biester stechen mich.

»Kann ich nicht ...«

Er schließt die Augen und sieht aus wie jemand, der kurz vor einem hysterischen Anfall steht.

Ich sage nichts mehr, werfe die Spinne ins Klosett, betätige die Spülung und hoffe, sie stirbt einen schnellen Tod.

»Besser so?«, frage ich gereizt, als ich wieder ins Wohnzimmer komme.

Schwer atmend sitzt er am Tisch und presst sich die Handflächen gegen die Stirn. Ich bin mir nicht sicher, aber ich glaube ein Schluchzen zu hören. Wortlos fülle ich ein Glas mit Rotwein und stelle es vor ihm ab. Er leert es in einem Zug.

»Ich habe eine Spinnenphobie«, sagt er leise. »So ein bisschen hatte ich es schon als Kind. Aber in letzter Zeit ist es echt schlimm geworden.«

»Und was machst du dagegen?«

»Eine Therapie.« Er sieht mich direkt an. »Glaubst du, ich bin eine Memme?«

»Nein. Ich finde es sehr gut, dass du etwas dagegen unternimmst und dir helfen lässt. Erst kürzlich habe ich einen Arzt kennengelernt, der sich mit dem Thema Angst beschäftigt und sogar Seminare gibt …«

»Ich muss wohl einen völlig durchgeknallten Eindruck auf dich machen.« Timo kramt nach einem Taschentuch in seiner Hosentasche und tupft sich das Gesicht ab.

»Tust du nicht«, sage ich mit Nachdruck und berühre seinen Arm.

Sofort erstarrt er.

»Was ist?«

»Könntest du dir bitte die Hände waschen?«, fragt er gequält.

Ich gehe zum Spülbecken. »Ist es wegen der Spinne?«

»Ja«, sagt er verlegen. Als ich an ihm vorbei zu meinem Stuhl zurückgehen will, greift er nach mir. »Könntest du mich vielleicht noch einmal küssen?«

»Möchtest du das denn?«

Er zieht mich neben sich, berührt mit dem Mund mein Haar, meine Stirn, meine Nasenspitze. Ich spüre seine Lippen auf meinem Hals, spüre seine Hände, die sich unter meine Bluse schieben, spüre ein Kribbeln, das von meinen Schultern aus über meinen Rücken läuft und von dort tiefere Regionen erreicht. Mir ist, als überschwemme mich etwas, das jede Vernunft mit sich reißt. Es fehlt nicht viel, und ich werfe meine Sechs-Wochen-Strategie über Bord.

Da klingelt es. Timo stößt einen unterdrückten Fluch aus, gibt mir einen flüchtigen Kuss auf die Wange und läuft zur Tür.

Kurz darauf stürmt ein Mann herein.

»Ich bin Hans, Timos Onkel. Ich wohne gegenüber«, ruft er und schwenkt eine Flasche Champagner. Dann schlägt er mir so heftig auf die Schulter, dass ich fast über den Tisch fliege, und lässt sich auf dem Stuhl neben mir nieder. Interessiert mustert er die leeren Schüsseln.

»Oh, wie schön, Timo, du hast Polynesisches Huhn gekocht. Noch was da?«

Timo schneidet hinter seinem Rücken Grimassen, sagt »ja« und holt die Töpfe vom Herd.

»Mann, bin ich erledigt.«

Hans stellt die Flasche auf den Tisch. So schrill, wie er auftritt, sieht er auch aus. Die schütteren grauen Haare hat er zu einem winzigen Pferdeschwanz zurückgebunden. Er trägt eine viel zu enge schwarze Jeans, ein schreiend rotes Seidenhemd, dessen oberste Knöpfe offen stehen und den Blick auf eine rasierte Brust freigeben. Die Frage, ob er schwul ist, stellt sich gar nicht, so hinreißend hemmungslos zelebriert er seine sexuelle Orientierung.

»Ich störe euch doch hoffentlich nicht?«, fragt er und zwinkert mir zu. »Wir müssen feiern. Ich habe gerade ein Bild verkauft!«

»Hans ist Maler«, erklärt mir Timo und verdreht die Augen.

»Ja«, sagt Hans, »und gar kein schlechter. Auch wenn Timo meine Sachen nicht mag.«

»Das stimmt nicht.«

»Komm«, sagt Hans, »du kannst mich gern für einen schlechten Künstler halten, aber halt mich bitte nicht für blöd.«

Timo legt ihm einen Hühnerschenkel auf den Teller, kratzt den Reis aus dem Topf und verteilt die restliche Soße darüber.

»Tut mir leid«, sagt er. »Mehr habe ich leider nicht.«

»Macht nichts, das reicht mir schon«, sagt Hans und schiebt sich den ersten Bissen in den Mund.

»Junge, mach mal den Champagner auf. Hast du überhaupt Sektgläser?«, fragt er mit vollem Mund.

Suchend sieht er sich um und entdeckt das provisorische Bett, das Timo für mich aus einer Luftmatratze, zwei Wolldecken und einem Kissen gebaut hat.

»Du übernachtest hier?«

Ich nicke.

Er grinst mich an. »Nicht in seinem Bett? Da ist es doch viel gemütlicher.«

Ich schüttele den Kopf.

»Aha«, sagt er. »So weit seid ihr also noch nicht.«

»Hans, könntest du dich bitte zurückhalten«, pflaumt Timo ihn an.

»Weißt du was, du schläfst bei mir«, sagt Hans da.

»Nein!«, ruft Timo ärgerlich. »Das kommt überhaupt nicht in Frage. Pia schläft hier.«

»Keine Widerrede«, entgegnet Hans und zwinkert mir zu. »Ich habe ein wunderbares Gästebett. Ein Himmelbett mit goldener Gaze, weinrotem Samt und tausend hübschen Kissen. Wie gemacht für eine Prinzessin.«

»Machen Sie sich keine Mühe …«, sage ich.

»Seine Dusche hat kein warmes Wasser«, verkündet Hans triumphierend. »Das Klo ist ständig verstopft und außerdem eiskalt. Wenn du den Fehler machst, dich auf die Brille zu setzen, klebst du fest und kommst nie wieder hoch, es sei denn, eine Ratte beißt dir in den Hintern.«

»Hans!«, brüllt Timo.

»Ich komme gern«, sage ich.

»Fein«, meint Hans und streckt Timo die Zunge raus.

Kapitel 21

Ich habe natürlich nicht bei Hans übernachtet. Sondern bei Timo. Und auch nicht auf dem provisorischen Matratzenlager. Sondern in seinem Bett. So viel zu meiner Sechs-Wochen-Hinhaltetaktik. Entsprechend beschissen fühle ich mich. Ich sitze auf *Bodos Bootssteg* an der Außenalster mit Blick auf tiefblaues Wasser und weiße Segelboote, trinke Espresso Macchiato und hadere mit mir und meinem Schicksal. Warum habe ich mich nicht zusammengerissen? Warum mache ich solche Anfängerfehler?

Die Frage kann ich mir selbst beantworten: weil ich verliebt bin. Und zwar bis über beide Ohren. Ich konnte Timo einfach nicht widerstehen. Nicht seinem Charme und schon gar nicht seinem Body. Es ist schon eine Weile her, dass ich Sex hatte. Wie sollte ich da einem Bestsellerautor widerstehen, der zum Schlafengehen Boxershorts und ein so enges T-Shirt trägt, dass sich jeder einzelne, verdammt verführerische Muskel abzeichnet? Fünfzehn Minuten habe ich in mein Kopfkissen gebissen, habe ich versucht einzuschlafen. Schäfchen gezählt, das Alphabet aufgesagt, mir eine Wiese mit elf Millionen Gänseblümchen vorgestellt. Dann bin ich aufgestanden und zu ihm unter die Decke gekrochen.

Und nun sitze ich hier und weiß nicht, was ich davon halten soll. Weiß nicht, was als Nächstes passieren wird. Liebt er mich? Oder war es das? Habe ich mich heute Nacht selbst rausgeschossen? Bin ich meiner Unvernunft mal wieder auf den Leim gegangen?

Das Klingeln meines Handys reißt mich aus den trüben Gedanken. Alexandras schrille Stimme dringt an mein Ohr und in mein Bewusstsein. Wie es ihre Art ist, kommt sie gleich zur Sache.

»Und?«

»Und was?«

»Wie weit seid ihr?«

»Wie meinst du das?«, mache ich auf ahnungslos.

»Ist schon was gelaufen?«

Ich schaffe es nicht zu leugnen. »Ja«, sage ich.

»Das ging aber schnell.«

»Wühl nicht in Wunden.«

»Und? Wie war es?«

»Absolut fantastisch! Die beste Nacht meines Lebens.«

Das verschlägt ihr erst einmal die Sprache. »Du meinst, der Typ ist nicht nur reich und berühmt, sieht super aus, ist intelligent und ausgesprochen unterhaltsam. Der ist auch noch gut im Bett?«

»Genau so.«

»Du lieber Himmel. Können wir tauschen?«

»Nein.«

»Da muss ein Haken sein«, sagt sie. »So etwas gibt es nicht. Perfektionismus ist in unserer Welt nicht vorgesehen. Schnarcht er? Lässt er seine Sachen überall herumliegen? Bohrt er in der Nase? Furzt er, dass die Wände wackeln?«

»Nein, er ist einfach nur grandios. Keine Ecken, keine Kanten, keine blöden Angewohnheiten.« Wenn man einmal davon absieht, dass er sich vor Spinnen fürchtet. »Sogar das Frühstück war super. Frisch gepresster Orangensaft. Noch warme Croissants. Himbeermarmelade vom Isemarkt«, schwärme ich.

»Seht ihr euch wieder?«

»Wir sind zum Salsa-Tanzen verabredet.«

Mein einziger Halt im Chaos meiner Gefühle. Wir haben uns nicht mit den üblichen Standardformulierungen wie »Ich melde mich« oder »Man sieht sich« verabschiedet, sondern uns auf ein konkretes Date geeinigt. Das den konkreten Rausschmiss etwas versüßte. Als er mir unumwunden mitteilte, er müsse jetzt allein sein und arbeiten. So seien Autoren nun mal. Wie Beamte. Ab neun müssen sie am Schreibtisch sitzen und schreiben, sonst bekommen sie schlechte Laune. Der Erklärung habe ich keine weiteren Fragen folgen lassen, sondern mich schnell verabschiedet. So sind sie, die Privatdetektive. Schnell im Kapieren und schnell im Reagieren. Allerdings auch ziemlich schnell im Eingeschnapptsein.

»Wo seid ihr verabredet?«, fragt Alexandra, als mein Handy einen zweiten Anruf signalisiert. Jemand versucht, mich zu erreichen.

»Ich muss Schluss machen«, sage ich und nehme das neue Gespräch an. Frau Rieckhof ist dran, und sie kommt gleich auf den Punkt. Ich scheine nur von Frauen umgeben zu sein, die Höflichkeit für unemanzipiert halten.

»Gibt es etwas Neues?«

»Ja«, sage ich. »Das möchte ich Ihnen aber persönlich erzählen. Wann kann ich vorbeikommen?«

»Geht das nicht am Telefon?«

»Nein!«

Nur sehr widerwillig lenkt sie ein. »Dann kommen Sie morgen vorbei. Heute geht es nicht. Nadine ist entlassen worden und wohnt vorerst bei mir. Sie tut sich noch etwas schwer. Daher möchte ich ihr heute keine fremden Leute zumuten.«

Angesichts der Tatsache, dass im Hintergrund eine Männerstimme zu hören ist, finde ich diese Aussage etwas irritierend. »Ist Dr. Janson bei Ihnen?«, frage ich.

»Nein, nein. Ein Freund der Familie. Er kennt Nadine schon lange und hilft mir ein bisschen.«

»Ist das Nadines Ex-Freund, der …«

»Wir sehen uns morgen früh. Um acht«, unterbricht sie mich.

»Können Sie mir …«, sage ich noch. Doch da hat sie schon aufgelegt.

Fast habe ich es erwartet: Zurück im Büro, stelle ich fest, dass die Räume verwaist sind. Cornfeld glänzt durch Abwesenheit. Ich versuche ihn telefonisch zu erreichen. Wieder meldet sich nur seine Mailbox. Eigentlich hätte ich meinen Assistenten ganz gerne mal auf den neuesten Stand gebracht. Hinsichtlich des Bikers, der vor meiner Nase ermordet worden ist, zum Beispiel. Doch anscheinend hat er Besseres zu tun. Was gäbe ich darum, einen Mitarbeiter zu haben, der zuverlässig, fleißig und nicht bei jeder Gelegenheit beleidigt ist. Da kommt mir ein unangenehmer Gedanke. Was, wenn er gar nicht beleidigt ist, sondern sich aus völlig anderen Gründen nicht meldet? Schließlich ist er verschwunden, kurz bevor Harry aufgetaucht ist. Womöglich sind sich die beiden auf der Treppe begegnet, und mein Assistent hat dieses Treffen nicht überlebt oder liegt geknebelt und gefesselt irgendwo im Keller! Das kann nicht sein, versuche ich mich zu beruhigen, schließlich hat die Polizei nach Auffinden von

Harrys Leiche den gesamten Keller durchsucht. Viel wahrscheinlicher ist, dass er mit irgendeiner Freundin versackt ist. Denn obwohl er hier immer den eifersüchtigen Möchtegernliebhaber spielt, sieht er keine Veranlassung, den Rest der Hamburger Frauenwelt auszublenden. Sollte ich mich für ihn entscheiden, wäre er mir auch treu, hat er mal behauptet. Solange ich das nicht tue, lässt er allerdings nichts anbrennen. Doch irgendetwas sagt mir, dass, egal wie auch immer ich mich entscheiden würde, er dennoch den Rest seines Lebens als Womanizer unterwegs wäre.

Ich überlege, was ich tun soll. Ganz sind meine Ängste noch nicht verschwunden, und in der Hoffnung, vielleicht einen Hinweis zu finden, wo er gerade stecken könnte und womit er sich als Letztes beschäftigt hat, nehme ich mir seinen Schreibtisch vor. In dem üblichen Chaos, das er um sich herum verbreitet und das auf seiner Arbeitsfläche seinen Höhepunkt findet, kann ich erst einmal nichts Interessantes entdecken. Bis mir der Zeitungsausschnitt mit dem Artikel über den sogenannten Unfall von Katharina S. in die Hände fällt. Cornfeld hat den Namen von Katharinas Mutter, Susanna S., die in der Geschichte erwähnt wird, unterstrichen. Daneben liegt eine Liste, auf der alle in Bremen ansässigen Susannas aufgeführt sind, deren Nachnamen mit S beginnen. Die meisten Namen sind durchgestrichen. Bis auf vier. Ich nehme die Liste, gehe in mein Büro und mache mich an die Arbeit. Die erste der vier Frauen heißt mit Nachnamen Schneidenberg und ist nicht zu Hause. Ich lasse es zehn Mal klingeln, ohne dass jemand abhebt oder der Anrufbeantworter anspringt. Die zweite ist eine Susanna Schimmel, die sich nach dreimaligem Läuten mit einem scharfen und genervt klingenden »Schimmel« meldet.

»Frau Schimmel«, sage ich, »mein Name ist Petry. Ich bin auf der Suche nach der Mutter von Katharina Schimmel. Sind Sie das?«

Auf der anderen Seite der Leitung herrscht eisiges Schweigen.

»Frau Schimmel?«, frage ich unsicher. »Sind Sie noch da?«

»Ja.«

»Ich bin Privatdetektivin«, erkläre ich. »Es geht um einen Fall von schwerer Misshandlung …«

Ich habe das Wort Misshandlung noch nicht ganz zu Ende gesprochen, als ich ein Klacken höre. Und danach nichts mehr. Frau Schimmel hat aufgelegt. Ich bin mir nicht sicher, ob es richtig war, so mit der Tür ins Haus zu fallen. Aber ich hätte es nicht fertiggebracht, einer Mutter, deren Tochter vergewaltigt und ermordet worden ist, irgendeine erfundene Rührgeschichte zu erzählen und mir so ihr Vertrauen zu erschleichen. Ich rufe sie noch einmal an. Diesmal geht Frau Schimmel nicht an den Apparat. Dafür meldet sich der Anrufbeantworter.

»Frau Schimmel«, spreche ich aufs Band. »Ihre Tochter ist nicht das einzige Opfer. Es gibt noch mehr junge Frauen, die misshandelt und vergewaltigt worden sind. Und es werden weitere folgen, wenn wir nichts dagegen unternehmen. Wenn diese Schweine glauben, sie können machen, was sie wollen. Weil sich ihre Opfer und deren Verwandte so einfach einschüchtern lassen. Bitte helfen Sie mir. Meine Telefonnummer ist 040 …«

Und dann piepst es mir laut und deutlich ins Ohr. Super. Das Band hat sich ausgeschaltet. Ich rufe noch einmal an und hinterlasse diesmal meine Telefonnummer in voller Länge. Meine Hoffnung, dass sie zurückrufen wird, hält sich in Grenzen.

Da die Tatsache, dass Frau Schimmel aufgelegt hat, nicht zwingend heißen muss, dass sie tatsächlich die Mutter von Katharina S. ist, telefoniere ich die restlichen Susannas auch noch durch. Die Stimme von Susanna Schneider gehört eindeutig einer sehr alten Frau, die schwerhörig ist und überhaupt nicht versteht, was ich von ihr will. Susanna Siebert, die letzte auf Cornfelds Liste, beteuert mir, dass sie keine Kinder hat und, wie sie mit Nachdruck sagt, auch keine will. Als sie anfängt, mir die Unverantwortlichkeit des Kinderkriegens anhand der Klimaerwärmung, der fortschreitenden Umweltzerstörung, der Globalisierung und der Zunahme von kriegerischen Auseinandersetzungen um nicht erneuerbare Energieressourcen zu erläutern, lege ich auf. Danach suche ich mir die Adresse von Susanna Schimmel heraus. Der Frau werde ich einen Besuch abstatten. Und zwar gleich.

Ich bin gerade dabei, meinen Wagen aus einer Parklücke herauszumanövrieren, als meine Mutter anruft. Sie will wissen, ob ich die Einkäufe, um die sie mich gebeten hat, schon erledigt habe. Ich bin kurz davor, »nein« sagen, besinne mich aber eines Besseren.

»Ein paar von den Büchern habe ich besorgt«, sage ich. »Einige musste ich aber bestellen. Deine Shiseido-Sachen habe ich auch schon fast zusammen, und von den Zeitschriften …«

»Gut«, unterbricht sie mich. »Dann bring sie mir bitte.«

»Mama, ich bin unterwegs. Ich habe einen wichtigen Termin.«

»Schade«, sagt sie leise. Und als ich nicht reagiere, fügt sie hinzu: »Ich habe den Kamin angemacht und ein paar Scones besorgt. Die magst du doch so gern.«

Sie klingt fast mütterlich. Ein Ton, den ich nicht von ihr gewöhnt bin.

»Du hast mich überredet«, sage ich. »Ich komme.«

Zwei Stunden später wanke ich mit schweren Tüten beladen auf das Haus meiner Mutter zu. Völlig durchgeschwitzt, mit einem Adrenalinpegel, wie ihn Formel-1-Fahrer kurz vor dem Start haben. So gut wie alles konnte ich besorgen, worum sie mich gebeten hatte. Und jetzt bin ich am Ende. Genervt, hundemüde und auch ein bisschen aggressiv.

Meine Mutter öffnet das Portal. Und mir rutschen vor Schreck fast die Tüten aus den Händen. Sie steht vor mir. In einem leuchtend blauen Leinenkleid, das ihre immer noch schmale Figur betont und hervorragend zum Blau ihrer Augen passt. Das Einzige, was an ihre Erkrankung erinnert, ist ein Holzstock mit silbernem Knauf, auf den sie sich stützt.

»Schön, dass du da bist«, sagt sie und gibt mir zwei Küsse, die sie links und rechts an meinem Gesicht vorbei in die Luft haucht. Dann dreht sie sich um und humpelt durch die Eingangshalle. Ich laufe mit hängender Zunge und hängenden Armen hinter ihr her.

»Wo ist dein Rollstuhl?«, krächze ich, über ihre plötzliche Genesung mehr als erstaunt. »Warst du in Lourdes? Hat es ein kleines Wunder geben? Oder hat die Medizin über Nacht solche Fortschritte gemacht?«

»Lass die Sachen hier stehen.« Sie deutet auf einen alten Sekretär an der Wand.

Ich stelle die schweren Tüten ab und beobachte, wie sie

die Treppe zum ersten Stock hinaufhumpelt. Auf halber Höhe knickt sie ein, fängt sich aber wieder. Die Szene erinnert mich an eine Begebenheit aus meiner Kindheit. Und ich sehe sie wieder vor mir, meine damals noch wesentlich jüngere Mutter, wie sie genau diese Treppe herunterkommt. Mit langen offenen Haaren und einem Glas Gin in der Hand. Ihr Gang war so unsicher, dass sie sich am Geländer festhalten musste, während sie meinen Vater wüst beschimpfte. Worum es ging, weiß ich nicht mehr. Wahrscheinlich hatte er ihr nicht ausreichend gehuldigt. Dabei war das doch sein Job. Deshalb hatte sie ihn geheiratet. Ihren Prinzgemahl. Den Mann, der der Königin jeden Tag zu erzählen hatte, wie schön sie sei, wie begabt, wie bewundernswert, wie göttlich. Die Garbo war nichts dagegen. Irgendwie musste er an diesem Tag die Huldigungen vergessen haben, oder sie waren nicht zu ihrer Zufriedenheit ausgefallen. Auf jeden Fall beschimpfte sie ihn, kreischend und lallend. Und dann warf sie das Glas und traf ihn oberhalb der rechten Augenbraue. Das Bild werde ich nie vergessen. Wie mein Vater dastand, sich mit der Hand über die Stirn fuhr und erstaunt seine blutverschmierten Finger anstarrte. Als könne er nicht fassen, was sie gerade getan hatte. Ich war damals sechs Jahre alt und von dem Verhalten meiner Eltern völlig geschockt. Da wusste ich noch nicht, dass das erst der Anfang war. Der Anfang eines Dramas, an dessen Ende mein Vater ums Leben kommen würde.

Schnell schüttele ich den Kopf und vertreibe die Bilder. Das will ich nicht sehen. Daran möchte ich nicht erinnert werden.

»Wir gehen ins Kaminzimmer«, sagt meine Mutter, als sie oben angekommen ist.

»Nicht in den Salon?« Ich laufe die Treppe hinter ihr hoch.

»Nein. Von der unteren Etage nutze ich nur die Küche. Den Rest kannst du ja nicht heizen. Viel zu teuer.«

Wieder knickt sie ein. Wieder hält sie sich fest. Diesmal an einer alten Kommode.

Im offenen Kamin brennt Feuer. Neben der großen weißen Couch, die direkt davor platziert ist, hat sie auf einem schmalen Holztisch eine silberne Teekanne, zwei Gedecke sowie einen Teller mit gebutterten Scones arrangiert. Ich bin gerührt. Sie ist einsam. Sie will, dass ich sie besuche. Ist aber zu stolz, mich darum zu bitten. Deshalb überhäuft sie mich mit Aufträgen. Es geht ihr gar nicht um ihre Zeitungen, die Bücher und die Kosmetikartikel. Sie möchte einfach nur, dass ich zu ihr komme, ihr Gesellschaft leiste.

Ein wenig besänftigt greife ich nach einem Scone, als mir etwas auffällt. Auf dem Sofa liegt eine Dose Pullmoll-Bonbons. Meine Mutter sieht meinen Blick, setzt sich und lässt die Dose hinter ihrem Rücken verschwinden. Pullmoll-Bonbons eignen sich hervorragend, um einen nach Alkohol stinkenden Atem zu kaschieren. Das wissen wir beide.

Ich baue mich direkt vor ihr auf. »Willst du es mir nicht gleich sagen? Ich kriege es ja sowieso raus.«

Ihre Augendeckel flattern. »Was meinst du?«

Ich sehe mich um. »Wo ist sie?«

»Wer?« Sie schenkt mir ein geziertes Unschuldslächeln.

»Du hast schon mal besser geschauspielert.«

»Ich weiß überhaupt nicht, was du willst«, antwortet sie und bekommt einen sehr glaubhaften beleidigten Unterton zustande.

Während ich den Blick durch den Raum schweifen lasse,

setzen sich langsam die Puzzleteile in meinem Kopf zusammen. Und ergeben ein Bild, das mir überhaupt nicht gefällt.

»Wo ist die Stroke Unit?«

»Was?«

»Du weißt nicht, was eine Stroke Unit ist, Mama?«

»Nein.«

»So nennt man die Abteilung für Schlaganfallpatienten.«

»Woher soll ich das wissen. Als ich eingeliefert wurde, war ich ohnmächtig.«

»Im UKE gibt es überhaupt keine Stroke Unit«, fahre ich sie an. Keine Ahnung, ob das stimmt, aber wenn sie mit unfairen Mittel arbeitet, kann ich das auch.

»Gibt es nicht?«, fragt sie unsicher.

»Gibt es nicht!«, antworte ich. »Du warst auf der gleichen Station wie Rebbelmeier. Auf der Unfallchirurgie.«

»Ich hatte mir die Hüfte gebrochen. Und vorher war ich ja auch in einer anderen Abteilung.«

»Weißt du, was ich glaube? Du hattest überhaupt keinen Schlaganfall. Du bist gar nicht aus dem Bett gefallen, weil du dein Bein nicht mehr bewegen konntest. Du bist aus dem Bett gefallen, weil du betrunken warst.«

»Wie redest du mit deiner Mutter!«, wird sie jetzt laut. »Ich war nicht betrunken, sondern nur ein bisschen beschwipst. Und weißt du auch, wer daran schuld ist?«

»Ich!«, sage ich. »Wie immer. Ich bin doch an allem schuld.«

»Genau. Du! Du hast dich seit fünf Jahren nicht um mich gekümmert. Du rufst nicht an, schreibst nicht, meldest dich nicht. So geht man nicht mit seiner Mutter um. Drei Jahre habe ich keinen Alkohol angerührt. Drei Jahre habe ich darauf gewartet und gehofft, dass du kommst, dass du hier auftauchst. Bist du aber nicht. Weißt du, wie das ist, wenn man alt und einsam ist? Wenn man den ganzen Tag Schmerzen hat und jeden Tag hässlicher wird? Kannst du dir das irgendwie vorstellen?«

»Du bist nicht die Einzige, die alt wird. Deshalb muss man sich nicht mit Gin volllaufen lassen.«

»Ich freue mich drauf, wenn du mal so weit bist. Dann wird dir deine Arroganz schon vergehen …«

»Wo ist die Flasche, Mama?«

»Such doch.« Sie lehnt sich entspannt zurück.

»Das werde ich tun. Und weißt du, was ich mache, wenn ich sie gefunden habe?«

Sie zuckt desinteressiert mit den Achseln.

»Ich pinkele rein.«

»Was?«, sagt sie und setzt sich kerzengerade auf. »Spinnst du?«

»Ich werde dir nicht sagen, ob ich eine Flasche gefunden habe. Und wo ich sie gefunden habe. Du wirst erst merken, dass ich sie gefunden habe, wenn du den ersten Schluck im Mund hast.«

Entsetzt starrt sie mich an. »Du machst Witze.«

»Über so etwas mache ich keine Witze, Mama. Da kannst du so was von sicher sein.«

Cornfeld wischt sich die Tränen aus den Augen. »Mein Gott«, sagt er, »so habe ich schon lange nicht mehr lachen müssen. Wie sind Sie denn da drauf gekommen?«

»Durch diese Fernsehdokumentation: die Osbournes. Da droht Sharon Osbourne ihrem lieben Ozzy damit, dass sie in die Flaschen pinkelt, die er vor ihr versteckt hält, sobald sie eine findet«, antworte ich zufrieden. Zufrieden über meine Taktik, aber auch zufrieden darüber, Cornfeld zum Lachen gebracht zu haben.

Nachdem er gegen fünf Uhr nachmittags im Büro erschien und mir fadenscheinige Ausreden für sein Zuspätkommen und sein Nicht-ans-Handy-Gehen auftischte, verschwand er in seinem Zimmer, brütete vor sich hin und verbreitete schlechte Laune. Ich war über sein Auftauchen und die Tatsache, dass er sich ganz offensichtlich bester Gesundheit erfreute, so erleichtert, dass ich seine abweisende Haltung ignorierte, in sein Zimmer ging, es mir auf seinem Besucherstuhl bequem machte und ihm von Harrys Ableben in unserem Keller berichtete. Davon wurde seine Stimmung nicht besser. Er hörte zwar konzentriert zu, nagte aber weiterhin angespannt auf seiner Unterlippe herum. Also habe ich mich auf eine andere Strategie verlegt und von meiner Mutter erzählt. Damit habe ich das Eis gebrochen.

»Aber Sie tun das nicht wirklich«, sagt er. »In die Flaschen pinkeln?«

Ich zucke mit den Schultern. »Keine Ahnung. Vielleicht.«

»Nein, das tun Sie nicht. Ich meine, die Drohung reicht doch völlig. Die ist abschreckend genug.«

»Einem richtigen Alkoholiker ist das egal. Wenn es eng wird, trinkt er aus der Flasche. Egal, was drin ist.«

»Was machen Sie denn jetzt mit Ihrer Mutter?«

»Zur Adoption freigeben.«

»Meinen Sie, die will einer?«

»Wahrscheinlich nicht.«

»Wie wäre es mit den Anonymen Alkoholikern?«, schlägt

er vor. »Das geht nur, wenn ich sie vorher knebele, fessele und mit Chloroform betäube.«

»Ach übrigens«, Cornfeld deutet auf einen Zettel, der vor ihm liegt. »Rebbelmeier war auf dem Band. Er hat die neuen Wohnungsschlüssel in Ihrem Briefkasten deponiert.«

»Na, das hätte er mir auch früher mitteilen können. Dann hätte ich die Nacht nicht aushäusig verbringen müssen.«

»Wo haben Sie denn die Nacht verbracht?«, fragt Cornfeld gedehnt.

»Konnten Sie etwas über Katharinas Mutter herausfinden?«, versuche ich ihn abzulenken. Es klappt. Bereitwillig erzählt er, dass Susanna Schneidenberg, die Susanna, die ich telefonisch nicht habe erreichen können, einundzwanzig Jahre alt ist und damit nicht Katharinas Mutter sein kann.

»Wie weit sind Sie mit dem Fahrer der metallicblauen Harley? Dem Mann, der so gern brennendes Papier durch Briefschlitze wirft?«, frage ich.

»Bin ich noch nicht weitergekommen«, antwortet Cornfeld lapidar.

Wie sollte er auch, wo er doch kaum noch im Büro auftaucht. Um den Burgfrieden, den wir gerade geschlossen haben, nicht zu gefährden, verkneife ich mir jeglichen Kommentar. Obwohl mir das verdammt schwer fällt.

»Okay«, sage ich. »Morgen früh fahre ich zur Rieckhof, um mit ihr über Harry zu reden und nach dem Namen und der Adresse von Nadines Exfreund zu fragen. Und dann sollte ich auch langsam mal Susanna Schimmel einen Besuch abstatten. Wenn das so weitergeht, kann ich mir in Bremen bald einen Zweitwohnsitz einrichten.«

Cornfeld nickt, lässt sich in seinen Stuhl zurücksinken und fixiert mich durch seine schmale Designerbrille. »Wie war das noch mal? Wo haben Sie gestern übernachtet?«

»Bei einer Freundin«, sage ich leichthin, zwinkere ihm zu und verlasse das Zimmer.

Kapitel 22

Langsam sehe ich Gespenster. Bei jedem Motorrad, das seit den letzten Tagen in meinem Rückspiegel auftaucht, zucke ich zusammen. Bisher hat es sich immer als Fehlalarm entpuppt. Es waren Hondas, BMWs, Moto Guzzis oder auch einmal eine Yamaha. Eine Harley war nie dabei. Bis vor zwei Minuten. Da ist plötzlich eine Maschine hinter mir aufgetaucht, deren satter Sound verdächtig nach einer Harley klingt. Der Fahrer trägt einen dieser Topfhelme, die ich immer mit den deutschen Soldaten aus dem Zweiten Weltkrieg assoziiere. Was noch nichts heißen muss. Auch die Biker anderer Motorräder tragen solche Pötte. Aber dann zieht der Fahrer auf die linke Spur und überholt mich. Als er auf meiner Höhe ist, kann ich den Schriftzug Harley-Davidson auf seinem Tank erkennen. Okay, versuche ich mich zu beruhigen, es ist nur eine ganz normale Harley. Und die ist noch nicht einmal metallicblau, sondern türkisfarben. Also kein Grund zur Beunruhigung. Die Maschine zieht an mir vorbei, ohne dass der Fahrer in meine Richtung gesehen hätte. Auch das deute ich als gutes Zeichen. An der nächsten Kreuzung biegt er ab. Und ich atme erleichtert auf. Jetzt lasse ich mich schon von jedem x-beliebigen Motorradfahrer ins Boxhorn jagen. Wo ist Superwoman geblieben? Die Frau, die es mit sämtlichen Bikern Bremens aufnimmt? Nur gut, dass Nickl das nicht gesehen hat.

Pünktlich um acht Uhr stehe ich vor der Wohnungstür meiner Klientin. Doch nicht die Rieckhof öffnet mir, sondern ein junger Mann, der vor zwanzig Jahren genau mein Typ gewesen wäre: jung, groß, mit einer schmalen, schlaksigen Figur, hellbraunem Haar, weichen, fast kindlichen Gesichtszügen und Brotkrümeln am Mund. Ein Typ, den weibliche Teenager als »niedlich« bezeichnen würden.

»Hallo«, sage ich. »Mein Name ist Pia Petry. Ich möchte zu Frau Rieckhof.«

»Franjo Wadenfels«, antwortet er steif und reicht mir die Hand.

Vom Alter und Aussehen her würde er gut zu Nadine passen. Ob er der ominöse Freund ist, von dem Dr. Janson erzählt hat?

»Warten Sie doch bitte im Wohnzimmer. Frau Rieckhof kommt gleich«, sagt er und verschwindet im Flur.

Gut zehn Minuten sitze ich herum und warte. Niemand taucht auf. Dafür höre ich Geklapper aus der Küche. Wahrscheinlich frühstücken die Herrschaften erst einmal zu Ende, denke ich und versuche meinen knurrenden Magen zu ignorieren. Ich stehe auf und laufe herum. Betrachte die Buchrücken von Hochglanz-Bildbänden, die alle mit Architektur, Möbeldesign oder Gartenbau zu tun haben, bewundere Lampen und Vasen, die eher wie Kunstobjekte denn wie Gebrauchsgegenstände aussehen, und überlege, wie man es schafft, einen so weißen Teppichboden auf Dauer so weiß zu erhalten. Mit meinem Flokati zu Hause gelingt mir das nicht.

Die Einrichtung beweist Geschmack und einen ausgeprägten Hang zum Perfektionismus. Mir fehlt das Zufällige, das selbstverständlich Beiläufige. Alles wirkt so arrangiert und dekoriert, als solle ein bestimmter Eindruck erzielt, Aufmerksamkeit und Bewunderung erregt werden. Als sei die Wohnung der Showroom einer Innenarchitektin, die keinen Zweifel an ihrem erlesenen Geschmack aufkommen lassen möchte. Dann entdecke ich etwas, das überhaupt nicht ins Bild passt: eine Art Pyramide aus verschimmelten Birnen und Tomaten. Schon die Kombination ist skurril. Das Obst beziehungsweise Gemüse ist akribisch auf einer Glasschale aufgetürmt, die auf einem superschmalen Sideboard steht. Ist das Kunst? Eine Art Beuys mit einer Vorliebe für Schimmel statt für Fett und Filz? Vielleicht ist das ja gar nicht real, geht es mir durch den Kopf. Vielleicht ist das Gebilde aus Keramik und will nur den Anschein von vergammelten Lebensmitteln erzeugen. So eine Art Kontrapunkt zur durchgestylten Coolness der restlichen Wohnung. Vorsichtig berühre ich die oberste, völlig vertrocknete und mit einer gräulichgrünen Schicht bedeckte Birne. Sie ist echt. Und ausgesprochen beweglich. Kaum habe ich sie angestoßen, fällt sie auf die glänzende Oberfläche des rot lackierten Schranks und hinterlässt dort eine hässliche Schleimspur.

»Igitt«, sage ich und ziehe meine Hand zurück.

»Was machen Sie denn da?«

Erschrocken fahre ich herum und stehe meiner Klientin, dem jungen Mann und Nadine gegenüber. Nadine, in einer hautengen Jeans und einem ebenso engen Pulli, ist noch blasser, als ich sie in Erinnerung habe. Aus weit aufgerissenen Augen starrt sie mich an.

»Entschuldigung«, sage ich. »Ich dachte …« Weiter komme ich nicht.

Mit wenigen Schritten ist sie bei mir und schlägt mir ins

Gesicht. Völlig unvorbereitet, bin ich zu keinerlei Gegenwehr fähig, wanke zurück, reiße die Arme hoch und kann doch nicht verhindern, dass mich der zweite Schlag an der Schläfe und der dritte unterhalb des Jochbeins trifft. Bevor sie mich noch einmal attackieren kann, umschlingt Franjo sie von hinten und presst ihr die Arme seitlich gegen den Oberkörper. Sie windet sich wie ein Aal in seiner Umklammerung, und ich befürchte schon, dass sie sich befreien und erneut auf mich stürzen könnte, als sie plötzlich aufgibt, zusammensackt und leise schluchzend in Embryonalstellung auf dem Teppichboden liegen bleibt. Die Rieckhof geht neben ihr in die Knie und streicht ihr über den Kopf.

»Es ist doch nicht so schlimm«, sagt sie leise. »Franjo bringt das wieder in Ordnung.«

Der junge Mann steht auf, geht zu der Pyramide und legt die Birne zurück an ihren Platz.

»Nun ist wieder alles okay. Du kannst dich beruhigen.« Doch sie beruhigt sich nicht. Sie kriecht von ihrer Schwester weg zur gegenüberliegenden Seite und zwängt sich zwischen einen Biedermeierschrank und die angrenzende Wand. Mit immer noch weit aufgerissenen Augen sieht sie uns an. Dann beginnt sie am ganzen Körper zu zittern.

»Franjo!«, schreit die Rieckhof. »Ruf Dr. Janson an. Schnell!«

Sie beugt sich über ihre Schwester. »Nadine, Nadine«, ruft sie. »Was ist denn? Sag doch etwas.«

Aber Nadine reagiert nicht. Beide Arme um die angewinkelten Beine geschlungen, immer noch zitternd, starrt sie apathisch ins Leere.

»Sie ist nicht mehr ansprechbar!«, ruft die Rieckhof.

»Ich sag's ihm«, kommt es aus dem Flur zurück.

»Was ist denn passiert?«, frage ich, von den Schlägen völlig benommen. »Was habe ich denn falsch gemacht?«

»Sie hätten die Birne nicht wegnehmen dürfen. Diese Pyramide ist so eine Art Schutzwall für sie. Solange das Obst da liegt, fühlt sie sich sicher. Doch wenn man daran etwas verändert, ist der Schutz weg. Und dann flippt sie aus.«

»Wie kommt sie darauf, dass Obst und Gemüse sie beschützen können? Gibt es da irgendeine Vorgeschichte? Oder hat sie sich das einfach so ausgedacht?«

»Traumatisierte Patienten machen die seltsamsten Sachen«, sagt die Rieckhof und betrachtet ihre Schwester mit sorgenvollem Blick. »Nadine baut sich eben solche Pyramiden. Daran sieht man, wie schlimm ihre seelischen Verletzungen tatsächlich sind. Wenn die Opfer schon nach derart irrationalen und völlig absurden Hilfsmitteln greifen.«

»Aber wozu braucht sie so etwas? Sie wird doch von Ihnen beschützt.«

»Vergewaltigungen, speziell wenn sie so schlimm waren und über einen so langen Zeitraum stattgefunden haben, stellen einen extremen Kontrollverlust für das Opfer dar«, erklärt sie mir. »Und in eine solche Situation will Nadine logischerweise nie wieder geraten. Deshalb baut sie sich diesen Altar, flüchtet sie sich in eine Art magische, wahnhafte Welt, in der eben Obstpyramiden sie beschützen. Denn ich habe ja versagt, ich habe ihr nicht geholfen, als sie in die Gewalt dieser Männer geriet. Also kann sie sich auf mich auch nicht verlassen.«

»Janson ist unterwegs«, sagt Franjo, als er ins Zimmer zurückkommt. »Sie bluten.« Er deutet auf mein Gesicht.

Ich wische an meiner Nase entlang. An meinem Handrücken klebt Blut. »Es hat nicht viel gefehlt und sie hätte mir die Nase gebrochen«, sage ich und krame in meiner Hosentasche nach einem Tempo.

»Rücksicht können Sie keine von ihr erwarten«, erwidert Franjo, während er sich zu der immer noch zitternden und ins Leere starrenden Nadine hinunterbeugt und ihr einen Kuss auf die Stirn drückt.

»Sind Sie eigentlich Nadines Freund?«, frage ich.

»Ihr Exfreund«, sagt die Rieckhof scharf.

Woraufhin der Junge knallrot wird und sich verlegen abwendet.

Noch einer, denke ich, der sie nicht beschützt hat.

Kapitel 23

Meine Nase blutet nicht mehr. Ein Grund, dankbar zu sein, denke ich, als ich im Rückspiegel meines Autos mein demoliertes Gesicht in Augenschein nehme. Ich sehe aus, als wäre ich einem sadistischen Schönheitschirurgen in die Hände gefallen. Und ich fühle mich auch so.

Nach Nadines Attacke haben sich weder die Rieckhof noch Franjo für meine Verletzungen interessiert. Mit den Worten: »Am besten, Sie fahren gleich zum Arzt« wurde ich hinauskomplimentiert. Noch bevor Dr. Janson eingetroffen ist. Ich hatte nicht die geringste Chance, meiner Klientin von Harry und seinem dramatischen Ableben in meinem Keller zu berichten, und bin unverrichteter Dinge gegangen. Habe nicht erzählt, was ich hatte erzählen wollen, und dafür etwas erlebt, was ich nicht hatte erleben wollen.

Mein Handy meldet sich mit einem lauten, durchdringenden Piepston. Umständlich angele ich es aus der Tasche. Eine Hand behalte ich am Lenkrad, mit der anderen rufe ich die SMS auf: *Ich träume von dir (und deinem Po (;-)) Ich vermisse dich. Wir sehen uns heute Abend. Gruß und Kuss – Timo*

Mir wird ganz anders. *Wir sehen uns heute Abend.* Und ich schaue aus, als hätte ich zwölf Runden im Ring gestanden. Ich muss absagen. So kann ich ihm nie und nimmer unter die Augen treten. Dann lese ich seine Nachricht noch einmal. Und in meine Panik mischt sich Sehnsucht. *Er* vermisst mich. Mich und meinen Po. Eigentlich ganz schön unverschämt. Aber eigentlich auch ziemlich süß. Die Erinnerung an unsere gemeinsame Nacht kehrt zurück. Das Frühstück danach. Als wir an seinem Küchentisch saßen und er mir beim Essen zusah. Mich beobachtete. So als wäre der Verzehr eines Marmeladenbrötchens etwas ganz Besonderes. Ein bisschen kam ich mir vor wie ein exotisches Tier, wischte mir verlegen die Krümel vom Mund und wusste auf einmal nicht mehr, wie man Zucker in seinen Kaffee tut, verbrannte mir den Mund und biss mir auf die Zunge … Jemand hupt. Lang und laut. Er hupt wegen mir und droht mir mit erhobener Faust. Ich weiß auch, warum. Ich bin gerade bei Dunkelrot über eine Kreuzung gefahren. Erschrocken sehe ich in den Rückspiegel. Hoffentlich war da keine Blitzanlage. Verdammt. Das war knapp. Ich muss mich zusammenreißen. Keine Wachträume mehr, nehme ich mir vor. Schon gar nicht beim Autofahren. Schließlich möchte ich heute mit Timo im Bett und nicht im Krankenhaus landen.

Als ich in der Detektei eintreffe, höre ich zu meiner Überraschung Stimmen aus Cornfelds Zimmer. Das ist ja ganz etwas Neues. Mein Assistent arbeitet und hat auch noch Besuch. Erfreut werfe ich meine Handtasche auf den Schreibtisch und stürme in sein Zimmer. Meine Begeisterung erfährt einen herben Rückschlag, als ich seinen Gast erkenne.

Mit zusammengezogenen Augenbrauen starrt er mich an. »Was ist denn mit Ihnen passiert? Sind Sie mit einem LKW kollidiert? Oder wieder mal über eine Leiche gestolpert?«

Auch Cornfeld mustert mich mit großen Augen. Verlegen fahre ich mit der Hand über mein Gesicht, das höllisch wehtut und wahrscheinlich in allen erdenklichen Blau- und Grüntönen erstrahlt.

»Ich hatte eine kleine Auseinandersetzung«, sage ich. »Nicht weiter schlimm.«

»Aber der andere hat gewonnen, oder?«, fragt Nickl süffisant. »Ich weiß gar nicht, was Sie hier wollen. Ihnen wurde der Fall doch längst entzogen.«

Einen kurzen Augenblick verengen sich seine Augen. »Wer hat Ihnen denn das erzählt?«

»Ein gewisser Herr Reichert. Waren Sie der Aufgabe nicht gewachsen? Oder hat der liebe Kollege Sie ausgebremst?«

»Ich weiß gar nicht, warum Sie so giftig sind. Schließlich habe ich Ihnen das letzte Mal eine Menge Informationen geliefert.«

»Dabei haben Sie leider vergessen zu erwähnen, dass Sie mit dem Fall gar nicht mehr betraut sind.«

»Ich ermittle undercover.«

»Ha, ha!«, antworte ich und schneide ihm eine Grimasse. Was ich sofort bereue. Jede Muskelkontraktion in meinem Gesicht ist ausgesprochen schmerzhaft. »Und Ihre lieben Kollegen wissen von nichts? Die glauben allen Ernstes, dass Sie im Urlaub sind?«

»Wenn die das jedem am Telefon erzählen würden«, mischt sich Cornfeld ein, »könnte Herr Nickl schwerlich undercover ermitteln.«

Irritiert sehe ich ihn an. Auf welcher Seite steht er eigentlich?

Nickl lächelt bestätigend, greift neben sich und legt einen Motorradhelm auf den Tisch.

»Wie?«, rufe ich aus. »Sie sollen sich als Motorradfahrer

unter die Verdächtigen mischen? Machen Sie jetzt einen auf Miami Vice? Wirkt das nicht arg aufgesetzt?« Und vielleicht auch ein bisschen lächerlich.

»Ich lebe schon lange in Bremen und fahre seit über zwanzig Jahren Harley.«

Unsicher werfe ich Cornfeld einen Blick zu. Doch der sieht in eine andere Richtung.

»Dann sind Sie heute also undercover hier?«, frage ich.

»Yepp«, sagt Nickl und grinst.

»Und warum?«

»Wegen Harry. Beziehungsweise wegen Udo Bockholdt, wie er in Wirklichkeit hieß. Ich würde gern mehr über seinen Tod erfahren.«

Cornfelds Handy klingelt. Anstatt den Anruf abzuweisen oder das Zimmer zu verlassen, nimmt er das Gespräch entgegen und plaudert mit einer gewissen Laura, die anscheinend abends etwas für ihn kochen will und nicht weiß, was er mag. In aller Ruhe zählt er seine Lieblingsgerichte auf, liefert die Rezepte gleich mit und vergisst auch nicht zwischendurch zu schäkern und das ein oder andere Kompliment für die angehende Köchin loszuwerden. Ich bin kurz vorm Explodieren. Was soll das? Versucht er, meine Autorität als Chefin zu untergraben? Am liebsten würde ich ihm das Telefon aus der Hand nehmen und die Verbindung sofort beenden. Aber ich möchte mir vor Nickl keine Blöße geben. Die Spannungen zwischen Cornfeld und mir gehen ihn nichts an.

Endlich legt mein Assistent auf. Steckt sein Handy weg und sieht uns ruhig an. Als wäre es das Normalste auf der Welt, eine Geschäftsbesprechung wegen eines privaten Telefonats derart lange zu unterbrechen.

»Wo waren wir stehen geblieben?«, frage ich Nickl mühsam beherrscht.

»Bei der Ermordung von Udo Bockholdt.«

»Alles, was es dazu zu sagen gibt, steht in den Akten.«

»Der zweite Mann im Keller«, sagt er. »Derjenige, der Bockholdt ermordet hat. Was haben Sie von dem gesehen, beziehungsweise gehört?«

»Gehört habe ich gar nichts. Ich habe nur seine Schuhe gesehen.«

»Was waren das für Schuhe?«

»Weiße Turnschuhe.«

»Puma, adidas, Nike?«, fragt er unwirsch.

»Keine Ahnung.«

»Konnten Sie die Hose erkennen?«

»Das war eine Jeans. Eine Levis 501, blau, stonewash, Größe 36/34.«

»Das stand aber nicht im Bericht.«

»Das ist auch frei erfunden. Es war dunkel. Ich habe kaum etwas gesehen. Hatte Todesangst und musste dann auch noch zusehen, wie ein Mensch vor meinen Augen umgebracht wurde. Da geht einem der Blick für Details ein bisschen verloren.«

»Haben Sie irgendetwas wegen des Taxifahrers herausgefunden?«, fragt er ungerührt weiter.

Ich schüttele den Kopf.

»Aber Sie arbeiten immer noch an dem Fall?«, wird er ironisch.

»Mal mehr, mal weniger. Wie es das Privatleben von Frau Petry gerade ermöglicht«, meldet sich Cornfeld zu Wort.

»Ihr Privatleben hat schon immer einen wesentlich größeren Stellenwert eingenommen als meins«, antworte ich bissig.

Nickl grinst amüsiert und steht auf. »Prima Betriebsklima haben Sie hier.« Er geht zur Tür. »Noch was, Frau Petry. Von den Bremer Kollegen weiß ich, dass die Hamburger Kripo sich mittlerweile auch sehr intensiv mit dem Fall beschäftigt.«

»Das ist mir nicht neu. Die Bekanntschaft von Frau Fahrenkamp habe ich schon gemacht.«

»Dann wissen Sie ja sicherlich, dass heute Morgen ein Biker im Stadtpark tot aufgefunden wurde. Untenrum hatte er große Ähnlichkeit mit Willi. Was die fehlende Männlichkeit betrifft. Offensichtlich hat sich das Schlachtfeld endgültig von Bremen nach Hamburg verlagert. Aber das dürfte Sie ja kaum beunruhigen. Sie haben ja keine Angst vor den Kerlen.«

»Welche Farbe hatte sein Motorrad?«, frage ich.

»Türkis«, antwortet er.

Mir wird ganz flau.

»Wenn Sie mich bitte entschuldigen würden«, sage ich und renne auf die Toilette. Mir ist übel. Erst nachdem ich mir jede Menge kaltes Wasser ins Gesicht gespritzt habe, geht es mir wieder besser. Aber nur so lange, bis ich in die Büroräume zurückkehre. Nickl ist gegangen. Das soll mir recht sein. Aber wo ist Cornfeld? Ich durchsuche alle Zimmer. Ohne Erfolg. Als ich wieder vor seinem Schreibtisch stehe, bin ich so sauer, dass ich am liebsten das Durcheinander von Papieren, Stiften und schmutzigen Kaffeebechern von seiner Arbeitsfläche fegen würde. Warum benimmt er sich so? Was ist bloß in ihn gefahren? Im Hinausgehen fällt mir ein gelber Post-it-Zettel mit einer handschriftlichen Notiz auf. Ich ziehe ihn von dem Papierstapel, auf dem er klebt, und mühe mich, Cornfelds Krakelschrift zu entziffern: *Hildebrand, Timo, geschieden, zwei Kinder, Bremervörde.*

Ich muss mich setzen. Was soll das denn? Cornfeld schnüffelt hinter Timo her. Spinnt der? Sind bei dem jetzt alle Sicherungen durchgeknallt? Nur weil ich mich nach der Geschichte mit Wilsberg von ihm trösten ließ, kann er doch nicht ernsthaft glauben, dass aus uns jemals ein Liebespaar werden wird. Und dass er sich bei jeder Gelegenheit wie ein eifersüchtiger Vollidiot aufführen muss. Stocksauer nehme ich einen Rotstift vom Tisch, streiche *Bremervörde* durch und schreibe *Lübeck* daneben. *Zu doof zum Recherchieren,* schreibe ich auch noch dazu, schnappe mir den Telefonhörer und rufe ihn an. Natürlich meldet sich mal wieder nur seine Mailbox. Mit vor Wut bebender Stimme will ich wissen, warum er hinter Timo her ist, warum er mich und mein Privatleben nicht in Ruhe lassen kann? Wo sein eigenes Liebesleben doch abwechslungsreich genug zu sein scheint. Ich verlange eine Erklärung, und vor allem verlange ich eine Entschuldigung. Dann beschimpfe ich ihn noch eine Weile, drohe mit seiner Entlassung, kann mir auch die ein oder andere unflätige Bemerkung nicht verkneifen und lege erst auf, als seine Mailbox das Ende der Sprechzeit signalisiert hat.

Kapitel 24

Es kostet mich eine volle Stunde, bis ich sämtliche Spuren in meinem Gesicht mit Camouflage-Make-up überdeckt habe. Danach sehe ich aus wie eine von Madame Tussauds Wachsfiguren. Aus Angst, die kleinste Bewegung könnte wehtun oder in der dicken Schminkschicht zu hässlichen Verwerfungen führen, vermeide ich jegliche Mimik. Da ich nicht möchte, dass Timo mich in diesem Zustand sieht, habe ich schon mehrmals versucht, ihn zu erreichen, um unser Date zu verschieben. Doch Timo geht nicht ans Telefon. Weder an sein Handy noch an seinen Festnetzanschluss. Mir bleibt nichts anderes übrig, als wie verabredet um 22 Uhr im *Cucaracha* im Schanzenviertel einzulaufen und zu hoffen, dass das dämmrige Licht dort mein Gesicht nicht ganz so maskenhaft erscheinen lässt. Der Salsa-Club, ein beliebter Treffpunkt für *Salseros, Latinos y Gringos,* ist um diese Uhrzeit nur mäßig besucht. Die Latinos sind eindeutig in der Überzahl. Bunte Lichtreflexe huschen über Wände und Boden und erinnern an das Saturdaynight-Disco-Fieber der Siebzigerjahre. Sechs Paare tanzen zu südamerikanischen Rhythmen, und ich versuche, in den komplizierten Drehungen und Schrittkombinationen eine Choreographie zu erkennen, die mir bekannt vorkommt. So richtig will mir das nicht gelingen. Es ist schon eine Weile her, dass ich das letzte Mal beim Salsatanzen gewesen bin. Damals erlebte ich eine ziemliche

Überraschung. Völlig unerwartet tauchte Wilsberg im *Cucaracha* auf. Und natürlich war er nicht meinetwegen nach Hamburg gekommen. Sondern wegen eines Auftrags: der Ermordung eines Magiers in einem münsterschen Varieté. Wir hatten den Fall gemeinsam gelöst. Doch der Erfolg unserer beruflichen Zusammenarbeit hat sich nicht in unserem Privatleben fortgesetzt.

Ich winke ein paar Leuten zu, die ich von früheren Tanzkursen kenne, stelle mich an die Bar und bestelle mir einen Mojito. Mit dem Glas in der Hand übe ich probehalber schon einmal den Grundschritt, als ein dunkelhäutiger Mann mit weinrotem Anzug, Glatze und auffallend viel Goldschmuck auf mich zukommt. Er fragt, ob ich tanzen möchte. Ich schüttle den Kopf und erkläre ihm, gegen die laute Musik anschreiend, dass ich verabredet sei. Ironisch grinst er mich an und meint, dass ich doch bestimmt zum Tanzen verabredet sei, und tanzen könnte ich auch mit ihm. Da hat er nicht ganz unrecht. Dennoch ändert das nichts an meinem Entschluss, und ich wende mich wieder meinem Mojito zu. Der abgewiesene Tänzer schlendert zur gegenüberliegenden Wandseite und setzt sich auf einen Barhocker. Von dort hat er mich gut im Blick. Spätestens wenn Timo kommt, denke ich, wird er aufhören, mich anzustarren. Doch Timo kommt nicht. Nicht um zehn nach zehn. Nicht um Viertel nach zehn. Nicht um zwanzig nach zehn. Zwei weitere Männer fordern mich zum Tanzen auf. Beiden erzähle ich die Geschichte von meiner Verabredung. Beide ziehen beleidigt wieder ab. Um halb elf gehe ich vor die Tür und versuche Timo übers Handy zu erreichen. Er meldet sich nicht. Langsam werde ich panisch. Ich habe mit ihm geschlafen. Ich habe meine Sechs-Wochen-Hinhaltetaktik über Bord geschmissen und bin viel zu früh mit ihm in der Kiste gelandet. Und das ist die Quittung. Er kommt nicht. Und er wird auch nicht mehr kommen. Er hatte ja, was er wollte. Mein Magen krampft, und mein Hals ist so trocken, dass ich kaum noch schlucken kann. Vielleicht ist ja etwas passiert, versuche ich mir einzureden. Vielleicht hatte er einen Unfall? Liegt im Krankenhaus und ringt mit dem Tod, während ich mir in einem Salsaclub die Beine in den Bauch stehe? Doch auch wenn ich es mir nur ungern eingestehe, ist diese Erklärung die unwahrscheinlichste von allen.

Zurück im Club gehe ich zur Garderobe. Mir ist die Lust aufs Tanzen vergangen. Gerade als ich meine Jacke und meine Handtasche in Empfang nehme, taucht der Mann mit der Glatze und dem Goldschmuck auf.

»Du gehst schon?«

Widerwillig lasse ich mir von ihm in die Jacke helfen.

»Bist du versetzt worden?«

»Nein. Er hat angerufen. Er ist verhindert«, behaupte ich und verlasse den Club.

Auf dem Heimweg mache ich einen Umweg über Altona. So einfach bremst Timo mich nicht aus. Wenn er mich nicht mehr sehen will, soll er es mir gefälligst ins Gesicht sagen. Ich fahre durch die Friedensallee und drossele die Geschwindigkeit vor der Schiffsschraubenfabrik, in der er wohnt. In seinem Loft brennt kein Licht. Trotzdem halte ich in der zweiten Reihe, steige aus und klingele. Mehrmals. Vergeblich. Er scheint tatsächlich nicht daheim zu sein. Verdammt, Timo, denke ich und sehe an der Hausfassade hoch, das war deine letzte Chance. Ab jetzt kannst du mich mal kreuzweise.

Um zwölf bin ich zu Hause. Unglücklich, sauer, verletzt,

deprimiert. Trotz besseren Wissens telefoniere ich die fünf größten Krankenhäuser Hamburgs durch und erkundige mich, ob ein Timo Hildebrand eingeliefert worden sei. Beim UKE blökt mich der Mann von der Telefonzentrale an, dass ich gefälligst bei den Krankenhäusern in Valencia anrufen soll, wenn ich mir Sorgen um Herrn Hildebrand machen würde. Der wäre nämlich zurzeit beim FC Valencia unter Vertrag. Danach legt er auf. Na prima, denke ich, wer den Schaden hat, braucht für den Spott nicht zu sorgen.

Ich versuche mich abzulenken, setze mich an meinen Laptop und recherchiere die Telefonnummer und Adresse von Franjo Wadenfels. Wie nicht anders zu erwarten, habe ich auch damit kein Glück. Einen Franjo Wadenfels gibt es laut Internet-Telefonbuch weder in Bremen noch in Hamburg. Auch eine deutschlandweite Suche führt zu keinem Treffer. Entweder hat der gute Franjo keinen Festnetzanschluss oder er hat sich nicht eintragen beziehungsweise wieder austragen lassen. Auch bei Google werde ich nicht fündig. Der gute Mann hat im Netz keinerlei Spuren hinterlassen. Noch nicht einmal als Mitglied einer ehemaligen Abiturientenklasse.

Ich schalte meinen Mac aus und überprüfe zum hundertsten Mal mein Handy. Keine Nachricht von Timo. Aber auch keine Nachricht von Cornfeld. Dabei habe ich ihn unmissverständlich aufgefordert, sich umgehend bei mir zu melden. Vielleicht war ich ja auch ein bisschen zu unmissverständlich, und meine Beschimpfungen waren ein klein wenig zu drastisch. Womöglich ist er nun beleidigt und so verstimmt, dass er sich gar nicht mehr rührt. Mir doch egal, denke ich. Wenn hier jemand Grund hat, beleidigt zu sein, dann ja wohl ich.

Ich deponiere mein Handy gut sichtbar auf dem Couchtisch und gehe ins Bad. Beim Blick in den Spiegel falle ich fast in Ohnmacht. Mein rechtes Auge schwillt zu. Da kann ich nur froh sein, dass es im *Cucaracha* so dunkel war. Als ich das Make-up entferne und mir mein verquollenes Gesicht im harten Licht von fünf Halogenspots ansehe, breche ich in Tränen aus. Das ist der beschissenste Tag seit Jahren. Das habe ich nicht verdient. Warum verliebe ich mich immer in die falschen Männer? Kann nicht mal einer dabei sein, der nett, normal und zuverlässig ist? Müssen die Kerle, die ich mir aussuche, immer Egomanen sein? Selbstverliebte Narzissten, die nur sich, ihre Launen und die eigenen Interessen im Kopf haben?

Es schellt an der Tür. Timo!, denke ich, das muss Timo sein. Aus irgendeinem wahnsinnig wichtigen, völlig einleuchtenden Grund hat er nicht ins *Cucaracha* kommen können. Aber jetzt ist er da. Jetzt steht er im Hausflur und will sich entschuldigen. Ich putze mir die Nase, verreibe schnell reichlich Make-up im Gesicht und laufe zur Tür. Als ich die Hand schon auf der Klinke habe, fällt mir ein, dass auch jemand anderer vor der Tür stehen könnte. Jemand, der eine Vorliebe für Harleys und brennendes Papier hat.

»Wer ist da?«, frage ich vorsichtshalber.

Die Antwort versetzt mir den nächsten Tiefschlag. Schlimmer kann es nicht kommen. Ich reiße die Tür auf.

»Was wollen Sie?«, gifte ich Rebbelmeier an, der mit großen traurigen Augen vor mir steht. Dann kullert eine Träne über seine dicke Wange und hinterlässt eine schmale, nasse Spur zwischen seinen Bartstoppeln. Ich schüttele kurz den Kopf. Irgendetwas läuft hier gerade schief. Rebbelmeier heult nicht. Der hat noch nie geheult. Der wird auch nie heulen.

Der Mojito war schlecht. Irgendetwas stimmt nicht mit meiner Wahrnehmung. Vielleicht haben Nadines Schläge nicht nur mein Gesicht, sondern auch mein Gehirn in Mitleidenschaft gezogen. Ich presse die Augen fest zusammen und öffne sie wieder. Doch Rebbelmeier heult immer noch.

»Was ist passiert?«, frage ich.

»Sie redet nicht mehr mit mir.«

»Wer?«

»Frau Linke.« Hilflos blinzelt er gegen die aufsteigenden Tränen an.

»Was haben Sie denn angestellt?«

»Ich weiß es nicht.«

»Sie müssen doch einen Verdacht haben.«

Unsicher sieht er sich um, als habe er Angst, wir könnten belauscht werden. Er nähert sich einen Schritt und senkt die Stimme.

»Ich habe nur gesagt«, er beißt sich auf die Lippe, »für eine Frau hätte sie erstaunlich große Füße.«

Ich gebe einen quietschenden Laut von mir und drehe mein Gesicht schnell zur Seite.

»Finden Sie das beleidigend?«

»Nein, nein«, sage ich im Brustton der Überzeugung. »Große Frauen haben eben große Füße.« Und große Männer haben noch größere Füße.

»Vielleicht leidet sie ja darunter?«, murmelt Rebbelmeier und starrt unglücklich auf seinen Bauch. »Vielleicht habe ich da irgendeinen wunden Punkt erwischt?«

»Das lässt sich bestimmt wieder einrenken.«

Er schnieft und fährt sich mit der Hand durch sein schütteres Haar. »Hätten Sie vielleicht etwas zu trinken für mich? Ein Gläschen Averna oder so etwas?«

»Ich habe keinen Averna. Das wissen Sie doch«, sage ich und ziehe die Tür ein Stück zu, damit er sich nicht so einfach in meinen Flur drängen kann. Mein Bedarf an nachbarschaftlichen Besuchen ist gedeckt. Doch die Vorsichtsmaßnahme ist unnötig. Er bewegt sich nicht von der Stelle, presst den Mund zusammen und kann doch nicht verhindern, dass seine Unterlippe zu zittern beginnt. Die nächste Träne macht sich auf den Weg.

»So schlimm?«, frage ich.

Worauf er mit erneutem Schniefen und heftigem Nicken reagiert.

»Tut mir leid. Das Einzige, was ich Ihnen anbieten kann, ist Cognac.«

»Der tut's auch«, antwortet er und schlurft mit hängenden Schultern an mir vorbei in meine Wohnung.

Kapitel 25

Am nächsten Morgen ist mein Auge komplett zugeschwollen, in meinem Kopf tobt der Bär, und der Liebeskummer hat mich so fest im Griff, dass ich immerzu kurz vorm Heulen bin.

Rebbelmeier liegt auf dem Sofa, schnarcht zum Gotterbarmen und lässt sich beim besten Willen nicht aufwecken. Ich habe es mit lauter Musik, einem nassen Waschlappen und einem Tobsuchtsanfall versucht. Er rührt sich nicht, ist völlig komatös.

Immerhin haben wir heute Nacht eine ganze Flasche Hennessy vernichtet. Er hat mir seinen Kummer erzählt, und ich war mehrmals knapp davor, ihm die Wahrheit zu sagen, ihn über das wahre Geschlecht von Frau Linke aufzuklären. Doch jedes Mal, wenn ich einen Anlauf machte, hat er mich unterbrochen. Und irgendwann kam mir der Verdacht, dass er es längst weiß, es aber nicht wahrhaben will. Dass er das Gefühl, verliebt zu sein, konserviert und alles ausblendet, was stören könnte. Wie es verliebte Menschen eben so tun, die das Objekt ihrer Begierde auf ein Podest stellen, es mit einem Heiligenschein schmücken und alle erwünschten Eigenschaften, Erwartungen und Hoffnungen darauf projizieren. Schließlich bin ich selbst oft genug in diese Falle getappt. Jedenfalls habe ich von weiteren Aufklärungsversuchen Abstand genommen und bin irgendwann in den frühen Morgenstunden auf meinem Flokati eingeschlafen.

Wie konnte ich nur? Wie schlecht muss es jemandem gehen, damit er mit Rebbelmeier die Nacht durchmacht? Ich sehe in den Spiegel und weiß: sehr schlecht. Um nicht zu sagen: miserabel.

Doch damit ist meine Pechsträhne noch lange nicht zu Ende. Als es um acht Uhr an der Tür klingelt, tippe ich auf den Postboten, der ein Päckchen abgeben möchte. In einem alten Jogginganzug, ungeschminkt, ungekämmt und völlig verkatert gehe ich zur Tür. Überraschung!

»Wie sehen Sie denn aus?«, begrüßt mich die Fahrenkamp und mustert mein Gesicht.

»Brauchen Sie Hilfe? Sind Sie überfallen worden? Wollen Sie Anzeige erstatten?«, mischt sich ein Mann ein, der direkt neben ihr steht. Klein, dunkelhaarig, schmallippig, mit einem verkniffenen Gesichtsausdruck, ist er der Typ Wadenbeißer, den ich auf den Tod nicht ausstehen kann.

Fragend sehe ich ihn an.

»Reichert, Kriminalpolizei Bremen. Wir haben schon einmal telefoniert«, stellt er sich vor.

Ich nicke. Was ich gleich bereue. Meine Kopfschmerzen sind die Hölle.

»Was wollen Sie?«, entgegne ich unwirsch.

»Mit Ihnen reden«, sagt Reichert. Und dann fragt er: »Können wir reinkommen?«, und steht schon im Flur.

Die Fahrenkamp folgt seinem Beispiel und schiebt mich freundlich lächelnd zur Seite.

»Schön haben Sie es hier«, sagt sie und sieht sich interessiert um. Dann mustert sie meinen alten Jogginganzug. »Wenn Sie sich umziehen wollen … Wir haben Zeit.«

»Mein Abendkleid ist leider in der Reinigung«, antworte ich, als ich sehe, dass Reichert auf die Wohnzimmertür zusteuert. Rebbelmeiers Schnarchen ist laut und deutlich in der ganzen Wohnung zu hören.

»Ich habe Besuch«, sage ich. »Lassen Sie uns in die Küche gehen.«

Doch Reichert ist neugierig. Er öffnet die Tür, und zwar so weit, dass auch die Fahrenkamp einen Blick hineinwerfen kann.

Auf Rebbelmeier, der im Normalzustand schon eine wenig appetitliche Erscheinung ist, betrunken, mit wirrem Haar, offenem Mund und verrutschtem Hemd aber einen noch grausigeren Anblick bietet. Und ich stehe daneben. Mit zerschlagenem Gesicht und in meinem ältesten Trainingsanzug. Wenn ich könnte, würde ich im Boden versinken.

»Ihr Freund?«, fragt Reichert spitz und schließt die Tür.

Ich ziehe ihm eine Grimasse. Und stöhne auf vor Schmerz.

»Wie ist das passiert?«, fragt die Fahrenkamp, und ihr Blick bleibt mitfühlend an meinem Auge hängen.

»Nicht so schlimm«, antworte ich, »nur ein kleines Facelift. Morgen sehe ich wieder aus wie neu.«

»Wenn das stimmt«, sagt sie trocken, »sollte man dem Arzt die Approbation entziehen.«

Ich vertiefe das Thema nicht weiter, dirigiere die beiden in die Küche und bitte sie, sich zu setzen.

»Worum geht es?«, frage ich, lehne mich mit dem Rücken gegen die Arbeitsplatte und verschränke die Arme vor der Brust.

»Als Sie bei uns in Bremen angerufen haben, haben Sie

meiner Kollegin gegenüber behauptet, Nickl wäre am Tag zuvor bei Ihnen gewesen. Stimmt das?«, fragt Reichert.

»Ja.«

»Was wollte er?«

»Mir tschüs sagen, bevor er nach Mallorca fliegt.«

»Er wollte nach Rimini«, sagt Reichert.

»Dann habe ich da wohl was falsch verstanden.«

»Sie lügen«, schnauzt er mich an. »Sie haben so ganz zufällig zwei Leichen gefunden und sehr vage Angaben über Ihren Auftrag und Ihren Auftraggeber gemacht. Irgendwie habe ich das Gefühl, Sie behindern die Polizeiarbeit.«

»Und jetzt drohen Sie mir gleich mit Beugehaft«, sage ich. »Das hat Nickl auch schon probiert.«

»Frau Petry«, mischt sich die Fahrenkamp ein, »Herr Nickl ist weder in Rimini noch auf Mallorca. Wir wissen nicht, wo er sich aufhält und was er macht. Also sagen Sie uns bitte, was er Ihnen erzählt hat. Ich verstehe ja, dass Sie Ihren Auftraggeber schützen wollen. Aber bei Herrn Nickl liegt die Sache ja wohl etwas anders.«

Der Tonfall, in dem sie das sagt, ist sachlich, vernünftig und mäßig emotional. Ich bin verunsichert. Mir ist übel, mein Gesicht tut weh, ich kann nur auf einem Auge etwas sehen, und der Restalkohol, der durch meinen Körper zirkuliert, beeinträchtigt mein Denkvermögen in erheblichem Umfang.

Ist das eine Falle? Was wollen die beiden wirklich? Wieso interessieren sie sich für Nickl? Und zwar so sehr, dass sie höchstpersönlich morgens um acht bei mir auf der Matte stehen? Irgendetwas stimmt da doch nicht.

»Hat er was angestellt?«, frage ich und nestle am Reißverschluss meiner Joggingjacke herum.

»Nein. Darum geht es nicht. Wir wollen nur wissen, wo er steckt.«

»Das weiß ich auch nicht. Ehrlich«, antworte ich. »Vielleicht ermittelt er ja verdeckt«, wage ich einen Vorstoß.

Reichert fährt hoch. »Hat er das behauptet?« In seiner Stimme schwingt so viel schrille Entrüstung mit, dass ich mir nicht sicher bin, ob es eine gute Idee war, mich so weit aus dem Fenster zu lehnen.

»Das ist nur eine Vermutung von mir«, wiegle ich sofort ab.

Um mich dann vorsichtig weiter vorzutasten. »Wüssten Sie es denn, wenn er undercover arbeiten würde?«

»Natürlich«, sagt Reichert. »Was glauben Sie denn. Ich leite die Ermittlungen …«

»*Wir* leiten die Ermittlungen«, korrigiert ihn die Fahrenkamp. »Und wenn in diesem Fall irgendjemand verdeckt arbeiten würde, müssten wir das sogar wissen. Sonst würden wir ihn ja unter Umständen mit unseren Untersuchungen gefährden.«

»Frau Petry.« Reichert erhebt sich und baut sich direkt vor mir auf. »Hat Nickl das behauptet, hat er wirklich behauptet, er ermittle undercover?«

Meine Loyalität gegenüber Nickl hat Grenzen. Warum soll ich ihn in Schutz nehmen? Warum soll ich ihn decken und mir den Unmut der Polizei zuziehen?

Ich öffne den Mund und sage »ja«, als die Küchentür aufgeht und einer meiner schlimmsten Albträume Realität wird. Rebbelmeier kommt herein. Im fleckigen Unterhemd und einer Hose, die auf Halbmast hängt.

»Pia«, sagt er. »Hätten Sie vielleicht einen Kaffee für mich?«

In der darauffolgenden Stille höre ich nur das Ticken meiner Küchenuhr, meinen Herzschlag und das Rauschen in meinen Ohren.

Nie mehr in meinem Leben werde ich die Tür aufmachen, wenn Rebbelmeier davorsteht. Ich schwöre es.

Kapitel 26

Am Nachmittag mache ich mich mal wieder auf den Weg nach Bremen. Auf der Höhe von Bokel klingelt mein Handy. Mein erster Gedanke gilt Timo. Seit Rebbelmeier und die beiden Kommissare heute Morgen meine Wohnung verlassen haben, sehe ich alle fünf Minuten auf mein Telefon. In der Hoffnung, eine SMS erhalten zu haben. Doch ein Blick aufs Display reicht, um meine Hoffnungen zunichte zu machen. Es ist nicht Timos Nummer, die dort erscheint. Es ist die meiner Mutter. Und mir kommt ein böser Verdacht. Sollte sie mich schon wieder von meiner Arbeit abhalten und mich zu sich nach Hause lotsen wollen, beißt sie auf Granit. Ich fahre heute zu Susanna Schimmel. Davon bringt mich niemand ab. Um meinen Widerstand schon einmal vorab zu demonstrieren, lasse ich es sehr lange klingeln. Erst dann gehe ich dran.

»Petry.«

»Dito!«

»Hi Mum«, sage ich. »Wie geht es dir?«

»Gut. Ich wollte dich zum Dinner einladen. Dich und deinen Freund Timo. Übermorgen. Wenn es euch recht ist.«

Die Erwähnung seines Namens versetzt mir einen Stich.

»Was ist?«, fragt meine Mutter. »Hat es dir die Sprache verschlagen?«

»Nein. Ich sitze im Auto und muss mich auf den Verkehr konzentrieren.«

»Also, wie sieht es aus? Kommt ihr? Oder genierst du dich für deine Mutter?«

»Du immer mit deinen Unterstellungen«, sage ich. »Natürlich kommen wir. Gern sogar.«

Nur habe ich keine Ahnung, ob ich Timo je wieder sehen werde. Ob seine Leiche schon in irgendeinem Wald unter einem Haufen fauligen Laubes verwest. Oder noch schlimmer, er längst mit einer anderen Frau im Bett liegt.

»Schön«, sagt meine Mutter. »Ich erwarte euch dann Punkt acht. Und mach dir keine Umstände. Du musst keine Blumen oder so etwas mitbringen.«

»Alles klar, Mama. Danke für die Einladung«, sage ich und beende das Gespräch.

Der Hinweis auf die Blumen war wieder typisch. Das heißt so viel wie: Wage ja nicht, ohne Blumen bei mir aufzutauchen. I got the message, Mum, denke ich und betrachte nachdenklich mein Handy. Zwei, drei Sekunden überlege ich ernsthaft, Timo anzurufen. Ihm von der Einladung meiner Mutter zu erzählen. Doch dann gewinnt mein Stolz die Oberhand. Eher hacke ich mir die Finger ab. Ich werde Timo bei meiner Mutter entschuldigen und behaupten, er hätte wegen einer Lesung nicht mitkommen können. Das wird ihr nicht gefallen, ist aber eine plausible Entschuldigung. Schließlich kam ihre Einladung ziemlich kurzfristig.

Ich spreche der Rieckhof eine Nachricht auf die Mailbox und bitte sie, mir Telefonnummer und Adresse von Franjo Wadenfels zu mailen. Wenn ich mit dem Fall weiterkommen will, sollte ich mich mit dem jungen Mann einmal unterhalten.

Eigentlich müsste ich jetzt Cornfeld informieren. Seit ich einen Haufen wüster Beschimpfungen auf seiner Mailbox hinterlassen habe, hat er sich nicht mehr gemeldet. Mittlerweile tut mir mein Gefühlsausbruch fast ein bisschen leid. Auch wenn ich es immer noch völlig daneben finde, dass er Timo hinterherspioniert hat. Der Klügere gibt nach, denke ich und rufe ihn an. Schließlich bezahle ich ihn nicht fürs Schmollen.

»Hallo«, meldet sich eine verschlafene Frauenstimme.

»Ich hätte gern Herrn Cornfeld gesprochen.«

»Der ist nicht da«, kommt es müde zurück.

Ich schätze mal, das ist Laura, die Frau, die Cornfeld bekocht. Und da sie um Viertel nach eins noch im Bett liegt, scheint sie nicht nur den Tisch mit meinem Assistenten zu teilen.

»Könnten Sie ihm bitte etwas ausrichten?«

»Ja.«

»Er soll seine Chefin anrufen.«

»Mach ich«, sagt sie, gähnt und legt auf.

Dass Cornfeld ein Womanizer ist, wusste ich ja schon. Aber dass die nächtlichen Vergnügungen so lange dauern und die Dame um ein Uhr mittags die Augen noch nicht aufkriegt, ist mir neu. Und stört mich mehr, als ich mir eingestehen mag. Offensichtlich hat er mit seinen Frauen mehr Glück als ich mit meinen Männern. Umso weniger Grund hat er, meinen Liebhabern hinterherzuschnüffeln.

Eine Stunde später biege ich in den Brombeerweg ein. Eine Straße, die durch eine Neubausiedlung führt, welche so neu ist, dass von einigen Häusern erst der Rohbau steht, die meisten Gärten noch nicht angelegt und Teile der Straßen noch nicht asphaltiert sind. Ich ruckele mit meinem Auto über eine Schotterpiste mit fausttiefen Schlaglöchern. Um die Stoßdämpfer meines betagten BMWs nicht weiter zu strapazieren, fahre ich nach zweihundert Metern rechts ran und gehe den Rest zu Fuß. Schon von weitem sehe ich das Haus mit der Nummer 15. Die Zahlen sind mit schwarzer Farbe riesengroß auf das hellgraue Garagentor gemalt.

Nach dem kurzen Telefonat mit Frau Schimmel bin ich auf eine knorrige, eher streng wirkende Person gefasst. In dem kleinen Vorgarten aber kniet eine kleine, mollige Frau am Boden und pflanzt mit Hingabe Blumenzwiebeln. Ihre hellen Haare hat sie mit einer Kralle am Hinterkopf zusammengefasst, eine Strähne, die ihr immer wieder in die Stirn fällt, bläst sie sich mit vorgeschobener Unterlippe aus dem Gesicht.

»Ist das nicht zu tief?«, frage ich.

Sie blickt auf und zuckt bei meinem Anblick zusammen. Trotz Schminke sieht mein Gesicht immer noch ziemlich übel aus.

»Nein«, antwortet sie, nachdem sie meinen Anblick verkraftet hat. »Es gibt eine Grundregel, die besagt, dass Tulpenzwiebeln etwa dreimal so tief in den Boden gepflanzt werden sollen, wie ihr Durchmesser beträgt.«

»Ist das denn jetzt die richtige Zeit?«, versuche ich das Gespräch am Laufen zu halten.

»Ich bin etwas zu spät dran.« Sie kommt aus der Hocke hoch und streicht sich die störrische Haarsträhne mit dem Unterarm aus der Stirn. »Aber das macht ja nichts. Irgendwann werden sie schon austreiben.«

Ich nicke. »Sind es besondere Tulpen …« Dann verstumme ich angesichts der Art und Weise, wie sie mit in die

Hüften gestemmten Fäusten dasteht und mich direkt ansieht. Sie weiß genau, dass ich nicht wegen ihrer Blumen gekommen bin.

»Sind Sie Frau Schimmel?«, frage ich und erhalte keine Antwort. »Mein Name ist Pia Petry. Ich komme aus Hamburg und würde mich gern mit Ihnen unterhalten. Es dauert auch nicht lang.«

»Worum geht es denn?«, fragt sie, während ihr Blick immer wieder zu meinem zugequollenen Auge wandert.

»Es geht um die Männer, die Ihre Tochter Katharina misshandelt haben.«

Innerlich bin ich darauf vorbereitet, dass sie sich einfach umdrehen und weggehen wird, dass sie mir erzählen wird, weder Schimmel zu heißen noch Kinder zu haben. Schon gar keine Tochter namens Katharina. Doch sie bleibt. Mit hängenden Armen und einem Gesichtsausdruck, dem deutlich anzumerken ist, wie sehr sie mein Auftauchen verunsichert. Ein hartes Dementi sieht anders aus.

Einen Moment überlege ich, ob ich mein demoliertes Gesicht zu meinem Vorteil nutzen sollte. Indem ich behaupte, ein Vergewaltigungsopfer zu sein, und sie um ihre Mithilfe bei der Ergreifung der Täter bitte. Doch das bringe ich nicht fertig. Nicht bei einer Frau, die mitgemacht hat, was Frau Schimmel hat mitmachen müssen.

»Kommen Sie rein«, sagt sie, streift die Handschuhe ab und geht zur Haustür. Ich laufe am Zaun entlang zur Gartenpforte und betrete hinter ihr das Haus.

Sie deutet auf eine offen stehende Tür. »Gehen Sie schon mal ins Wohnzimmer. Ich komme gleich.«

Der Raum ist groß und hell. Mit Glasschiebetüren, die in den angrenzenden Garten führen. In der Luft hängt der Geruch nach neuen Möbeln und frischer Wandfarbe. Neben einer dunkelblauen Ledergarnitur besteht die Einrichtung vor allem aus relativ spießigen Holzmöbeln, die aussehen, als hätte Frau Schimmel sie allesamt am selben Tag im selben Kaufhaus bestellt. Allerdings stehen immer noch Umzugskartons herum.

Ich setze mich auf einen der Ledersessel.

»Möchten Sie etwas trinken?«, höre ich ihre Stimme.

»Wasser wäre schön«, rufe ich.

Kurz darauf kommt sie herein. Stellt ein Glas Mineralwasser auf den Tisch und setzt sich mir gegenüber auf die Couch. Demonstrativ sieht sie auf ihre Armbanduhr.

»Ich habe nicht viel Zeit. In einer halben Stunde muss ich weg. Also, was möchten Sie wissen?«

Nun wird es heikel. Ich greife nach dem Glas Wasser wie nach einem Rettungsring. »Ich bin Privatdetektivin. Ich suche die Männer, die Ihre Tochter …«

»Warum? Wer bezahlt Sie dafür?«, fragt sie.

»Jemand, in dessen Verwandtschaft es auch ein Opfer gibt.«

»Die Mädchen, die zur Polizei gehen, bringen sie um«, sagt Frau Schimmel ganz ruhig. »Wollen Sie, dass noch mehr Frauen sterben?«

»Wollen Sie, dass noch mehr Frauen vergewaltigt und traumatisiert werden?«, entgegne ich und stelle das Glas hart auf den Tisch.

Sie sieht mich völlig entgeistert an, und ich beiße mir auf die Lippe. So heftig hatte ich sie eigentlich nicht angehen wollen.

»Entschuldigen Sie«, versuche ich die Situation zu retten. »Ich wollte nicht …«

Angesichts ihres extrem blassen Gesichts, ihrer Augen, in die die Tränen geschossen sind, und einem Mund, der nur noch ein schmaler, harter Strich ist, verstumme ich.

»Es tut mir leid …«, sage ich und weiß nicht so recht, wie ich mich verhalten soll.

»Haben Sie kürzlich hier angerufen?«, fragt sie und hält den Blick fest auf ihre im Schoß gefalteten Hände gerichtet.

»Ja.«

»Seitdem«, fährt sie mit dünner Stimme fort und blinzelt gegen die Tränen an, »seitdem ist wieder alles da. Ich hatte es ganz gut im Griff, aber jetzt sind sie wieder hinter mir her. Die Bilder …«

»Das wollte ich nicht. Das wollte ich wirklich nicht«, entschuldige ich mich erneut, und mir dämmert langsam, dass ich hier auf verlorenem Posten stehe. Wie konnte ich nur erwarten, dass eine Frau, der ich völlig fremd bin, die mich noch nie zuvor gesehen hat, mir einfach so erzählt, wie ihre Tochter vergewaltigt und getötet wurde?

»Ich werde gehen«, sage ich leise. »Es war keine gute Idee, hierherzukommen …«

Als ich Anstalten mache aufzustehen, sieht sie mich auf einmal direkt an. »Was ist mit Ihrem Gesicht passiert?«

Verlegen betaste ich mein lädiertes Auge. »Eine junge Frau, ein Vergewaltigungsopfer, ist auf mich losgegangen. Ich habe wohl irgendetwas falsch gemacht.«

Frau Schimmel senkt den Kopf. »Das kenne ich«, sagt sie und starrt auf ihre jetzt zu Fäusten geballten Hände.

»Was kennen Sie?« Auf einmal glimmt so etwas wie Hoffnung in mir auf. Vielleicht ist meine Fahrt nach Bremen doch nicht völlig vergebens gewesen.

»Ich habe ihr auch nicht geholfen.«

»Meinen Sie Katharina?«

»Ich habe zu ihr gesagt, vergiss es. Streich es aus deiner Erinnerung, guck dir nicht ständig diese Bilder in deinem Kopf an, schiebe nicht immer dieselbe Kassette rein. Tu so, als wäre es nicht passiert. Das konnte sie nicht. Und ich bin ungeduldig geworden. Ich wollte nicht, dass es passiert ist, ich wollte nicht, dass jemand meinem Kind so etwas angetan hat. Ich wollte es vergessen, und ich wollte, dass sie es auch vergisst.«

»Das hat sie aber nicht«, sage ich. »Sie hat es nicht vergessen.«

»Sie hat versucht, es mir zu erzählen.« Leise aufstöhnend verschränkt sie die Arme vor der Brust. »Ich wollte es aber nicht hören. Ich wollte nicht wissen, dass irgendwelche Schweine auf meine siebzehnjährige Tochter uriniert haben. Dass sie ihre Zigaretten auf ihr ausgedrückt, sie blutig geschlagen, ihr ihre schmutzigen Schwänze in den Mund gesteckt haben. Ich wollte das nicht wissen, und ich habe es nicht ausgehalten, als sie davon anfing. Ich bin aus dem Zimmer gelaufen. Ich habe gebrüllt, sie soll damit aufhören. Sie soll sich nicht darin suhlen – und ob es ihr Spaß machen würde, uns damit zu quälen. Ich habe gesagt, das ist anderen auch passiert. Im Bosnien-Krieg haben sie Tausende Frauen vergewaltigt, die müssen auch damit leben. Und die können das auch. Nur sie fing immer wieder damit an.«

Sie birgt den Kopf in den Händen und beginnt leise zu schluchzen. Unsicher strecke ich die Hand nach ihr aus. Bin kurz davor, sie zu berühren. Lass es dann aber lieber.

»Was empfanden Sie denn am Verhalten Ihrer Tochter als so quälend?«, frage ich vorsichtig.

»Die ewige Duscherei, das Verdruckste an ihr, ihre Depressionen, ihre Launen, ihr Desinteresse an allem und jedem. Das war wahnsinnig belastend. Und dieser Zwang, darüber reden zu wollen.« Sie presst sich die Hand gegen den Mund. »Ich habe einfach nicht verstanden, warum sie das wollte. Und ich habe nicht verstanden, warum sie mit diesen Kerlen mitgegangen ist.«

Erschrocken sehe ich sie an. »Sie haben ihr eine Mitschuld gegeben?«

»Ich habe sie gefragt, wieso sie zu wildfremden Leuten auf das Motorrad steigt. Sie hätte zu Hause sein und Hausaufgaben machen sollen …«, ereifert sie sich. Dann erschrickt sie über ihren Ausbruch und schlägt sich weinend die Hände vors Gesicht. Ich lasse ihr Zeit. Und fahre mit meiner Befragung erst fort, als sie sich wieder etwas beruhigt hat.

»Wann hat Katharina sich denn entschlossen, gegen die Männer auszusagen?«

Sie starrt mich an, als hätte sie völlig vergessen, dass ich da bin. »Mein Bruder«, sagt sie dann stockend, »der hat sie überredet, zur Polizei zu gehen. Er hat behauptet, die würden sie beschützen. Drei Tage, nachdem sie die Aussage gemacht hatte, war sie tot. Verbrannt. In unserer eigenen Küche.« Der nächste Weinkrampf schüttelt sie. Zum zweiten Mal strecke ich die Hand nach ihr aus. Diesmal streiche ich ihr sanft über die Schulter.

»Wir waren so froh, als Katharina sagte, sie wolle ein Fleischfondue für uns machen. Wir dachten, sie fängt wieder an zu leben, sie interessiert sich wieder für andere Sachen. Ich habe sogar noch eine Soße für sie besorgt. Senfsoße. Die mochte sie so gern, und die hatte sie vergessen. Wenn ich zu Hause geblieben wäre, dann …«

»Das macht doch keinen Sinn«, sage ich leise. »Es ist passiert und kann nicht rückgängig gemacht werden. Sie haben nichts Böses getan. Sie konnten ja nicht wissen, was passieren würde.«

Ich krame eine Packung Papiertaschentücher aus meiner Handtasche und gebe ihr eines davon. Sie tupft sich die Augen ab, hört aber mit dem Weinen nicht auf.

»Wo war Ihr Mann?«, frage ich.

»Der war auf dem Heimweg. Von der Arbeit. Wir hatten uns doch alle so auf das Fondue gefreut.«

Immer noch schluchzend greift sie nach dem Glas.

»Sie glauben nicht an einen Unfall?«

»Nein. Natürlich nicht. Diese Kerle haben sie umgebracht«, sagt sie und trinkt einen Schluck Wasser.

»Haben Sie einmal in Erwägung gezogen«, frage ich ganz behutsam, »ob Katharina vielleicht selbst …?«

Einen Augenblick stutzt sie irritiert. Dann schüttelt sie heftig den Kopf. »Nein. Ganz bestimmt nicht. Schon als kleines Kind hatte sie Angst vor Feuer. Wenn sie sich umgebracht hätte, dann mit Tabletten. Sie hätte sich nie verbrannt. Das ist doch wahnsinnig schmerzhaft. Das hätte sie nie freiwillig getan«, sagt sie und putzt sich geräuschvoll die Nase.

»Wissen Sie etwas über die Männer? Wie viele es waren? Wie sie aussehen? Irgendwelche Besonderheiten, anhand derer man sie identifizieren könnte?«

»Nein. Sie waren zu viert. Das weiß ich. Aber wie die ausgesehen haben …« Hilflos hebt sie die Schultern.

»Weiß man, wie es zu dem Feuer gekommen ist?«

»Angeblich hat sie zu viel Spiritus in den Brenner getan, und als sie ihn anzündete, gab es eine Stichflamme, die ihr Kleid in Brand setzte. Aber das glaube ich nicht. Sie haben sie umgebracht. Weil sie sich nicht hat einschüchtern lassen. Sie haben sie angezündet.«

»Sind Sie selbst bedroht worden?«

»Das ist alles meine Schuld«, sagt sie, ohne auf meine Frage zu reagieren. »Ich habe ihr nicht zugehört. Da hat sie sich an meinen Bruder gewandt. Sie hat geglaubt, sie muss das Problem anders lösen. Nicht reden, sondern handeln. Das ist alles meine Schuld.«

»Es ist nicht Ihre Schuld«, widerspreche ich vehement. »Schuld haben nur die Täter. Die und sonst niemand. Das müssen Sie sich immer vor Augen halten. Ihre Tochter ist zufällig Opfer geworden. Sie war einfach im falschen Augenblick am falschen Ort. Es hätte jede andere Frau genauso treffen können.«

»Trotzdem! Ich hätte ihr zuhören müssen …«

»Selbst wenn Sie das getan hätten, wäre Ihre Tochter vielleicht dennoch zur Polizei gegangen. Hätte Ihr Bruder sie vielleicht auch dann überredet, eine Aussage zu machen. Sie können das nicht wissen.«

Mit gebeugtem Kopf sitzt sie neben mir. Ich kaue an meinen Fingernägeln. Ist es wirklich nötig, die arme Frau so mit Fragen zu drangsalieren? Sollte ich sie nicht lieber in Ruhe lassen, ihr die Chance geben, draußen im Garten die Geschichte für eine Weile zu vergessen? Anstatt sie so in Aufruhr zu versetzen?

Ich höre jetzt auf, nehme ich mir vor, ich breche ab, als Susanna Schimmel etwas sagt. So leise, dass ich sie nicht verstehe.

»Was haben Sie gemeint?«

Sie räuspert sich. »Wir haben alle versagt. Ich, mein Bruder, mein Mann …«

»Wie ist denn Ihr Mann damit umgegangen?«

»Er hat ein Problem mit Problemen. Zuerst hatte Katharina eins, und nach ihrem Tod hatte ich eins. Da wollte ich auf einmal reden. Aber das hat er noch weniger ertragen als vorher die Geschichte mit der Vergewaltigung. Und er hat gemacht, was er bei Schwierigkeiten immer gerne macht …«

»Er ist gegangen«, sage ich.

Sie nickt. »Ende des Monats ziehe ich auch aus. Das Haus ist für mich allein zu groß und zu teuer. Ich habe gedacht, wir würden hier glücklich werden. Wir hatten uns alle so auf das Haus gefreut. Und nun zähle ich die Tage, bis ich endlich rauskann. Bis ich nicht mehr in die Küche gehen muss.«

Abrupt bricht sie ab und knetet ihre Finger, als müsste sie ihnen eine neue Form geben.

»Das verstehe ich«, sage ich.

Sie schluchzt. »Ich sehe immer die Abdrücke …«

»Welche Abdrücke?«

»Als ich zurückkam – mit der Soße«, sie greift nach einem weiteren Taschentuch, »da war die Feuerwehr schon da. Zwei Löschfahrzeuge standen vor der Tür, alles war nass, und überall standen Feuerwehrmänner und Polizisten herum. Der Brand war längst gelöscht, die ganze Wohnung stand unter Wasser. Aber das habe ich gar nicht begriffen. Schon auf dem Heimweg war mir eine Nachbarin entgegengekommen, die mir zurief, dass ich mich beeilen solle, es hätte bei uns zu Hause gebrannt. Das habe ich überhaupt nicht verstanden. Ich habe auch nicht verstanden, warum ich nicht durch das Küchenfenster sehen konnte. Ich stand vor dem Haus und starrte auf das Glas. Es war völlig schwarz.«

»War es von innen zugerußt?«

Sie nickt. »Dann habe ich die beiden Handabdrücke auf der Scheibe gesehen. Ihre Finger. Da habe ich begriffen, dass sie tot ist. Dass sie nicht mehr da ist.« Aus geröteten Augen blickt sie mich an. »Jedes Mal, wenn ich in die Küche gehe, sehe ich diese Abdrücke und rieche den Spiritus und den Rauch.«

Wieder strömen die Tränen. Und ich lege beruhigend meine Hand auf ihren Unterarm. »Es tut mir leid«, sage ich. »Es tut mir so wahnsinnig leid.«

Frau Schimmel schnäuzt sich erneut die Nase und zerknüllt das Taschentuch in der Hand.

Sie wirft einen Blick auf ihre Uhr. »O Gott, ich muss los.«

»Zu Ihrem Termin?«

»Ja. Ich muss zum Anwalt.«

»Sie lassen sich scheiden?«

»Darauf wird es wohl hinauslaufen«, sagt sie und steht auf.

Ich erhebe mich ebenfalls. »Vielen Dank, dass Sie mir das alles erzählt haben. Das ist nicht selbstverständlich.«

»Schon gut«, wehrt sie ab.

»Darf ich Sie anrufen, wenn mir noch eine Frage einfällt?«

»Ja«, antwortet sie, ohne zu zögern. »Ich gebe Ihnen meine neue Adresse und meine Handy-Nummer.«

Sie eilt aus dem Zimmer und kommt mit einem Notizzettel und einem Stift zurück. »Ich habe es Ihnen aufgeschrieben«, sagt sie und reicht mir das Blatt Papier. »Können Sie meine Schrift lesen?«

»Ich denke schon. Die Zahlen sind nur ein bisschen undeutlich. Ist das am Schluss eine Fünf oder eine Sechs?«

»Eine Fünf.«

»Und da drüber steht: Frau …?

»Warten Sie, ich habe etwas vergessen.« Sie nimmt mir den Zettel aus der Hand. »Ich werde meinen Mädchennamen wieder annehmen.«

»Wie heißen Sie denn dann in Zukunft?«

»Nickl«, antwortet sie. »Susanna Nickl.«

Kapitel 27

Auf der Fahrt nach Hamburg sitze ich völlig benommen hinter dem Lenkrad und habe Probleme, mich auf den Verkehr zu konzentrieren. Ich muss die ganze Zeit an Katharina denken. An das Leben, das sie nicht leben durfte. An all die Dinge, die sie nie erfahren und nie kennenlernen wird. Nur weil sie den Mut besessen hatte, ihre Vergewaltiger anzuzeigen. Aber am meisten setzen mir die schockierenden Umstände ihres Todes zu, das von ihrer Mutter heraufbeschworene Bild mit den Handabdrücken auf dem verrußten Fenster. Als ich die Wohnung verließ, habe ich es nicht fertiggebracht, einen Blick in die Küche zu werfen. Ich hätte es Frau Schimmel gegenüber unfair und pietätlos gefunden. Aber als ich die Straße hinunterging, habe ich mich noch einmal umgedreht und die schwarz glänzende Glasscheibe angestarrt, auf der das Sonnenlicht reflektierte. Ich konnte nur zu gut nachvollziehen, dass Frau Schimmel so schnell wie möglich aus diesem Haus ausziehen wollte.

Als ich auf die Autobahn abbiege, versuche ich meinen trüben Gedanken zu entkommen und mich auf die Fakten zu konzentrieren. Ich rufe Cornfeld an. Es ärgert mich, dass er sich immer noch nicht bei mir gemeldet hat. Aber ich habe keine Lust, weiterhin auf seine Animositäten Rücksicht zu nehmen. Dafür ist die neuerliche Wendung unseres Falls einfach zu wichtig. Die Information, dass Nickl persönlich involviert ist, wirft ein völlig neues Licht auf die Geschichte. Seine Nichte ist eines der Opfer. Sie wurde ermordet, weil Nickl sie zu einer Aussage überredet hat. Als sich herausstellte, dass Willi etwas mit den Vergewaltigungen und damit unter Umständen auch mit Katharinas Tod zu tun hat, wurde Nickl von dem Fall suspendiert. Weil er persönlich betroffen ist. Was ihn nicht davon abgehalten hat, weiter zu ermitteln. Eine Konstellation, die jede Menge Sprengstoff birgt. Ist Nickl jetzt auf einem Rachefeldzug? Spürt er die Vergewaltiger und Mörder seiner Nichte auf und bringt sie um? Der Hass, den er angesichts dessen empfinden muss, was dem Mädchen angetan wurde, würde durchaus erklären, warum die Biker derart brutal misshandelt worden sind. Er hat es ihnen mit gleicher Münze heimgezahlt, hat zumindest zwei von ihnen gefoltert und ihnen das genommen, was sie als Waffe gegen die Frauen eingesetzt haben. Das nennt man Selbstjustiz. Und das war noch nie eine gute Lösung.

Cornfeld meldet sich nicht. Ich drücke das Handy fest gegen mein Ohr und höre nichts weiter als das Freizeichen. Kopfschüttelnd beende ich die Verbindung. Ist er immer noch eingeschnappt? Spielt er den Beleidigten, obwohl ich es bin, die allen Grund hat, beleidigt zu sein? Vielleicht hat er ja längst Konsequenzen gezogen, arbeitet für eine andere Firma und hat vergessen, mir die Kündigung zuzustellen. Irgendwie scheine ich weder bei der Auswahl meiner Assistenten noch bei der Auswahl meiner Männer ein glückliches Händchen zu haben.

Mein Handy klingelt.

Alexandra schreit mir ins Ohr. »Was macht die Liebe?«

»Einen Scheiß macht sie«, belle ich zurück. »Ich habe

mich mit diesem Idioten zum Salsatanzen verabredet, und weißt du, wer nicht gekommen ist?«

»Der Idiot«, sagt sie.

»Genau. Und er hat auch nicht angerufen, um sich zu entschuldigen. Alexandra, ich möchte, dass du nie wieder versuchst, mich zu verkuppeln. Ich suche mir meine Männer alleine aus. Ich brauche keine Freundin, die mich mit Typen bekanntmacht, von denen ich später wünsche, ich hätte sie nie kennengelernt. Hör auf, Schicksal zu spielen …«

»Mein Gott«, sagt sie. »Stell dich doch nicht so an. Timo ist Künstler. Vielleicht hat er Telefon und Türklingel abgeschaltet, sitzt in seiner Wohnung und schreibt das Buch seines Lebens. Er ist ein begnadeter Schriftsteller, den kannst du doch nicht mit normalen Maßstäben messen. Der ist etwas ganz Besonderes. Irgendwann taucht er wieder auf, ist glücklich und zufrieden und hat seinen nächsten Bestseller fertig.«

»Meinst du wirklich?«, frage ich verunsichert.

»Ja klar. Der geht nicht morgens um neun ins Büro …«

Nein, denke ich, der setzt sich morgens um neun vor seinen PC und wartet darauf, dass ihn die Muse küsst, die oder eine andere.

»… und kommt abends um sieben nach Hause. Da kannst du …«

»Okay«, unterbreche ich sie. »Ich gebe Timo eine letzte Chance. Ich fahre da jetzt noch einmal hin und überprüfe deine Theorie. Wehe dir, der sitzt nicht an seinem Schreibtisch.«

Es hat nicht den Anschein, als wäre Timo zu Hause. Ich klingle mehrfach, drücke mein Ohr gegen das azurblau lackierte Holz und lausche. Es ist definitiv nichts zu hören. Sollte er daheim sein, hat er sich Kopfhörer aufgesetzt und dröhnt sich mit Punkrock zu, oder er hat sich die Gehörgänge mit Ohropax verstopft. Unentschlossen stehe ich im Hausflur. Was nun? Während ich noch darüber nachdenke, fällt mein Blick auf die gegenüberliegende Tür und das kleine messingfarbene Namensschild. Hier wohnt Timos Onkel: Hans Lorscheider. Einen Versuch ist es wert. Ich klingle.

Und tatsächlich, Hans öffnet mir die Tür, heute in einer mit Farbklecksen übersäten Jeans und einem fast bis zu den Knien reichenden weißen T-Shirt. Im ersten Moment strahlt er mich an, dann fixiert er erschrocken mein Auge.

»Um Gottes willen, wie siehst du denn aus?«

»Hab einen neuen Job«, sage ich. »Als Crashtest-Dummy.«

»Dann möchte ich nicht wissen, wie das Auto jetzt aussieht.« Und leise fügt er hinzu: »Ich hoffe, der Kerl sitzt im Knast.«

»So ähnlich«, antworte ich. »Aber eigentlich wollte ich nur wissen, ob Timo zu Hause ist? Beziehungsweise, ob du weißt, wo er steckt?«

»Ich habe gerade Tee gekocht. Komm doch rein.«

Dem Angebot kann ich nicht widerstehen. Im Flur steigt mir der beißende Geruch von Terpentin und Ölfarbe in die Nase. Lana, Hans' Border-Collie, kommt auf mich zugeschossen und begrüßt mich laut bellend.

»Ihr kennt euch?«

»Ja«, sage ich und erzähle von Timos Besuch in meinem Büro. Die Geschichte mit dem Hundehaufen lasse ich allerdings weg. Hans dirigiert mich in die Ecke des Lofts, in der die Küche untergebracht ist. Ich sehe mich neugierig um. Die Wohnung ist zwar größer als die von Timo, wirkt aber lange nicht so großzügig. Der Raum ist mit Stellwänden und antiken Schränken in kleinere Parzellen unterteilt und derart mit Büchern, Bildern, Plakaten, getrockneten Blumen, bunten Stoffen, alten Blechdosen, farbigen Gläsern, leeren und frisch bemalten Leinwänden, Farbtuben, Paletten und vielem mehr, was sich auf Anhieb gar nicht so genau identifizieren lässt, vollgestopft, dass man Beklemmungen kriegen könnte.

Ich bin mir nicht sicher, ob das ein Ausdruck von künstlerischem Chaos ist oder ob diese Wohnung einfach nur Lieschen Müllers Vorstellung vom kreativem Chaos entspricht. Denn die Bilder, die Hans malt, sind nicht unbedingt das, was gemeinhin als künstlerisch wertvoll gilt. Dazu sind sie zu dekorativ, ihre Technik zu dilettantisch, die Motive zu einseitig. Hans malt Blumen. Hortensien. Und zwar nur Hortensien. Die aber in allen Varianten, die sich die Natur hat einfallen lassen. Da gibt es Teller-, Bauern-, Kletter- und Rispenhortensien, die er in Vasen, Töpfen, Schalen, Körben oder in der freien Wildbahn abbildet. Anscheinend produziert er nichts aus dem Kopf, sondern kauft die jeweilige Pflanze, um sie abzumalen. Das Resultat ist eine schiere Sintflut von Hortensien, die über das ganze Loft verteilt stehen und zusammen mit den Bildern einen visuellen Knockout für jeden Puristen darstellen.

»Und«, fragt er, »gefällt es dir?«

»Überwältigend«, sage ich, während Lana an mir hochspringt und meine Hand abschleckt.

Fünf Minuten später sitze ich vor einer Tasse Darjeeling und muss ständig die Blätter einer violettfarbenen Tellerhortensie, die direkt vor mir auf dem Tisch steht, zur Seite schieben, um Hans auf der gegenüberliegenden Seite überhaupt sehen zu können. Lana hat es sich zwischen meinen Füßen bequem gemacht und reibt den Kopf behaglich an meinem Bein.

»Weißt du, wo Timo ist?«, frage ich.

»Nun«, beginnt Hans, und ich merke, dass er sich sehr genau überlegt, was er sagt und wie er es formuliert. »Manchmal geht es ihm in letzter Zeit nicht so gut. Dann taucht er ab.«

»Warum geht es ihm denn nicht so gut?«

»Ich denke, dass der Druck beim Schreiben sehr groß ist. Wenn du einen Bestseller geschrieben hast, erwarten alle, dass du noch einen schreibst, und dann bist du natürlich einem enormen Stress ausgesetzt. Mir ist auch schon ein paarmal aufgefallen, dass er mitten in der Nacht Musik hört oder das Haus verlässt. Das hat er früher nie getan.«

Ich schiebe den Blumenstock ein Stück zur Seite. »Du meinst, er hat Schlafstörungen?«

»Vielleicht? Vielleicht arbeitet er aber auch einfach nur sehr viel.«

»Weißt du, wo er hingeht, wenn er abtaucht?«

»Nein, tut mir leid«, sagt er und führt die dünnwandige Teetasse mit abgespreiztem kleinem Finger zum Mund.

»Fährt er vielleicht nach Lübeck zu seinen Töchtern?«

»Nach Lübeck?« Hans setzt die Tasse wieder ab. »Amelie lebt mit den Kindern in Bremervörde, nicht in Lübeck.«

»In Bremervörde?«, frage ich. »Ich hatte mir eingebildet, Timo hätte Lübeck gesagt.«

»Da musst du dich verhört haben.«

Versonnen rührt er in seiner Tasse. Lana bewegt sich zwischen meinen Füßen, sie döst und gibt einen tiefen wohligen Seufzer von sich.

»Wie seid ihr eigentlich miteinander verwandt?«, will ich wissen.

»Ich bin der Bruder seines Vaters; der ist allerdings schon vor zwanzig Jahren gestorben.«

»Müsstet ihr dann nicht den gleichen Nachnamen haben?«

»Haben wir ja auch. Aber Timo schreibt unter einem Künstlernamen. Dem Mädchennamen seiner Urgroßmutter.«

Ich sehe ihn erstaunt an.

»Hat er dir nicht erzählt, oder?«

»Nein«, sage ich. »Er redet wenig über sich. Übers Schreiben schon, aber nicht so sehr über Privates. Irgendwie komme ich nicht so richtig an ihn ran.«

Nachdenklich stochert er mit einem silbernen Löffelchen in der Zuckerdose herum. »Seit Timo schreibt, hat er sich verändert. Kann sein, dass das mit Amelie zusammenhängt.«

»Amelie?«, frage ich. »Seine Exfrau?«

Er nickt. »Möchtest du ein Stück Kuchen?«

»Gern.«

Er geht zum Küchenschrank und zieht eine längliche Platte mit einem Marmorkuchen aus einem der Fächer.

»Habe ich heute Morgen gebacken«, sagt er stolz. Dann schneidet er drei Scheiben ab und legt sie auf einen kleinen Porzellanteller.

»Von wem ging die Trennung eigentlich aus?«, frage ich. Darauf bekomme ich aber erst einmal keine Antwort. Hans stellt den Teller vor mir auf den Tisch, setzt sich und greift nach seiner Tasse. Forschend sieht er mich über den Porzellanrand hinweg an.

»Ich will dich nicht aushorchen«, sage ich und breche ein Stück von dem Kuchen ab. »Aber ich mag Timo. Ich mag ihn wirklich …«

»Okay.«

»Nur, leider habe ich eine Vorliebe für Männer, die schon vergeben sind oder nicht treu sein können. Und …« Verlegen mache ich eine Pause. Entscheide mich dann aber doch für den direkten Weg. »Weißt du, ich habe einfach Angst, dass ich schon wieder aufs falsche Pferd setze. Ich habe einfach keine Lust darauf zu warten, dass Timo doch zu seiner Frau und den Kindern zurückkehrt oder die Segnungen des Bestsellerautorenlebens entdeckt und sich durch die Betten der Literaturgroupies vögelt.«

Hans lacht laut auf und streicht sich mit einer etwas geziert wirkenden Bewegung über sein nach hinten gebundenes Haar.

»Ich bin nicht die Sphinx. Das kann ich dir auch nicht sagen …«

»Du kennst ihn doch«, insistiere ich. »Habe ich eine Chance?«

»Wenn Timo sich für dich und eine Beziehung mit dir entscheidet, dann ist ihm das auch ernst.«

»Das ist genau das, was ich hören wollte«, sage ich und schiebe mir ein Stück Kuchen in den Mund. »Du meinst also nicht, dass er zu seiner Frau zurückkehrt?«

»Nein. Das glaube ich nicht«, wird Hans wieder ernst. »Dafür hat sie ihn viel zu sehr verletzt. Nach der Scheidung ging es ihm extrem schlecht. Er hat sich ins Bett gelegt und ist einfach nicht mehr aufgestanden. Und zwar wochenlang.

Die Folge war, dass er seine Arbeit als Unternehmensberater verlor und sich mit Aushilfsjobs über Wasser halten musste. Jobs, die er in seiner Studentenzeit das letzte Mal gemacht hatte. Wie Hunde ausführen, Gartenarbeiten übernehmen, als Kurierfahrer arbeiten …« Mitten im Satz bricht er ab und sieht mich eindringlich an. »Du sagst ihm bitte nicht, dass ich dir das alles erzählt habe.«

»Nein«, antworte ich entrüstet. »Was denkst du denn von mir.«

Beherzt greife ich nach einem weiteren Kuchenstück. »Warum ist Tim eigentlich nach Hamburg gekommen?«

»Sein nächstes Buch soll hier spielen, glaube ich.« Hans knickt eine der Hortensienblüten ab. »Ist sie nicht wunderschön?« Er legt sie auf den Tisch neben die dickbauchige alte Teekanne.

»Nimmst du ihm das ab?«

»Ich denke, er wollte mehr Distanz zu Amelie. Er hing sehr an ihr. Und sie ist relativ schnell mit dem Mann zusammengezogen, mit dem sie ihn fast zwei Jahre lang betrogen hatte. Das war natürlich nicht einfach für ihn. Andererseits sieht er die Zwillinge jetzt auch viel seltener. Die leiden darunter. Und er leidet auch.«

Ich zupfe gedankenverloren an den violetten Blüten, als sich eine kleine Spinne von einem der Blätter abseilt, auf dem Tisch landet und auf die Teekanne zuflitzt.

»Nur gut, dass Timo das nicht sieht«, sage ich.

Hans lacht. »Das stimmt. Er würde schon wieder an der Decke hängen und *Mach sie weg, mach sie weg* kreischen.«

»Du lachst«, sage ich. »Aber ich möchte keine Phobie haben. Und schon gar nicht seit meiner Kindheit.«

»Seit seiner Kindheit?« Hans zieht die Augenbrauen hoch.

»Als Kind hatte er das nicht. Dieses Theater wegen der Spinnen macht er erst, seit er in Hamburg ist. Ich glaube, dass das auch mit der Trennung von Amelie zusammenhängt. Irgendwie hat er das alles noch nicht so ganz verkraftet.« Er steht auf. »Möchtest du noch einen Tee?«

»Ja«, sage ich und kicke die Spinne mit der Fingerspitze vom Tisch.

Kapitel 28

Mein Versuch, die Rieckhof über den aktuellen Stand meiner Ermittlungen zu informieren, scheint auch an diesem Morgen nicht von Erfolg gekrönt. Seit einer Viertelstunde stolpere ich über eine staubige Baustelle in der Hafencity, habe mir von einem vorbeieilenden Bauleiter einen Anschiss wegen Nichteinhaltung der Helmpflicht eingefangen und ergebnislos versucht, den Aufenthaltsort meiner Klientin zu erfragen. Entweder ich ernte ein desinteressiertes Achselzucken oder Erklärungen, die ich aufgrund des Baulärms nicht verstehe. Der Staub hat eine graue Schicht auf meinen Schuhen und meinen Haaren hinterlassen und juckt im Hals und in der Nase. Ich will gerade zu meinem Wagen zurückkehren, als ich die Rieckhof im dritten Stock des Rohbaus im Gespräch mit einem Mann entdecke. Trotz Helm ist sie eindeutig an ihrer geraden Körperhaltung, dem perfekten Schnitt ihrer dunkelblauen Jacke und den Designerjeans zu erkennen. Ich halte mir die Nase zu und mache mich auf den Weg nach oben. Auf der dritten Etage angekommen, bleibe ich in einer Entfernung von mehreren Metern stehen. Sie ist so damit beschäftigt, einen hochgewachsenen Schlacks in Zimmermannskleidung zusammenzufalten, dass sie mich gar nicht bemerkt. Der junge Mann druckst verlegen herum, ist meiner Klientin aber weder rhetorisch noch sonstwie gewachsen und lässt zum

Schluss die Schelte widerstandslos über sich ergehen. Nun weiß ich auch, warum die Rieckhof so ein autoritärer Knochen ist. Um sich bei den Jungs auf dem Bau durchzusetzen, reichen nette Worte und ein freundliches Lächeln nicht. Ihre Schimpfkanonade wird durch die Klingelmelodie ihres Handys unterbrochen.

»Ja?«, meldet sie sich und legt nach einem knappen »Ich habe jetzt keine Zeit, Rainer. Ich rufe nachher zurück« wieder auf. Mangelnde Effizienz kann man ihr nicht vorwerfen. Zumindest vergeudet sie ihre Zeit nicht mit Privatgesprächen. Nachdem sie mit dem armen Zimmermann fertig ist und der mit hängendem Kopf davonschleicht, nähere ich mich vorsichtig und hoffe, dass meine Gegenwart sie etwas friedlicher stimmen wird. Doch ihr Blick wird noch kühler, als sie mich erkennt.

»Was immer Sie mir erzählen wollen, das ist eindeutig der ungünstigste Ort, den Sie sich dafür aussuchen konnten.«

»Es dauert nicht lange.«

»Das ist mir völlig egal. Schreiben Sie einen Bericht und faxen oder mailen Sie ihn meiner Sekretärin.«

»Es wurden zwei weitere Motorradfahrer ermordet«, versuche ich ihre Neugier zu wecken.

»Haben Sie den Taxifahrer gefunden? Wissen Sie, wie er heißt und wo er wohnt?«, herrscht sie mich an.

»Nein, das nicht. Aber ich dachte, Sie würden vielleicht wissen wollen, dass die Vergewaltiger Ihrer Schwester …«

»Das ist Vergangenheit. Damit bin ich fertig«, unterbricht sie mich. »Mir geht es nur um eins. Um die Zukunft. Um die Zukunft meiner Schwester.«

Abrupt dreht sie sich um und steigt die Treppe zum nächsten Stock hinauf.

»Frau Rieckhof«, rufe ich ihr hinterher. »Ich brauche ganz dringend die Telefonnummer von Nadines Freund. Diesem Franjo. Ich kann sonst nicht …«

»Keine Zeit«, ruft sie zurück und verschwindet um die Ecke.

Was habe ich mir eigentlich erhofft?, frage ich mich, als ich wieder im Auto sitze. Dass sie sich für die Motorradfahrer oder sogar für Nickl und seine privaten Verstrickungen interessieren würde? Das hat sie doch noch nie getan. Ihr ist es immer nur um diesen verdammten Taxifahrer gegangen. Einen Mann, der abgetaucht ist und der gar nicht daran denkt, sich freiwillig zu melden. Obwohl sich doch angeblich eine wunderschöne junge Frau in ihn verliebt hat. Die Geschichte stinkt zum Himmel. Und ich verstehe sie nicht. Ich verstehe nicht, wie das alles zusammenhängt, fände es aber schön, mal mit jemandem darüber zu reden. Mit meinem Assistenten zum Beispiel.

Mein Versuch, ihn zu erreichen, ist auch diesmal nicht von Erfolg gekrönt. Mir bleibt nichts anderes übrig, als den Job alleine zu machen. Ich lasse mich im Autositz zurücksinken, schließe die Augen und konzentriere mich auf den Fall, dividiere auseinander, was ich an Informationen habe und was mir noch fehlt. Wo ich ansetzen könnte. Und komme zu dem Resultat, dass es sehr wohl eine Person gibt, die mir weiterhelfen kann. Ich probiere es einfach mal, denke ich und greife nach meinem Handy.

Die Stimme, die ich durch die Gegensprechanlage höre, klingt jung, männlich und übellaunig: »Ich habe keine Zeit. Ich muss gleich weg. Zu einem Termin.«

»Ich möchte gerne mit Ihnen reden.«

»Sie wissen doch schon alles«, kommt es aus dem Lautsprecher. »Ich habe wirklich keine Zeit.« Und dann macht es *klack*, und ich höre nichts mehr.

So einfach lasse ich mich nicht abwimmeln. Ich klingle bei den Nachbarn, bis ich jemanden gefunden habe, der zu Hause ist und mich hereinlässt.

An die Adresse zu gelangen, war erstaunlich einfach. Als ich die Sekretärin meiner Auftraggeberin danach fragte und behauptete, es wäre die Idee ihrer Chefin gewesen, Franjo einen Besuch abzustatten, hatte ich die Befürchtung, sie könnte misstrauisch werden. Sie wurde es nicht. Wenig später gab sie mir seinen Nachnamen, seine Adresse in Bremen und die Handynummer durch. So einfach hatte ich mir das nicht vorgestellt. Da ich ohnehin nichts Besseres zu tun hatte, bin ich gleich nach Bremen gefahren. Nur dass das Objekt der Begierde jetzt leider etwas rumzickt.

Während ich die Treppe der alten, etwas heruntergekommenen Rotklinkervilla hochlaufe, suche ich nach Franjos Namensschild. Im ersten Stock werde ich fündig. Als ich an seiner Wohnungstür klingle, verdunkelt sich kurz der Türspion. Geöffnet wird mir aber nicht.

Na gut. Ich setze mich auf die Treppe. Wenn er tatsächlich gleich weg muss, dann warte ich eben so lange, bis er rauskommt. Aber er kommt nicht. Und irgendwann beschleicht mich das Gefühl, als ob gerade etwas ganz gewaltig an mir vorbeiliefe. Als ob ich etwas übersehen, an etwas Wichtiges nicht gedacht hätte. Und dann weiß ich es: erster Stock! Franjo hat sich abgeseilt. Und das im wahrsten Sinne des Wortes. Ich renne die Treppe hinunter und sehe gerade noch, wie er in einen roten VW-Beetle steigt. Beherzt hechte ich hinter ihm her, reiße die Wagentür auf und lasse mich auf den Beifahrersitz fallen.

»So einfach werden Sie mich nicht los«, verkünde ich.

Franjo ist weiß vor Wut.

»Verdammt«, sagt er. »Erst hetzen Sie mir Ihren Assistenten, diesen Cornfeld, auf den Hals, und nun reicht es immer noch nicht. Was wollen Sie denn noch wissen? Ich habe dem doch schon alles erzählt.«

Ich atme einmal tief durch. Was hat er da gerade gesagt? Cornfeld ist hier gewesen und hat sich mit ihm unterhalten? Ich glaube es nicht. Mein Assistent recherchiert nicht nur hinter Timo her, sondern arbeitet auch noch heimlich an unserem Fall. Es ist nicht sein oder mein Liebesleben, das ihn davon abhält, meine Anrufe entgegenzunehmen. Er probt den Aufstand und versucht mich auszubooten. Bis ich das verdaut habe, brauche ich einen Augenblick.

»Sie haben ja völlig recht«, sage ich und betrachte Franjos kindliches Profil mit der etwas zu groß geratenen Unterlippe, die seinem Gesicht einen konstant schmollenden Ausdruck verleiht. »Ich wollte es nur noch einmal von Ihnen persönlich hören. Dann steige ich aus und lasse Sie in Ruhe.«

Er presst die Lippen zusammen. »Meinen Sie, das macht mir Spaß, diese Geschichte immer und immer wieder durchzukauen?«

»Nein. Das ist mir schon klar. Aber es wäre wirklich wichtig, wenn Sie es mir noch einmal erzählen könnten«, sage ich und nehme mir fest vor, Cornfeld, wenn ich ihn das nächste Mal treffe, mit glühenden Stricknadeln zu malträtieren. Wie konnte er mich nur in eine so beschissene Lage bringen?

»Was genau wollen Sie wissen?«

Wenn ich das wüsste. »Fangen Sie doch einfach von vorne an«, schlage ich vor.

Er seufzt aus tiefstem Herzen und fährt sich mit der Hand durchs Haar. »Wir sind ausgegangen. Nadine und ich. Wir waren was essen und anschließend bis um zwei in einer Disco. Da bekamen wir dann Krach. Nichts Dramatisches …«

»Worum ging es denn?«

»Um eine andere Frau. Nadine hat behauptet, ich hätte mit ihr geflirtet. Dabei stimmte das gar nicht. Danach hat es mir echt gereicht, und ich wollte heim. Aber Nadine hatte keine Lust. Sie wollte noch was trinken. Und dann sind wir in dieser Scheißkneipe gelandet.«

»Wie heißt die?«

»*Annas Eck*. Ein ganz übler Biker-Treff.«

Er starrt zum Fenster hinaus.

»Wie ging es weiter?«

»Nadine hatte eigentlich schon zu viel intus. Sie hat normalerweise nicht viel getrunken. Aber an dem Abend eben schon. Wohl auch, weil wir uns gestritten hatten. Als wir dort waren, hat sie sich noch ein Bier bestellt, hat die Jukebox angeschmissen und zu tanzen angefangen. Das fanden die Kerle natürlich klasse.«

»War es voll?«

»Ja. Deshalb kann ich mich auch nicht mehr an die vier Typen erinnern. Die müssen aber da gewesen sein.«

»Die Männer, die sie vergewaltigt haben?«, frage ich.

Er nickt. »Nadine war ein lebenslustiger, fröhlicher Mensch. Normalerweise wäre sie nie in so eine Kneipe gegangen. Aber sie wollte mir eins auswischen. Sie wollte mich eifersüchtig machen. Sie war einfach zu beschwipst.«

»Und dann?«

»Hat sie sich von so ’nem Typen auf einen Tisch stellen lassen und dort weiter getanzt.«

»Das war Ihnen unangenehm?«

»Ich wollte gehen. Die Stimmung in dem Laden wurde immer fieser. Die Kerle lachten und machten zotige Bemerkungen. Nadine schien das gar nicht zu merken. Ich habe sie vom Tisch gezerrt. Was weder ihr noch den Männern passte. Nadine fing an, mich zu beschimpfen. Behauptete, ich wäre ein Langweiler, würde keinen Spaß verstehen und ihr keinen gönnen. Dann hat irgendeiner von diesen Idioten sie wieder auf den Tisch gehoben.«

»Und?«, frage ich.

»Dann bin ich gegangen.«

Ich schlucke. »Sie sind gegangen?«

Franjo sieht immer noch aus dem Seitenfenster. »Was glauben Sie, wie oft ich das schon bereut habe. Wie oft ich mir vorgestellt habe, ich wäre geblieben, ich hätte sie überredet, mit mir nach Hause zu kommen.«

»Wissen Sie, was passiert ist, nachdem Sie gegangen sind?«

»Irgendwann wollte Nadine gehen. Der Wirt hat ihr ein Taxi bestellt. Als sie einstieg, folgten ihr drei Männer in den Wagen. Und einer ist auf seiner Harley hinterhergefahren. Sie haben dem Taxifahrer eine Adresse genannt und ihm gedroht, sie würden ihn sich vorknöpfen, falls er der Polizei Bescheid geben sollte.«

»Und dann wurde Nadine tagelang vergewaltigt«, sage ich.

»Und der Scheiß-Typ ist nicht zur Polizei gegangen. Er hätte denen ja nur sagen müssen, wo sie ist. Wo er sie hingebracht hat. Der hat doch genau gewusst, was da abging.«

»Sind Sie sicher? Vielleicht hat er die Situation falsch eingeschätzt? Vielleicht hat er gedacht, sie mache freiwillig mit.«

»Die haben doch schon im Auto angefangen, ihr ständig ins Gesicht zu schlagen und sie zu beschimpfen«, fährt er mich an. »Außerdem hat Nadine den Taxifahrer angesprochen. Sie hat ihn angefleht, ihr zu helfen. Doch das hat den gar nicht interessiert. Der hat überhaupt nicht reagiert. Der hat sich tot gestellt, hat so getan, als wäre er blind und taubstumm.«

In Franjos Worte mischen sich so viel Wut und Verzweiflung, dass ich nicht eine Sekunde an seiner Geschichte zweifle. Was er erzählt, ist kein weiteres Ammenmärchen, kein neues Lügengespinst. Es ist schlicht und ergreifend die Realität. Und die ist zu tragisch, zu traurig und viel zu entsetzlich, um erfunden zu sein.

»Wissen Sie, wo er sie hingefahren hat? Kennen Sie die Adresse?«, frage ich.

»Zu einem leer stehenden, halb verfallenen Bauernhaus in Lilienthal. Nicht weit von Bremen. Dieser Scheißtyp hat genau gewusst, was Nadine da blühte. Der hat doch gesehen, dass da keiner wohnte, dass da niemand war.«

»Aber er hatte Schiss«, stelle ich fest und komme gleich zum nächsten Punkt: »Dann verstehe ich aber nicht so ganz, warum Frau Rieckhof will, dass ich diesen Mann finde. Vermutet sie, dass er mit den Tätern unter einer Decke steckt?«

Franjo beißt sich auf die Unterlippe. »Nein. Das glaube

ich nicht. Sie will nur mit ihm reden, sie will verstehen, warum er sich so verhalten hat, und sie will, dass er sieht, was er Nadine mit seiner Feigheit angetan hat.«

Aha, denke ich. Das ist ja interessant. Endlich erfahre ich mal, warum sie mich wirklich auf diesen Mann angesetzt hat. Und es ist nicht besonders schmeichelhaft, dass sie mich die ganze Zeit für ihre Zwecke benutzt und belogen hat.

»Wussten Sie, dass Frau Rieckhoff behauptet hat, Nadine habe sich in den Fahrer …«

Er winkt ab. »Ja, das weiß ich.«

Während ich durch die schmutzige Windschutzscheibe auf die Straße hinaussehe, überlege ich, was Franjo dazu veranlasst haben könnte, ausgerechnet jetzt mit der Wahrheit herauszurücken.

»Warum haben Sie es erzählt?«, frage ich. »Warum sind Sie nicht bei der angeblichen Liebesgeschichte geblieben?«

Zum ersten Mal dreht er mir sein Gesicht zu. Und in seinen Augen funkeln verletzter Stolz und Zorn. »Zum einen, weil mich geärgert hat, dass Louise überall rumerzählt, Nadine hätte sich in einen anderen Mann verliebt. Und dann bezeichnet sie mich auch noch bei jeder Gelegenheit als den Exfreund ihrer Schwester. Und zum anderen hat Ihr feiner Assistent, dieser Arsch, mir fast den Arm gebrochen.«

Die nächste Überraschung. So etwas hat Cornfeld ja noch nie getan. Seit wann markiert er den harten Kerl und erpresst so Aussagen? Ich verstehe die Welt nicht mehr. Was, um Gottes willen, ist in meinen Assistenten gefahren?

Kapitel 29

Mein Abendessen fällt sehr spartanisch aus. Ich begnüge mich mit zwei Scheiben Toastbrot und einer Dose Ölsardinen. Danach lege ich mich eine halbe Stunde in die Badewanne, platziere eine Kamillenkompresse auf meinem verquollenen Auge und genieße das heiße Wasser und den Duft nach Lavendelöl. Doch die Entspannung ist nicht von Dauer. Mir lässt der Taxifahrer keine Ruhe. Ich begreife nicht, wie er eine Frau und drei Männer mitten in der Nacht seelenruhig zu irgendeiner Adresse fahren konnte, obwohl er genau wusste, was die Typen mit der Frau dort anstellen würden. Letztendlich musste er sogar davon ausgehen, dass die Frau in Lebensgefahr schwebte, dass die Kerle sie umbringen würden. Trotzdem unternahm er nichts. Wie geht das? Wie bringt man es fertig, danach seinen Job zu erledigen, nach Hause zu fahren und sein Leben womöglich mit Frau und Kindern weiterzuleben? So als wäre nichts geschehen. Den fürsorglichen Ehemann und Vater zu mimen, der seine Tochter abends von der Disco abholt. Aus Angst, es könne ihr etwas geschehen. Schließlich weiß er ja, was für Bestien da draußen unterwegs sind.

Ich rege mich über diesen Kerl fast mehr auf als über die Vergewaltiger. Und ich frage mich, ob eine Taxifahrerin genauso reagiert oder als Frau mehr Empathie und vor allem mehr Mut bewiesen hätte.

Allerdings frage ich mich auch, warum die Rieckhof mir nicht die Wahrheit gesagt hat. Hat sie tatsächlich geglaubt, dass es mit Hilfe dieser angeblichen Lovestory einfacher wäre, den Mann zu finden? Hatte sie Angst, ich würde ihn gar nicht erst suchen, wenn ich gewusst hätte, was sie eigentlich von ihm will? Oder geht es ihr gar nicht darum, mit ihm zu reden, wie Franjo behauptet hat? Sondern darum, sich an ihm zu rächen? Ein Gedanke, der mir gar nicht gefällt.

Mit feuchten Haaren und in einen dicken, weißen Frotteebademantel gewickelt, setze ich mich aufs Sofa, schlage die Beine unter und blättere durch eine Frauenzeitschrift, als mein Handy klingelt. Ich starre das Telefon an. Du machst dir keine Hoffnungen, dass das Timo sein könnte, rede ich mir gut zu. Timo existiert für dich nicht mehr. Der ist gestorben. Ein für alle Mal. Ich atme einmal tief durch und melde mich. Trotz meiner guten Vorsätze zittert meine Stimme ein wenig, als ich meinen Namen nenne. Völlig grundlos, wie sich herausstellt. Hans ist dran. Er will wissen, wie es mir geht. Das freut mich, auch wenn ich insgeheim ein klitzekleines bisschen enttäuscht bin. Wir machen Small Talk, reden über mein lädiertes Auge, über das Wetter und einen Film, den er sich gestern Abend im Kino angesehen hat. Dann kommt er zum eigentlichen Grund seines Anrufs.

»Bevor ich es vergesse«, sagt er. »Du bist doch Privatdetektivin, oder?«

»Ja.«

»Heute Nachmittag war ein junger Mann hier, der Timo sprechen wollte. Ich habe ihn zufällig im Hausflur getroffen. Er hat mir seine Karte dagelassen und mich gebeten, sie Timo zu geben. Und jetzt kommt's. Er arbeitet für eine Hamburger Privatdetektei.«

»Für welche?«

»P-Quadrat. Kennst du die?«

»Ja.«

»Seltsamer Name«, findet Hans.

Das finde ich nicht. Schließlich habe ich mir P-Quadrat selbst ausgedacht. Als Abkürzung für meinen Namen. Aber das werde ich Hans nicht auf die Nase binden.

»Die sollen relativ seriös sein, soweit ich weiß«, sage ich stattdessen.

»Gut, dann werfe ich Timo die Karte durch den Briefschlitz. Vielleicht wird sein nächstes Buch ja ein Krimi. Und er hat schon mit den Recherchen begonnen.«

»Könnte sein. Steht eigentlich auch ein Name auf der Karte?«

»Warte, ich guck mal nach.« Er legt den Hörer zur Seite. Nach wenigen Sekunden ist er zurück. »Martin Cornfeld«, verkündet er. »Kennst du den?«

»Nein«, sage ich. »Nie gehört.«

Ich bedanke mich für seinen Anruf und beende das Gespräch. Was, verdammt noch mal, will Cornfeld von Timo? Langsam wird mir die Geschichte unheimlich. Dass er ohne mein Wissen an dem Fall arbeitet, verstehe ich ja gerade noch. In letzter Zeit habe ich mich kaum um ihn gekümmert. Ich habe ihn ziemlich übel beschimpft, weil er heimlich hinter Timo herspioniert hat, und habe ihm sogar mit Rauswurf gedroht. Vielleicht will er mir beweisen, dass er den Fall alleine lösen kann, vielleicht will er zeigen, dass er schlauer ist als seine Chefin. Aber das sind keine Gründe, komplett abzutauchen und sich überhaupt nicht mehr bei mir zu melden. Und vor allem verstehe ich nicht, was er von Timo will. Mit Eifersucht allein ist das nicht mehr zu erklären.

Eine Viertelstunde denke ich darüber nach und rege mich darüber auf. Doch mein Ärger verpufft relativ schnell. Der Tag war zu anstrengend, und ich bin zu müde. Vor dem Fernseher schlafe ich ein. Zwei Stunden später werde ich wach. Und weiß nicht, wovon. Eigentlich ist das auch egal. Ich schalte den Fernseher aus und tapse im Dunkeln durchs Zimmer, als auf der gegenüberliegenden Wand ein kleiner runder Lichtkegel auftaucht. Er huscht über die Zimmerdecke, landet auf meiner rechten Schulter, hüpft wie ein Gummiball auf und ab, schlingert über den Schrank, wischt an der Stuckleiste entlang und bleibt an meiner Lampe hängen. Ich gehe zum Fenster. Vor dem Haus steht ein Mann mit einer Taschenlampe. Timo! Ich kann es nicht fassen. Er ist es tatsächlich! Was macht er da unten? Ist er unter die Piraten gegangen? Gibt er mir Morsezeichen? Weiß er nicht mehr, wie man eine Klingel benutzt?

Ich gehe auf den Balkon. »Willst du nicht raufkommen?«, rufe ich. »Du wirst es nicht glauben, aber ich habe eine funktionierende Türklingel.«

»Ich wusste nicht, ob du schon schläfst, und wollte dich nicht wecken«, ruft er. »Komm doch runter und lass uns spazieren gehen. Die Luft ist so herrlich warm.«

Die Luft ist wirklich erstaunlich mild, und der Mond steht groß und leuchtend am Himmel. Sehr romantisch. Genau die richtige Umgebung, um Timo die Meinung zu sagen. Um ihn mal so richtig auf den Pott zu setzen.

Ich schlüpfe in Jeans, T-Shirt und Turnschuhe und greife nach meiner Jacke. Auf dem Weg nach unten merke ich, wie Wut und Frust der letzten Tage bei der Vorstellung dahinschmelzen, dass *er* da ist. Dass ich ihn angucken, anfassen und mit ihm reden kann. Aber dass die Vernunft gerade baden geht und mir vor Aufregung das Herz bis zum Hals schlägt, verdränge ich geflissentlich.

Als ich Timo auf dem Bürgersteig stehen sehe, versetzt mir sein Anblick einen Stich. Er sieht verdammt gut aus. Genauso, wie ich mir den Mann an meiner Seite vorstelle. Was wäre ich stolz, wenn der Kerl da *meiner* wäre. Wenn ich ihn bei Freunden und Bekannten als *meinen* Freund oder irgendwann sogar als *meinen* Mann vorstellen könnte. Ich möchte abends mit ihm ins Bett gehen und morgens neben ihm aufwachen. Ich möchte mit ihm segeln, reiten, Ski fahren oder was auch immer er an sportlichen Aktivitäten liebt. Ich möchte überhaupt alles mit ihm zusammen machen, und ich möchte, dass er nie wieder aus meinem Leben verschwindet. O Gott, denke ich. Ich hänge die Geschichte schon wieder viel zu hoch. Das kann nur schiefgehen.

Strahlend kommt er auf mich zu und bleibt abrupt stehen.

»Was ist denn mit deinem Gesicht passiert?«

»Eine kleine Zwistigkeit unter Frauen«, sage ich. »Halb so schlimm.«

»Hat das etwas mit deinem Job zu tun?«, fragt er misstrauisch.

»Ja«, sage ich. »Aber es ist das erste Mal, dass so etwas passiert ist. Normalerweise werde ich so gut wie nie in Schlägereien verwickelt.«

»Da bin ich ja beruhigt.«

Er nimmt mich in den Arm und küsst vorsichtig meine

grünlich verfärbte Schläfe. Was ich genieße. Dann hakt er sich bei mir unter. Was ich auch genieße.

Er sagt: »Wir müssen reden«, und zieht mich mit sich die Husumer Straße hinunter.

»Warum bist du nicht zum Salsatanzen gekommen?«, frage ich.

»Ich konnte nicht. Lara, meine Tochter, hatte einen Pseudokrupp-Anfall, sie hat gar nicht mehr aufgehört zu husten, hat keine Luft mehr bekommen und ist fast erstickt. Amelie rief völlig panisch an, weil ihr Freund zurzeit geschäftlich in den USA ist und sie mit den Kindern allein zu Hause war. Da bin ich natürlich gleich losgefahren.«

»Und du konntest mich nicht verständigen?«

»Nein. Sorry«, sagt er. »Ich habe mein Handy zu Hause liegen lassen. Hatte deine Nummer nicht und war dann mit Lara so im Stress …«

»Dass du es vergessen hast.«

»Entschuldige. Aber es war wirklich dramatisch. Wir waren die ganze Zeit im Krankenhaus. Sie hatte hohes Fieber …«

»Ist schon okay«, sage ich und lächele tapfer.

»Aber ich habe dich vermisst.« Er legt den Arm um meine Schultern. »Verzeihst du mir?«

»Gerade mal so eben«, sage ich. »Ich hatte schon befürchtet, es hätte etwas mit deiner Spinnenphobie zu tun.«

»Wie kommst du denn darauf?«, fragt er, und ich spüre, dass er ein Stück von mir abrückt.

»Na ja. Weil du erzählt hast, dass deine Phobie schlimmer geworden ist.«

»Aber so schlimm, dass ich deshalb Termine nicht einhalte und mich völlig ausklinke, nun auch wieder nicht. Du solltest diese Geschichte nicht überbewerten«, sagt er und klingt fast ein wenig beleidigt. So als hätte ich mit dieser Unterstellung an seinem Image gekratzt.

»Diese Phobie«, sage ich. »Die hast du doch schon seit deiner Kindheit. Oder?«

Ein bisschen geniere ich mich dafür, dass ich ihn mit dieser Frage in eine Falle locke. Doch Timo riecht den Braten.

»Warum fragst du?« Er bleibt stehen und mustert mich irritiert.

»Ich war bei Hans«, sage ich. »Also, eigentlich wollte ich zu dir. Da du nicht da warst, habe ich bei ihm geklingelt.« Verlegen betrachte ich meine Schuhspitzen und bitte Hans innerlich um Vergebung. »Er meinte, dass du die Spinnenphobie noch gar nicht so lange hast.«

»Hans ist ein lieber Kerl. Aber manchmal redet er einfach Schrott«, wird Timo ärgerlich und macht eine wegwerfende Handbewegung. »Woher will er wissen, ob ich mich als Kind vor Spinnen gefürchtet habe? Es war in meiner Kindheit nicht so schlimm, das schon. Aber Spinnen habe ich noch nie gemocht.«

»Und deine Frau lebt in Lübeck?«, mache ich gleich weiter.

»Nein. In Bremervörde. Sie ist umgezogen.«

»Ach so.«

»Nun, Frau Privatdetektivin, haben Sie noch mehr Fragen an den Delinquenten?«

Ich schüttele den Kopf.

Mittlerweile haben wir die Abzweigung zur Löwenstraße erreicht.

»Wegen meiner Spinnenphobie mach dir mal keine Sorgen«, sagt er und rückt wieder etwas näher an mich heran.

»Ich habe nämlich einen neuen Therapeuten. Eine richtige Koryphäe. Bei dem mache ich eine Konfrontationstherapie und lerne mit dem Objekt meiner Ängste besser klarzukommen.«

»Wie funktioniert das?«, will ich wissen.

»Man erfährt relativ viel über Spinnen. Um Ängste und Vorurteile abzubauen. Man wird aber auch ganz drastisch mit Spinnen konfrontiert. Beim letzten Mal musste ich mir zum Beispiel Fotos von einer Tarantel ansehen. Immerhin bin ich nicht gleich schreiend aus dem Zimmer gelaufen. Was für mich schon eine reife Leistung ist.«

»Klingt gut«, sage ich und bleibe an der Ecke zum Abendrothsweg stehen. »Wenn wir da vorne rechts abbiegen, kommen wir wieder in die Husumer Straße. Dort kenne ich eine nette Wohnung, die wir gemeinsam aufsuchen könnten.«

Er zieht die Augenbrauen hoch. »So unmoralische Angebote machst du?«

»Daran ist nichts Unmoralisches«, erwidere ich entrüstet. »Ich könnte dir meine Briefmarkensammlung zeigen. Wir könnten über die politische Situation im Nahen Osten reden, über die Klimaerwärmung, den Irak-Krieg und über die Rolle der Frau in islamischen Gesellschaften. Wir könnten aber auch – etwas ganz anderes tun.«

Er runzelt die Stirn. »Da fällt mir die Entscheidung aber echt schwer«, sagt er und zieht mich an sich.

Die Entscheidung ist weder ihm noch mir besonders schwer gefallen. Wir sind noch nicht einmal richtig in der Wohnung, die Tür steht noch halb offen, da fallen wir schon übereinander her, streife ich ihm die Jacke von den Schultern, er mir mein T-Shirt über den Kopf. Aneinander ziehend und zerrend schaffen wir es bis ins Wohnzimmer auf den Flokati. Ich nestle an seinem Gürtel, er an den Knöpfen meiner Jeans. Erregt und wild entschlossen. Ich bin in Unterwäsche, Timo in einer Boxershorts, die ich immerhin schon über seinen wunderbaren Knackpo gezogen habe, als es klingelt. An der Tür. Wir fahren beide hoch. Dabei schlage ich mit dem Knie gegen den Couchtisch. Fluchend stehe ich auf, humple in den Flur, ziehe den Trenchcoat vom Kleiderständer und schlüpfe hinein.

»Herr Rebbelmeier«, schnauze ich meinen Nachbarn an, der mit ein paar Broschüren in der Hand im Hausflur steht. Broschüren über Sicherheitstechnik, wie ich vermute.

»Wissen Sie, was ein Coitus interruptus ist?«, frage ich ihn erbost.

»Ja«, sagt er. »Aber so weit waren Sie noch nicht. Das hätte ich gehört.«

Kapitel 30

Am nächsten Morgen verlasse ich schwebend die Wohnung. Mit dem Mann meiner Träume habe ich die Nacht meiner Träume verbracht. Auch wenn er mich schon morgens um acht verlassen hat, weil seine Musen an ihm zerrten, wie er sich ausdrückte, und er dringend an seinen Schreibtisch musste. So blieb für das gemeinsame Frühstück nicht viel Zeit. Doch das ändert nichts an meinem Zustand. Ich bin einfach nur glücklich. Schwebe im siebten Himmel und hüpfe von einer rosa Wolke zur nächsten. Dabei gab es beim Abschied eine Hürde, die zu nehmen mir nicht leicht fiel. Und die die ganze glückstrunkene Harmonie hätte zunichte machen können: die Dinnereinladung meiner Mutter. Als wir eng umschlungen an der Tür standen, uns nicht voneinander lösen, uns nicht voneinander trennen wollten und konnten, rückte ich zwischen zwei Abschiedsküssen damit heraus. Was mir ausgesprochen unangenehm war. Für ein solches Treffen ist es noch viel zu früh. Und ich hatte Angst, Timo könnte glauben, in der Familie Petry schon als potenzieller Schwiegersohn gehandelt zu werden.

Aber er hat sofort und spontan zugesagt. Was mich riesig gefreut hat. Denn eins weiß ich genau. Timo wird meiner Mutter gefallen, er ist genau ihr Typ.

Selig tanze ich die Treppe hinunter, drehe mich, als ich unten ankomme, zweimal um die eigene Achse, laufe beschwingt durch die Haustür – und pralle frontal gegen Hauptkommissar Nickl. Das Schicksal meint es nicht gut mit mir.

»Frau Petry, ich muss mit Ihnen reden …«

»Was machen denn Ihre Undercover-Aktivitäten?«, unterbreche ich ihn. »Wie viele Biker haben Sie in den letzten beiden Tagen umgebracht? Zwei? Drei? Vier?«

Nickl starrt mich mit zusammengezogenen Augenbrauen an, während ich unauffällig meinen Wagen fokussiere, der nur wenige Meter entfernt am Straßenrand steht. Da will ich hin. Und zwar ganz schnell.

»Sind Sie jetzt völlig übergeschnappt?«, fragt er.

»Ich habe mit Ihrer Schwester, Susanna Schimmel, geredet. Katharina ist Ihre Nichte. Noch so eine Tatsache, die Sie mir verschwiegen haben. Sie haben das Mädchen überredet, zur Polizei zu gehen, waren aber nicht in der Lage, sie zu beschützen, und nun sind Sie auf dem Kriegspfad und murksen die Typen einen nach dem anderen ab.«

Nickls Gesicht wird blass und hart. »Das haben Sie ja fein recherchiert. Da haben Sie ausnahmsweise mal Ihre Hausaufgaben gemacht, Frau Petry. Aber leider die völlig falschen Schlüsse gezogen.«

Er macht einen Schritt auf mich zu. Ich mache einen zurück. Der Typ ist mein Hauptverdächtiger, und ich möchte nicht, dass er mir zu nahe kommt.

»Sie sind derjenige, der mit Katharina über die Vergewaltiger geredet hat. Sie wissen, wie die Kerle aussehen, Sie wissen, wie sie heißen …«

»Und wenn schon«, antwortet er genervt. »Das wissen andere auch.«

Ich mache erneut einen Schritt zurück und habe mich

meinem Auto bis auf einen halben Meter angenähert. Nickl atmet einmal tief durch, so als müsse er sich selbst zur Ruhe zwingen und könne nur mit Mühe Contenance bewahren.

»Wir müssen über den Taxifahrer …«, fängt er wieder an.

Mittlerweile stehe ich direkt neben meinem Wagen, ziehe den Schlüssel aus der Jackentasche und betätige die Fernbedienung. Bevor er reagieren kann, reiße ich den Schlag auf, springe hinein und verriegele die Türen.

Nickl schlägt mit der flachen Hand auf das Autodach. »Seien Sie doch vernünftig. Ich will nur mit Ihnen reden.«

»Ein anderes Mal«, rufe ich und schere aus der Parklücke aus.

Auf dem Weg nach Bremen überlege ich, ob es wirklich eine so gute Idee gewesen ist, Nickl dermaßen schnell abzuservieren. Aber ich habe keine Lust, mich von ihm ausnutzen und als Spürhund missbrauchen zu lassen. Denn wenn er tatsächlich derjenige ist, der die Biker einen nach dem anderen umbringt, dann steht der Taxifahrer, für den er sich so sehr interessiert, ebenfalls auf seiner Liste. Und auch wenn ich diesen Mann für ein ausgemachtes Charakterschwein halte, möchte ich nicht, dass Nickl ihn entmannt und zu Tode quält. Dabei fällt mir auf, dass Nickl ausnahmsweise einmal nicht nach meinem Auftraggeber gefragt hat. Und schon bin ich bei meiner nächsten Verdächtigen. Der guten Frau Rieckhof, die mir Lügengeschichten über ihre angeblich verliebte Schwester erzählt und mich auf eine Horde Vergewaltiger hetzt, ohne mich darüber aufzuklären. Welche Rolle spielt sie bei der ganzen Geschichte? Könnte es sein, dass sie ihre Schwester rächt? Aber wie hat sie dann zum Beispiel Willi gefunden? – *Durch mich!*, fällt mir da auf. Ich habe ihr diese E-Mail geschrieben, in der ich ihr Willi als viel versprechenden Informanten verkauft habe. Damals habe ich sowohl den Zeitpunkt als auch den Ort des Treffens erwähnt. Sie musste nur etwas früher dort sein und ihn in die alte Lagerhalle locken.

Wie aber hat sie vom Aufenthaltsort der anderen Biker erfahren? Dieser Harry beziehungsweise Udo Bockholdt, wie er in Wirklichkeit hieß, hat mir einen Überraschungsbesuch abgestattet, und den anderen Rocker habe ich ein einziges Mal bei einem Überholmanöver auf seiner türkisfarbenen Harley gesehen.

Oder lässt die Rieckhof mich überwachen? Lässt sie mich beim Ausspähen ausspähen? Das kommt mir langsam doch arg konstruiert vor. Mal davon abgesehen, dass ich mir nicht vorstellen kann, eine Frau könnte so bestialische Verbrechen begehen. Weder hat sie die Kraft, noch bringt sie die Brutalität dafür auf. Da müsste sie schon übernatürliche Kräfte entwickeln.

Übernatürliche Kräfte! Das bringt mich auf eine völlig neue Idee. Nadine! Nadine hat allen Grund, diese Männer zu hassen. Und sie hätte unter Umständen die notwendige Kraft und Gewaltbereitschaft. Aber ist sie nicht viel zu verrückt, um so etwas zu tun? Was, wenn sie gar nicht so verrückt ist, denke ich? Verdammt, über einen Mangel an potenziellen Tätern kann ich mich zurzeit wirklich nicht beklagen.

Annas Eck ist eine dieser Kneipen, die zu betreten ich mich richtiggehend überwinden muss. Der Schankraum wirkt dunkel und schmuddelig. Die Wände sind in einem schmutzigen Beige gehalten, auf den Fensterbrettern reihen sich verstaubte, zum Teil verwelkte Topfpflanzen, die so groß und ausladend sind, dass sie dem Raum beinahe das komplette Tageslicht nehmen. Das Inventar stammt aus den Sechzigern. Dunkle, abgenutzte Holzmöbel, Plastikdeckchen und halb heruntergebrannte Kerzen in bauchigen Chianti-Flaschen, die unter dem herabgetropften Kerzenwachs kaum noch auszumachen sind. Die Luft ist abgestanden und stinkt nach kaltem Zigarettenrauch und altem Bratfett.

Neben dem Wirt, der hinter dem Tresen Gläser poliert, zähle ich drei Gäste. Einen Kerl im Biker-Outfit, der am Tresen steht und apathisch in ein Glas Bier starrt, einen Typen, der an einem der Tische sitzt und in eine Motorrad-Zeitschrift vertieft ist, und einen Jungen von vielleicht fünfzehn oder sechzehn Jahren, der mit debilem Gesichtsausdruck Münzen in einen laut dudelnden Spielautomaten wirft.

Ich setze mich auf einen Barhocker. Die Entscheidung, wie ich mich zu diesem Ausflug anziehen sollte, ist mir heute Morgen nicht leicht gefallen. Meine erste Reaktion war, mich als Sexy-Hexi zurechtzumachen. Mit wippendem Pferdeschwanz, enger Lederhose, High Heels, knallengem T-Shirt und ganz viel Farbe im Gesicht. Die Frage war nur: Hätten mir die Jungs die Nummer abgenommen, und wenn ja, hätten sie dann noch mit mir geredet oder mich gleich auf den nächsten Tisch geworfen? Im Kostümchen aufzulaufen, kam auch nicht in Frage. Also habe ich mich für Turnschuhe, Jeans und Lederjacke entschieden. Letzteres als Zugeständnis an die Szene.

»Was soll's sein?«, fragt der Wirt, der so aussieht, wie man sich den Wirt einer solchen Pinte vorstellt. Groß, fett, glatzköpfig mit riesigen Tattoos an den Armen und am Hals. Nur das Gesicht hat der Tätowierer ausgespart. Aber was nicht ist, kann ja noch werden.

»Ein Bier und einen Schnaps«, sage ich und würde mir am liebsten auf die Zunge beißen. Das war eindeutig zu viel der Anpassung. Der Wirt grinst breit, sagt aber nichts. Er stellt beides vor mir ab, und ich versuche es mit einem »Ich-stehe-auf-große-starke-Männer-Lächeln«.

Er verzieht keine Miene.

»Was meinen Sie?«, frage ich. »Sind Frauen bei Ihnen sicher?«

Er macht große Augen. »Wie meinen Sie das?«

»So ganz allgemein«, sage ich. »In Ihrer Kneipe.«

»Klar doch.«

»Auch Frauen, die gern was trinken, die tanzen, vielleicht sogar auf den Tischen, die Spaß haben wollen.«

Seine Augen sind nicht mehr groß und rund, sie sind klein und schmal und wirken sehr misstrauisch. »Was soll das?«

»Das wissen Sie nicht?« Ich nippe an meinem Bier.

»Keine Ahnung, wovon Sie reden.«

»Von einer jungen Frau, die hier vor einem halben Jahr gefeiert hat. Und dann mit dem Taxi heimfahren wollte. Leider sind noch ein paar andere Leute in den Wagen mit eingestiegen …«

Er beugt sich nach vorn, so weit, dass ich die geplatzten Äderchen auf seiner Nase und seinen Wangenknochen erkennen kann.

»Was in irgendwelchen Taxis passiert, interessiert mich nicht. In meiner Kneipe«, sagt er mit dröhnender Stimme, »ist jede Frau sicher. Und übrigens auch jeder Mann. Hier herrscht Ordnung. Und wenn einer spinnt, rumkrakeelt oder das Prügeln anfängt, setze ich ihn vor die Tür. Und zwar höchstpersönlich. Hier gibt es keine Streitereien, keine Raufereien, und hier werden auch keine Frauen belästigt. Oder haben Sie andere Erfahrungen gemacht?«

»Nein, nein«, versichere ich und wundere mich, warum er so laut wird. Ist es ihm wichtig, dass die anderen Gäste trotz des quengelnden Spielautomaten verstehen, was er sagt?

»Und was vor Ihrer Kneipe passiert«, frage ich. »Kriegen Sie das auch mit?«

»Klar. Was auf den Klos passiert, was im Keller, unterm und auf dem Dach passiert, was sie auf dem Mond und in der Karibik so treiben, kriege ich alles mit. Und wenn irgendwo irgendeine Frau in Gefahr ist, greife ich ein. Seitdem ich auf der Welt bin, ist keiner mehr was passiert.« Er tippt sich an die Stirn. »Sie sind doch bescheuert.«

Der Biker, der zwei Meter von mir entfernt sitzt, stiert nicht mehr in sein Glas, sondern grinst blöde zu mir rüber. Sieht so aus, als hätte ihm die kleine Ansprache des Wirts gefallen.

»Da bin ich ja beruhigt«, sage ich und greife nach meinem Bierglas. Der Wirt poliert wieder Gläser, lässt mich aber nicht aus den Augen. Es sieht nicht so aus, als hätte ich die geringste Chance, irgendetwas zu erfahren. Ich sehe mich um. Der Blödmann am Spielautomaten wirft immer noch Münzen in das Gerät, der Kerl, der Zeitung liest, starrt immer noch auf dieselbe Seite und immer noch auf dieselbe Stelle. Der liest nicht, der hört zu. Und der Typ an meiner Seite hat jetzt diesen auf unendlich gestellten Blick, der typisch ist für Leute, die fremde Gespräche belauschen. Die Fahrt nach Bremen hätte ich mir sparen können. Ich schiebe dem Wirt ein paar Münzen über den Tresen und rutsche vom Barhocker. Wortlos verlasse ich den Raum.

Normalerweise wäre ich jetzt völlig frustriert. Mit nichts bin ich noch nie aus einem solchen Gespräch herausgegangen. Irgendetwas habe ich immer in Erfahrung gebracht. Aber offensichtlich habe ich die Jungs falsch angepackt. Vielleicht habe ich mich nicht genügend konzentriert, nicht lange genug nach dem richtigen Ton und dem richtigen Einstieg gesucht? Wer ein so heikles Thema anspricht, sollte sich besser vorbereiten. Doch das ist schwierig, wenn man die ganze Nacht nicht geschlafen hat.

Ich stehe auf dem Bürgersteig vor der Kneipe, genieße die warme Frühlingsluft, beobachte die leicht bekleideten Passanten, die in der Bremer Innenstadt an den Schaufenstern entlangflanieren oder in den Straßencafés sitzen. Und vergesse die Kneipe und meine gescheiterte Mission. Dafür kommen die Erinnerungen. Die Erinnerung an die letzte Nacht, an Timo, an seine Haut, seinen Geruch, sein Lächeln …

»Entschuldigung.«

Neben mir taucht der Junge auf, der eben noch sein ganzes Kleingeld im Spielautomaten versenkt hat. Nur dass jetzt sein einfältiger Gesichtsausdruck verschwunden ist. Und er einen viel wacheren, aber irgendwie auch ängstlichen Eindruck macht.

»Ja?«, frage ich.

»Können wir reden?«

»Klar.«

»Aber nicht auf der Straße.« Er zieht mich in einen schmalen Hauseingang.

»Der Wirt …«

»Ja?«

»Der ist in Ordnung. Aber der kann nicht reden.«

»Wegen der anderen Männer?«

Der Junge schielt immer wieder nervös die Straße hinunter. »Der Freund von dem Mädchen, so 'n Großer mit braunen Haaren …«

»Franjo?«

»Kann sein. Der kommt manchmal, und dann trinkt er zu viel und quatscht zu viel. Er fängt dann an rumzuschreien, dass er die Typen alle umbringen wird, und lauter so 'n Zeug. Und ständig versucht er rauszukriegen, wer die sind. Wie die heißen und wo die wohnen und so.«

»Meinst du die Typen, die das Mädchen vergewaltigt haben?«, frage ich.

Er nickt. »Das ist gefährlich. Nach dem, was alles passiert ist. Und vor einer Stunde war ein Typ da, der hat sich sehr genau nach diesem Franjo erkundigt.«

»Wie sah der Mann denn aus? Der, der nach Franjo gefragt hat.«

»Gefährlich.«

»Gefährlich?«, frage ich. »Wie sieht denn gefährlich aus?«

»Keine Ahnung. Hab ihn nicht gesehen. Der Wirt hat gesagt, der Kerl war nicht sauber.«

»Und warum erzählst du mir das alles?«

»Damit Sie diesen Typen, diesen Franjo warnen. Der soll nicht mehr herkommen. Und der soll aufpassen …«

» … sonst nehmen ihn sich die Rocker vor«, vollende ich seinen Satz.

»Genau.« Wieder sieht er sich hektisch um.

In dem Augenblick verlässt der Mann, der neben mir am Tresen gesessen hat, *Annas Eck.* Der Junge zuckt bei seinem Anblick zusammen, und wir machen beide einen Schritt zurück in den Hauseingang. Der Biker bleibt auf dem Bürgersteig stehen und sieht sich suchend um. Dann geht er in die entgegengesetzte Richtung.

»Kennst du den?«, wende ich mich wieder an den Jungen. Doch neben mir steht niemand mehr. Mein Informant hat es vorgezogen zu verschwinden.

Kapitel 31

Dass der rote Beetle vor dem Haus steht, deute ich als gutes Zeichen. Dass Franjo nicht an sein Handy geht, gefällt mir weniger. Ich klingle. Nichts passiert. Ich klingle noch einmal. Diesmal länger. Wieder nichts. Ich versuche es erneut und lasse den Finger sehr lange auf dem Klingelknopf. Gerade als ich überlege, es vielleicht doch über die Rückseite des Hauses zu versuchen, ertönt der Summer. Wer sagt es denn. Als ich die Treppe hochkomme, steht Franjo an der Tür. Blass und müde hält er sich am Türgriff fest.

»Was wollen Sie?«

»Sie warnen«, sage ich. »Sie sind gerade dabei, sich in *Annas Eck* unbeliebt zu machen. Und das kann ziemlich unangenehm werden.«

Mit versteinerter Miene sieht er mich an, so weiß im Gesicht, dass ich das Gefühl habe, eine Berührung mit dem Finger würde reichen, ihn ins Straucheln zu bringen.

»Was ist mit Ihnen los?«, frage ich. »Geht es Ihnen nicht gut?«

»Doch, doch«, wiegelt er ab. »Es ist alles in Ordnung.«

Nachdem er keine Anstalten macht, mich hineinzubitten, schiebe ich ihn zur Seite und betrete seine Wohnung. Das Erste, was mir auffällt, ist, dass er für einen Mann erstaunlich viel Geschmack bei der Einrichtung bewiesen hat, das Zweite, dass er nicht sonderlich ordentlich ist. Im Flur stolpere ich fast über einen umgekippten goldfarbenen Loomchair, und unter der Art-Déco-Garderobe liegen ein paar Jacken und Mäntel am Boden. Franjo bückt sich nach einer braunen Lederjacke, als ich ein Geräusch in der Wohnung höre.

»Sie haben Besuch?«, frage ich.

»Ein Freund«, erklärt Franjo mit matter Stimme und hängt die Jacke auf. »Es ist jetzt wirklich ganz schlecht. Wir können uns gern ein anderes Mal treffen. Morgen vielleicht?«

Auf seinen Vorschlag gehe ich nicht ein, nehme mein Reizgas aus der Tasche und marschiere in das Zimmer, in dem ich den Besucher vermute. Als ich hereinkomme, dreht er sich zu mir um. Er ist sehr groß, sehr blond und sehr gutaussehend. Ein Baywatch-Typ, mit sonnengebräunter Haut und jeder Menge Körperbewusstsein. Angesichts seiner verwaschenen Jeans und der Turnschuhe gehe ich davon aus, keinen Motorradfahrer vor mir zu haben. Ich stecke das Reizgas wieder weg.

»Hallo«, sage ich.

»Hallo«, antwortet er und schenkt mir ein Lächeln, das irgendwo in der Nähe meines Bauchnabels detoniert. Der Typ weiß, was Frauen wünschen.

»Ich wollte nur kurz mit Franjo reden. Ich bin auch gleich wieder verschwunden.«

»Das wäre schade.« Er deutet auf eine weinrote Samtcouch. »Setzen Sie sich doch.«

»Ich kann wirklich nicht lange bleiben«, sage ich, komme seiner Aufforderung aber dennoch nach.

»Bring uns doch bitte etwas zu trinken«, sagt er zu Franjo und lächelt dem Jungen aufmunternd zu.

Kaum hat Franjo das Zimmer verlassen, habe ich wieder

seine volle Aufmerksamkeit. »Ich bin Holger, Franjos Cousin.« Er setzt sich neben mich. Selbst bei einem Abstand von einem halben Meter ist seine körperliche Präsenz deutlich zu spüren.

»Wie heißen Sie?«, fragt er.

»Pia.«

»Schöner Name. Passt zu Ihnen.« Und wieder ist da dieses Lächeln, das mich aus der Fassung bringt, blitzt hinter seinen Jacketkronen eine geballte Ladung Proletencharme auf. Ich schaffe es nicht, seinem Blick standzuhalten.

»Sie haben sehr schöne Augen, Pia. Wissen Sie das eigentlich?«

»Das hat schon mal jemand erwähnt«, sage ich und merke entsetzt, dass ich rot werde.

»Woher kennen Sie Franjo eigentlich?« Er fummelt ein Päckchen Zigaretten aus seiner Brusttasche, hält sie mir auffordernd hin und mustert mich aus Augen, deren blaue Farbe zu intensiv ist, um echt zu sein.

Ich lehne dankend ab. »Wir haben uns in *Annas Eck* kennengelernt«, behaupte ich.

Überrascht zieht er die Augenbrauen hoch.

»Ich bin da einmal aus Versehen gelandet, und Franjo hat mich dann …«

»… gerettet«, sagt Holger.

Ich lache. »Genau.«

Er steckt sich eine Zigarette zwischen die Lippen. Zündet sie aber nicht an.

»Weshalb sind Sie vorbeigekommen, Pia?«

»Das ist privat.«

»So privat, dass Sie es mir nicht erzählen können.«

»Exakt.«

»Sehen Sie«, er nimmt den Glimmstängel wieder aus dem Mund. »Ich bin so etwas wie Franjos großer Bruder. Und nach dem, was mit seiner Freundin passiert ist, möchte ich nicht, dass er irgendwelchen Ärger bekommt. Oder ihn irgendjemand in Schwierigkeiten bringt.«

»Ich habe nicht vor, ihn in Schwierigkeiten zu bringen.«

»Dann sagen Sie mir einfach, was Sie von ihm möchten.« Er kommt mir so nah, dass ich glaube, das Testosteron riechen zu können, das ihn wie eine Dunstglocke umgibt.

»Ich wollte mit Franjo über *Annas Eck* reden. Er geht da wohl manchmal hin, trinkt zu viel und fängt an, die Gäste zu nerven.«

»Und das mag der Wirt nicht?«, fragt Holger.

Ich nicke.

»Hat der Wirt Ihnen sonst noch etwas erzählt?«

»Nein. Der Typ war nicht besonders gesprächig.«

»Und deswegen sind Sie extra vorbeigekommen?«

»Ja. Eigentlich schon«, sage ich und stehe auf. Er greift nach meinem Arm und zieht mich sanft, aber mit Nachdruck wieder zu sich hinunter.

»Seit der Geschichte mit seiner Freundin«, sagt er leise und wirft einen Blick zur Tür, bevor er weiterspricht, »hat sich der Junge sehr verändert. Er hat das nicht verkraftet. Er macht sich Vorwürfe, hat Schuldgefühle. Ich habe das am Anfang nicht so ernst genommen. Aber langsam glaube ich, dass er Hilfe braucht. In manchen Situationen reagiert er mittlerweile unglaublich aggressiv, fast schon gewalttätig. Er verliert dann völlig die Beherrschung. Als ob er gar nicht mehr er selbst wäre. Verstehen Sie?«

Mit großen Augen sehe ich ihn an. Was will er mir da gerade sagen? Dass Franjo gefährlich ist?

»Ich bin mir nicht sicher«, fährt er fort, »wozu der Junge fähig ist, wenn er solche Ausraster hat. Man muss ihn nicht nur vor anderen, sondern auch vor sich selbst schützen. Er sollte unbedingt eine Therapie machen …«

Als Franjo mit einem Tablett hereinkommt, auf dem zwei Gläser und zwei Flaschen Holunderbionade stehen, wechselt Holger sofort das Thema. Er lehnt sich in die Polster zurück und steckt die Zigarette wieder in die Packung.

»Franjo. Was hältst du davon, wenn wir Pia mit ins Kino nehmen?« Und an mich gewandt: »Wir wollten nämlich nachher ins Kino. Was meinen Sie, haben Sie Zeit, kommen Sie mit?«

»Das ist sehr nett«, sage ich und stehe auf. »Aber ich habe noch ein paar Sachen zu erledigen und sollte mich langsam mal auf den Weg machen.«

Holger erhebt sich auch. »Schade«, sagt er und reicht mir die Hand. »Vielleicht sehen wir uns ja mal wieder.«

»Ja«, sage ich. »Vielleicht.« Und stolpere beim Rausgehen fast über meine Tasche, die ich am Boden abgestellt hatte.

»Ich bringe Sie hinaus.« Franjo folgt mir in den Flur. Als er die Wohnungstür öffnet, habe ich das deutliche Gefühl, er wolle mir etwas sagen. Doch dann taucht Holger hinter uns auf, und Franjo scheint es sich anders zu überlegen.

»Kommen Sie gut heim«, sagt er.

Ich sage »tschüs«, verlasse die Wohnung und drehe mich noch einmal zu ihm um. Da hat er die Tür schon fast geschlossen und den Kopf abgewandt. Ich sehe sein Gesicht im Profil. Nicht lange. Aber lange genug, um das Blut zu registrieren, das in einem dünnen Rinnsal aus seinem Ohr sickert.

Völlig aufgelöst stolpere ich die Treppe hinunter. Wieso blutet der Junge? Ist sein Trommelfell geplatzt? Oder noch schlimmer, ist das Blut Folge einer ernsthaften Schädelverletzung? Verdammt, was unternehme ich bloß? Die Polizei rufen? Und mich womöglich lächerlich machen. Zwei Streifenbeamte anfordern, die dann feststellen werden, dass alles ganz harmlos ist und ich eine Vollidiotin bin.

Ich sitze in meinem Wagen und hadere mit mir und meinem Schicksal. Gerade als ich mich entschließe, doch die Polizei anzurufen, verlässt Holger das Haus. Er geht die Straße hinunter und steigt fünfzig Meter von mir entfernt auf ein Motorrad. Als er zwischen den geparkten Autos hindurch auf die Straße abbiegt und mit laut röhrendem Motor davonfährt, erkenne ich Marke und Farbe der Maschine. Es ist eine Harley, und sie ist metallicblau. Mein Beachboy ist also doch ein Biker. Und zwar der Biker, der mir brennendes Papier durch den Briefschlitz geworfen hat.

Mir wird ganz anders. Wer so etwas tut, dem ist auch weitaus Schlimmeres zuzutrauen. Panisch springe aus meinem Wagen, renne über die Straße und klingle bei Franjo Sturm. Er öffnet nicht. Vielleicht kann er das gar nicht mehr. Vielleicht wurde er so brutal zusammengeschlagen, dass er nie wieder in seinem Leben eine Tür öffnen wird.

Ich tippe die 110 in mein Handy und erkläre dem Beamten, wo ich bin und was passiert ist. Beziehungsweise was ich befürchte, dass passiert ist. Dann laufe ich zur Rückseite des Hauses.

Franjo wohnt im ersten Stock, und dank des guten Wetters steht seine Balkontür offen. Wenigstens eine gute Nachricht für den heutigen Tag. Die einzige Möglichkeit, da hochzukommen, führt über den Wintergarten der darunterliegenden Parterrewohnung. Rechts neben dem Glasvorbau entdecke ich einen völlig verrosteten, fahrbaren Metallgrill, daneben einen Stapel weißer Plastikstühle. Ich nehme mir einen der Stühle, klettere darauf, springe nach oben und bekomme die Kante zu fassen. Prima. Jetzt hänge ich da wie ein Schinken in der Räucherkammer. Das kommt mir doch bekannt vor.

Drei Anläufe brauche ich, bis ich mich so weit nach oben gezogen habe, dass ich ein Bein auf das Dach legen und mich hochhieven kann. Vorsichtig robbe ich über das völlig verdreckte Glas und bete, dass ich nicht einbrechen und in einer Wolke aus Glasscherben auf dem Esstisch der Nachbarn landen werde.

Meine Gebete werden erhört, und ich erreiche ohne Zwischenfall die Brüstung, schwinge mich darüber und lande, von oben bis unten mit Erde, Spinnweben und vergammelten Blättern bedeckt, auf dem Balkon. Nachdem ich mir den Dreck von der Kleidung gewischt habe, ziehe ich die Balkontür ein Stück auf und spähe in Franjos Schlafzimmer. Das Bett ist ungemacht, der Schrank steht offen, drei Paar Schuhe sind kreuz und quer über den ganzen Boden verteilt. Von Franjo ist nichts zu sehen und nichts zu hören.

Laut seinen Namen rufend, nähere ich mich dem Flur, erhalte aber keine Antwort. Scheiße, denke ich, hoffentlich lebt er noch.

Im Wohnzimmer finde ich ihn. Eingeklemmt zwischen dem umgestürzten Tisch und dem Sofa, liegt er ausgestreckt am Boden. Mit geschlossenen Augen und einem Gesicht, das so wächsern und blass aussieht, dass ich befürchte, er könne tot sein. Die Haut um sein rechtes Auge herum ist stark gerötet, er blutet aus der Nase und aus einem Riss an der Augenbraue. In seiner Ohrmuschel hat sich eine kleine Pfütze geronnenen Blutes gesammelt.

Erleichtert höre ich, dass er stöhnt. Wenigstens ist er noch am Leben. Ich ziehe den Tisch zur Seite, knie mich neben ihn und lege ihm behutsam die Hand auf den Arm. Er verzieht das Gesicht, und sofort fängt die Wunde an der Augenbraue an zu bluten.

Holger hat wirklich ganze Arbeit geleistet. Schlägt den Jungen zusammen und gaukelt mir den Beschützer vor. Behauptet allen Ernstes, Franjo entwickle psychopathische Charakterzüge, und, was das Schlimmste ist, flirtet mich dabei in Grund und Boden. Der Typ, der fast meine Wohnung abgefackelt hat. Ich habe selten einen Menschen getroffen, der andere so perfekt manipulieren konnte. Und mir wird klar, welche Rolle er bei den Vergewaltigungen gespielt hat. Holger war die Fliegenfalle, nicht die Harleys. Auf ihn sind die Mädchen reingefallen, von ihm haben sie sich einwickeln und zu einer Spritztour überreden lassen. Auf ihn haben sie sich eingelassen. Und mir ist es genauso ergangen.

Franjo bewegt sich, und ich beuge mich zu ihm.

»Die Polizei und der Krankenwagen sind unterwegs«, sage ich.

»Haben Sie Schmerzen?«

Seine Augenlider flattern, er versucht den Kopf anzuheben und murmelt etwas. Ich kann ihn nicht verstehen.

»Nicht bewegen«, sage ich. »Das ist zu anstrengend.«

Doch er lässt sich nicht davon abbringen und versucht es erneut. Diesmal beuge ich mich ganz weit zu ihm hinunter, bis sich mein Ohr direkt über seinem Mund befindet. Und jetzt verstehe ich auch, was er mir sagen will.

Kapitel 32

Mit 180 Stundenkilometern rase ich über die Autobahn und kann nur hoffen, dass ich schneller bin als dieser Holger. Kurz nach Sittensen leuchtet mein Benzinanzeiger auf. Ich registriere es zwar, vergesse es aber schon im nächsten Moment. Ich muss unbedingt mit der Rieckhof telefonieren. Was gar nicht so einfach ist.

Erst nachdem ich alle gespeicherten Nummern von ihr durchprobiert habe, erreiche ich sie endlich unter ihrem privaten Anschluss. Ich erzähle ihr, was passiert ist, und bitte sie, niemanden in die Wohnung zu lassen, bis ich bei ihr eingetroffen bin. Danach versuche ich es bei Cornfeld. Und bin völlig konsterniert, als ich plötzlich seine Stimme am Ohr habe.

»Sie leben noch«, belle ich ins Telefon. »Das freut mich ungemein. Ich hatte schon mit dem Schlimmsten gerechnet.«

»Da Sie ja zurzeit völlig in Ihrem Privatleben aufgehen, habe ich den Fall alleine gelöst.«

»Sie haben was?«, rufe ich ins Telefon, passe eine Sekunde nicht auf und steige gerade noch rechtzeitig auf die Bremse, um nicht auf einen Laster aufzufahren.

»Sie haben den Fall gelöst?«, wiederhole ich. »Das glauben Sie doch selbst nicht.«

»Aber sicher«, antwortet er selbstgefällig. »Ich weiß,

wer der Taxifahrer ist. Ich weiß, wie er heißt und wo er wohnt.«

Mir verschlägt es die Sprache. Ich bremse den Wagen auf 120 Stundenkilometer herunter und wechsle auf die rechte Spur. »Noch einmal für Doofe. Sie wissen, wer der Taxifahrer ist. Kommen aber nicht auf die Idee, mich anzurufen.«

»Nickl hat versucht, mit Ihnen zu reden. Aber Sie sind ja mit anderen Dingen beschäftigt.«

»Bin ich das?«, schreie ich wütend. »Soll ich Ihnen mal sagen, womit ich die letzte Viertelstunde beschäftigt war? Mit Franjo! Auf den eines dieser Schweine so lange eingeprügelt hat, bis er die Adresse der Rieckhof ausgespuckt hat. Was glauben Sie, warum der Typ das getan hat? Und was glauben Sie, wohin der gerade auf seiner Harley unterwegs ist?«

»Ach du Scheiße«, sagt Cornfeld und klingt auf einmal ziemlich kleinlaut.

»Ich bin auf der A 1 nach Hamburg. Auf der Höhe von Hittfeld«, sage ich und atme einmal tief durch. »Fahren Sie jetzt sofort zur Rieckhof. Melden Sie sich vorher telefonisch bei ihr an, damit sie Ihnen aufmacht. Sie soll diesen Typen auf keinen Fall ins Haus lassen. Und informieren Sie mich umgehend, wenn Sie dort sind.«

»Alles klar«, sagt Cornfeld und legt auf.

Ich rufe ihn gleich wieder an.

»Verdammt«, schnauze ich ihn an. »Haben Sie nicht was vergessen?«

»Was denn?«

»Wie heißt der Taxifahrer? Und wo wohnt er?«

»Der heißt Lorscheider. Timo Lorscheider. Von Beruf Autor. Künstlername: Timo Hildebrand. Wohnhaft in der Friedensallee in Altona. Geschieden, zwei Töchter …«

»Das kann nicht sein«, sage ich perplex.

»Es ist eindeutig. Nickl war bei dem Taxiunternehmer. Der hat höchstpersönlich in seinen Unterlagen nachgesehen.«

»Nickl?«, frage ich und verstehe überhaupt nichts mehr. Wieso ist Nickl bei Schöller und Sohn gewesen? Woher wusste er, dass dieser Taxifahrer dort gearbeitet hat? Dann dämmert mir, was passiert ist, und mein Adrenalinpegel schnellt in ungeahnte Höhen.

»Der Taxiunternehmer ist ein Kumpel von ihm«, erzählt Cornfeld seelenruhig weiter. »Die kennen sich noch aus der Schule ...«

»Sie arbeiten mit Nickl zusammen? Sie haben ihm Informationen gegeben?«, frage ich fassungslos.

»Ohne Nickl hätten wir das niemals rausgekriegt ...«, verteidigt er sich.

»Nickls Nichte ist eines der Vergewaltigungsopfer. Und zwar das Mädchen, das umgebracht worden ist«, brülle ich ihn an. »Und Nickl ist als einsamer Rächer und Killer unterwegs, und Sie haben ihm mal so eben den Taxifahrer ans Messer geliefert.«

»Das wusste ich nicht ...«

»Was war der Preis? Was hat Nickl für die Info haben wollen?«

Auf der anderen Seite ist außer heftigen Atemgeräuschen nichts zu hören.

»Cornfeld«, rufe ich. »Was haben Sie ihm gegeben?«

»Den Namen unserer Auftraggeberin.«

»Ich fasse es nicht.«

Mir reicht es. Ich beende die Verbindung und hacke panisch Timos Telefonnummer in mein Handy. Es muss sich um eine Verwechslung handeln. Timo hat garantiert nichts mit diesen Vergewaltigungen zu tun. Das glaube ich einfach nicht. Ich muss ihn erreichen, ich muss ihn warnen. Denn ich möchte mir nicht ausmalen, was passiert, wenn die Rieckhof oder Nadine oder Nickl oder irgendein anderer von diesen Wahnsinnigen ihn in die Finger bekommen.

Kapitel 33

Zwanzig Minuten später treffe ich vor dem Haus der Rieckhof in Marienthal ein. Während der ganzen Fahrt habe ich im Minutentakt versucht, Timo zu erreichen. Doch sein Telefon ist ausgestellt.

Drei Nachrichten habe ich ihm auf seiner Mailbox hinterlassen. Beim ersten Anruf bitte ich ihn, mich unbedingt anzurufen. Und zwar bevor er irgendetwas unternimmt. Beim zweiten Mal erinnere ich ihn daran, dass wir heute Abend bei meiner Mutter zum Abendessen eingeladen sind. Und er sich auf keinen Fall umziehen muss. Es also keinen Grund gibt, nach Hause zu gehen. Beim dritten Versuch weise ich erneut daraufhin, dass er sich auf jeden Fall erst mit mir in Verbindung setzen muss, bevor er irgendwo hingeht. Wenn Timo das abhört, wird er denken, ich sei völlig durchgeknallt.

Ich steige aus meinem Wagen und stelle mit Erleichterung fest, dass weit und breit keine metallicblaue Harley zu sehen ist. Entweder habe ich Holger überholt, oder er hat Probleme, die Adresse zu finden. Was ihm als Bremer in Hamburg tatsächlich nicht so leicht fallen dürfte.

Als ich die Treppe zu Rieckhofs Wohnung hochgerannt komme, immer zwei Stufen auf einmal nehmend, bin ich erleichtert, Cornfeld in der offenen Wohnungstür stehen zu sehen. Ich hüte mich aber, ihm das auch zu zeigen.

»Sollten Sie mich nicht anrufen, sobald Sie hier sind?«, fahre ich ihn zur Begrüßung an.

»Aber ich bin doch gerade erst gekommen.«

Ich gehe so dicht an ihn heran, dass ich mit der Nasenspitze fast sein Kinn berühre. »Sie bespitzeln meinen Freund, recherchieren hinter meinem Rücken, arbeiten mit Nickl zusammen und sind tagelang unauffindbar«, zische ich ihn an. »Das hat ein Nachspiel. Wenn Timo irgendetwas passiert …«

Die Rieckhof taucht hinter meinem Assistenten im Flur auf, und ich breche ab.

»Frau Petry. Kommen Sie bitte.«

Im Wohnzimmer erwartet mich die nächste Überraschung. Nickl steht mit verschränkten Armen vor einem der bodentiefen Fenster und mustert mich mit dem überheblichen Blick eines Platzhirsches, der nicht vorhat, sich sein Revier streitig machen zu lassen. Er trägt eine schwarze Jeans, ein kariertes Hemd und ein Schulterholster, in dem eine Pistole steckt.

Wütend werfe ich Cornfeld einen Blick zu. Auf den er sofort reagiert.

»Ich habe ihn nicht angerufen«, flüstert er mir zu.

Außer der Rieckhof, Nickl und Cornfeld ist noch Nadine anwesend, die mit ihrem kahl geschorenen Schädel blass und schmal auf einem Sessel sitzt. Sowie Dr. Janson, der hinter ihr steht und die Hände beschützend auf ihre Schultern gelegt hat.

Da hat sich die Rieckhof ja richtig Verstärkung geholt. Wie hat sie es nur geschafft, all diese Leute in so kurzer Zeit in ihrer Wohnung zu versammeln? Janson scheint nach ihrem Anruf fluchtartig das Krankenhaus verlassen zu haben.

Er hat es noch nicht einmal geschafft, seinen Kittel auszuziehen.

Mir kommt die Szene auf der Baustelle in Erinnerung, als die Rieckhof den jungen Arbeiter zusammengestaucht hat. Sie ist der Boss, denke ich, die Autoritätsperson. Sie zieht hier die Strippen.

»Was ist mit Franjo?«, fragt sie mich.

»Er ist im Krankenhaus. Genaues können die Ärzte aber erst sagen, wenn er geröntgt wurde.«

»Armer Junge«, murmelt Janson, der den Blick fest auf Nadines dunkelrote Narbe gerichtet hält.

»Der Mann, der ihn zusammengeschlagen hat, wie sieht der aus?«, will Nickl wissen.

»Groß, blond, braun gebrannt«, antworte ich knapp.

Nickl reibt sich nachdenklich die Nase. »Sollte der wirklich hier auftauchen, könnte es unangenehm werden, und ich kann nicht für die Sicherheit so vieler Personen garantieren …«

»Dann holen Sie doch die Polizei«, schlage ich vor.

»Ich bin von der Polizei«, erwidert er gereizt.

»Sie sind von dem Fall suspendiert.«

»Das spielt überhaupt keine Rolle«, mischt sich die Rieckhof ein. »Ich bin sehr froh, dass Herr Nickl bei uns ist.«

Na super. Das ist die Folge von Cornfelds umsichtiger Informationspolitik: Allianzen, die es nicht hätte geben dürfen. Somit ist klar, dass die Rieckhof weiß, was Nickl weiß. Zum Beispiel, wie der Taxifahrer heißt und wo er wohnt. Und wenn die beiden es wissen, ist Timo in Gefahr. Völlig unabhängig davon, ob er tatsächlich der gesuchte Taxifahrer ist oder nicht.

»Sie könnten bei Ihren Kollegen Verstärkung anfordern«, schlägt Cornfeld vor.

»Vergessen Sie's«, mischt sich Janson ein. »Die Polizei kommt immer erst, wenn schon jemand in seinem Blut liegt. Vorher rühren die keinen Finger. Und wenn sie die Täter dann doch mal schnappen, kommen die nicht in den Knast, sondern zu uns nach Ochsenzoll.«

Nickl wirft ihm einen abschätzigen Blick zu. Die beiden scheinen keine Freunde zu sein.

»Sollte man Nadine die Konfrontation nicht ersparen?«, wende ich mich leise an Janson.

»Keine Angst«, flüstert er zurück. »Ich passe schon auf sie auf.«

Gerade als Nickl einen erneuten Vorstoß wagt, unsere kleine Runde aufzulösen, klingelt es. Schlagartig verstummt das Gespräch.

»Alle verschwinden ins Schlafzimmer«, übernimmt Nickl nach einer Schrecksekunde das Kommando, zieht die Waffe und deutet damit auf eine weiß lackierte Tür im hinteren Teil des Zimmers. Dann nickt er der Rieckhof zu. »Sie machen auf.«

Es klingelt zum zweiten Mal. Die Rieckhof geht in den Flur, dicht gefolgt von Nickl, der sich mit der Pistole im Anschlag direkt neben der Tür postiert. Cornfeld bleibt im Wohnzimmer zurück, der Rest von uns versteckt sich im Schlafzimmer.

Dr. Janson lehnt die Tür an und stellt sich daneben, derweil Nadine auf dem Bett sitzt und apathisch auf den Teppichboden starrt. Während ich Janson beobachte, dessen Kopf immer wieder ruckartig nach vorne zuckt, wenn er durch den Türspalt linst, beschleicht mich das seltsame Gefühl,

Zuschauer einer Theateraufführung zu sein. Als liefe alles nach einer einstudierten Choreographie ab. Als wüsste hier jeder, was er zu tun hat. Als wäre das Teil eines Planes. Und mir wird klar, dass alle Personen, die als Mörder in Frage kommen, genau in diesem Augenblick in dieser Wohnung versammelt sind. Und dass Timo so lange in Sicherheit ist, wie keine dieser Personen die Wohnung verlässt.

Draußen sind Stimmen zu hören. Erst undeutlich, dann klar und verständlich. Wahrscheinlich hat die Rieckhof den Besucher ins Wohnzimmer geführt.

»Wir haben gar keinen Gasanschluss«, sagt sie.

»Wir sind von den Nachbarn benachrichtigt worden, dass es nach Gas riecht. Dem müssen wir nachgehen.«

Das ist eindeutig Holger.

»Nehmen Sie die Hände hoch!«, höre ich Nickl.

»Was soll das?«, schimpft Holger. Und dann sind Geräusche wie von einem Gerangel zu hören, ein Scheppern, ein dumpfer Knall und ein lauter Fluch, der sich anhört, als habe Cornfeld ihn ausgestoßen. Danach höre ich wieder Nickls Stimme. »Frau Petry, kommen Sie bitte.«

Als ich das Wohnzimmer betrete, sitzt Holger auf einem Sessel, mit auf den Rücken gebundenen Händen. Er trägt einen Blaumann, zu seinen Füßen liegt ein umgekippter Werkzeugkasten. Nickl hält ihm die Pistole an den Kopf, während Cornfeld daneben steht und mit schmerzverzerrtem Gesicht seine obere Zahnreihe abtastet. An seinem Mundwinkel klebt Blut.

»Ist er das?«, fragt mich Nickl und deutet auf Holger.

Ich nicke.

»Was soll dieser Schwachsinn eigentlich?«, schimpft Holger. »Wie kommen Sie dazu …«

In dem Augenblick betritt Nadine das Zimmer. Und kaum sieht sie Holger, schreit sie. In einem grauenhaften, unerträglich hohen, wimmernden Ton, der Gläser zum Zerspringen bringen könnte.

Holger mustert Nadine kalt lächelnd. »Was regst du dich auf? Dir hat es doch Spaß gemacht. Du armselige kleine Nutte.«

Fassungslos starre ich Holger an. Starre in sein Gesicht. Starre in diese fiese, arrogante Visage, in der sich so viel unverhohlene Bösartigkeit spiegelt, dass mir kalt und übel wird. Und noch während ich ihn anstarre, lösen sich seine Gesichtszüge auf, wird seine Überheblichkeit wie ein Brotkrümel vom Tisch gewischt und macht einem Ausdruck großen Erstaunens Platz. Ohne dass ich begreife, warum. Erst dann registriere ich das Loch auf seiner Stirn. Seinen Blick, der ins Nirgendwo abdriftet, seinen Oberkörper, der nach hinten gerissen wird, die Fontäne von Blut und Gehirnmasse, die gegen die weiße Wand spritzt.

»Nickl, sind Sie wahnsinnig?«, brülle ich instinktiv. Doch Nickl kann es nicht gewesen sein. Von seinem Standort aus hatte er keine Chance, Holger frontal in die Stirn zu treffen. Die Rieckhof steht leicht nach vorne gebeugt da und hat sich beide Hände vor den Mund geschlagen. Während Cornfelds Gesicht von einem Ausdruck großer Verblüffung geprägt ist, mit weit aufgerissenen Augen und einem Mund, der leicht offen steht und den Blick auf die blutende Zahnlücke freigibt. Janson hingegen scheint von Holgers Anblick völlig unberührt. Mit verkniffenem Mund und schmalen Augen mustert er die Leiche und zeigt keinerlei Gefühlsregung.

Was man von Nadine nicht behaupten kann. Sie schreit

immer noch. Mit zurückgeworfenem Kopf und geschlossenen Augen. Sie hält die Waffe immer noch in der Hand. Immer noch auf Holger gerichtet. So als befürchte sie, er könne wieder aufstehen, er könne ihr wieder zu nahe kommen und sie erneut in den Abgrund reißen.

Kapitel 34

Die ermittelnde Hauptkommissarin ist eine alte Bekannte: Theresa Fahrenkamp. Sobald sie und ihre Kollegen eingetroffen sind, müssen wir die Wohnung verlassen und uns zur Feststellung der Personalien im Treppenhaus bereithalten. Obwohl wir erst auf dem Präsidium verhört werden sollen, hat die Fahrenkamp sich wie ein Racheengel vor Dr. Janson aufgebaut und schießt kleine, böse Fragen wie giftige Pfeile auf ihn ab.

»Das ist tatsächlich Ihre Waffe?«, fragt sie schneidend.

Janson nickt. »Wissen Sie, ich habe eine Zeit lang in Namibia gelebt. Da braucht man so etwas …«

»Wie ist Ihre Patientin an die Pistole gekommen?«, unterbricht sie ihn scharf.

»Ich hatte sie in meinem Mantel. Nadine muss sie heimlich an sich genommen haben.«

Die Fahrenkamp stöhnt auf. »Das gibt es doch nicht.«

»Es tut mir leid. Aber ich fürchtete, dass früher oder später einer von diesen Typen Nadine ausfindig machen könnte. Daher hatte ich die Waffe in letzter Zeit immer dabei …«

Ich stehe nur wenige Meter von den beiden entfernt und versuche möglichst viel von dem Gespräch mitzubekommen. Was die Fahrenkamp veranlasst, mich mehrmals darauf hinzuweisen, dass ich mehr Abstand halten soll. Eine Aufforderung, der ich nicht wirklich nachkomme.

Während die in weiße Overalls gekleideten Beamten der Spurensicherung ein und aus gehen, den Tatort fotografieren, Fingerabdrücke nehmen und ihre üblichen Tests machen, schiele ich immer wieder auf mein Handy. Keine Nachricht von Timo. Was mich umso mehr beunruhigt, da Nickl verschwunden ist. Wo sich die Rieckhof befindet, weiß ich. Sie wird von einer Polizeipsychologin betreut, Cornfeld von einem Sanitäter verarztet. Aber wo steckt Nickl?

Als der schmale Metallsarg aus der Wohnung getragen wird, muss ich ein paar Schritte zurücktreten, um Platz zu machen. Für Holger kam jede Hilfe zu spät. Er war sofort tot. In Nadines Augen wahrscheinlich eine zu schnelle und zu humane Art des Sterbens. Doch ob sich Nadine überhaupt Gedanken darüber macht, ist schwer zu sagen. Seit der Tat war sie nicht mehr ansprechbar und ist schon eine Viertelstunde nach Eintreffen der Polizei nach Ochsenzoll gebracht worden.

Die Fahrenkamp wirft mir immer wieder misstrauische Blicke zu, während sie sich mit Dr. Janson unterhält. Sie war nicht sonderlich erfreut, mich und meinen Assistenten am Tatort vorzufinden. Entsprechend ruppig ist ihr Ton. Ich möchte allerdings nicht wissen, wie ruppig sie wird, wenn sie sich Nickl vornimmt. Falls sie ihn überhaupt zu fassen kriegt. Langsam verliere ich die Geduld. Ich habe keine Lust mehr, hier herumzustehen und zu warten. Schon gar nicht, wenn ich weiß, dass Nickl hinter Timo her ist. Mit einem möglichst gelangweilten Gesicht mache ich ein paar Schritte zur Treppe hin.

»Frau Petry«, ertönt die Stimme der Fahrenkamp. »Ich bin noch nicht fertig mit Ihnen.«

»Alles klar«, rufe ich, winke ihr freundlich zu und lehne mich gegen das Treppengeländer. Als sie sich wieder Janson zuwendet und ein weiterer Trupp von weiß gewandeten Menschen die Treppe hinaufkommt, zwänge ich mich an ihnen vorbei und gehe sehr zügig und sehr leise die Stufen hinunter. Draußen angekommen, laufe ich zu dem Krankenwagen, der vor dem Haus parkt. Cornfeld sitzt mit leidender Miene auf dem Beifahrersitz und drückt sich einen Eisbeutel auf den Mund.

»Wissen Sie, wo Nickl ist?«, frage ich und sehe mich hektisch um.

Er schüttelt den Kopf und nuschelt etwas, das wie »Ich glaube, der ist abgehauen« klingt.

Mein Handy klingelt. Timos Nummer erscheint auf dem Display. Vor Erleichterung wird mir ganz flau.

»Pia, wir müssen …«, sagt Cornfeld.

»Später!« Ich winke ihm zu, klappe das Handy auf und laufe zu meinem Wagen.

»Wo bist du?«, rufe ich.

»In Altona. Am Bahnhof.«

»Bleib dort, ich komm dich holen.«

Obwohl mein Benzinanzeiger schon seit geraumer Zeit orangefarben leuchtet, fahre ich an jeder Tankstelle vorbei, die ich auf dem Weg nach Altona passiere. Ich habe keine Nerven und keine Zeit für so profane Dinge wie Tanken. Ich will nur eins: so schnell wie möglich zu Timo. Es wird schon gut gehen, denke ich, und drücke das Gaspedal durch.

Die Anspannung fällt in dem Augenblick von mir ab, als ich ihn am Haupteingang des Altonaer Bahnhofs stehen sehe. Er ist da, er lebt, er ist gesund. Mir schießen die Tränen in die Augen. Und ich falle ihm um den Hals, kaum dass er eingestiegen ist.

»Mein Gott, bin ich froh, dass du da bist«, sage ich und küsse ihn heftig auf den Mund.

Timo hält mich an den Schultern fest. »Was ist denn los? Was hast du?«, fragt er, und die Verwirrung angesichts meines Verhaltens ist ihm deutlich anzusehen.

Hinter uns hupt ein Autofahrer, dem ich die Zufahrt zum Parkplatz versperre. Ich winke entschuldigend in den Rückspiegel, starte den Wagen und biege rechts in die Max-Brauer-Allee ein.

»Wir fahren gleich zu meiner Mutter«, sage ich.

Da vermutet uns niemand, und da ist Timo erst einmal in Sicherheit.

»Ist das nicht zu früh? Ich hätte mich eigentlich ganz gerne umgezogen. Und ich habe auch keine Pralinen oder so etwas für deine Mutter besorgt.«

»Ich habe mich auch nicht umgezogen«, antworte ich leichthin. »Meine Mutter ist nicht so der offizielle Typ. Die hat es nicht so mit der Etikette«, behaupte ich und möchte mir nicht vorstellen, was für ein Gesicht sie machen wird, wenn wir uns in diesem Aufzug und ohne Mitbringsel bei ihr einfinden werden.

»Weißt du, dass ich seit Stunden versuche, dich zu erreichen?«, sage ich. »Was war denn mit deinem Handy los?«

»Wenn ich eine Sitzung bei meinem Therapeuten habe, stelle ich es immer aus. Muss wohl vergessen haben, es danach gleich wieder einzuschalten.« Dann deutet er auf das Kontrolllicht meines Benzinanzeigers. »Du musst tanken.«

»Bis zu meiner Mutter schaffen wir es noch«, sage ich und

steige auf die Bremse; fast wäre ich meinem Vordermann draufgefahren.

»Pia, was ist los?«, fragt Timo. »Warum soll ich nicht in meine Wohnung?«

Hinter dem Altonaer Rathaus muss ich an einer roten Ampel halten.

Ich atme einmal tief durch, bevor ich die Frage stelle, die mir so auf der Seele brennt.

»Hast du mal als Taxifahrer gearbeitet?« Ich hoffe inständig, dass er nein sagen wird.

Er sagt: »Ja.«

»In Bremen?«

»Ja!«

»Vor einem halben Jahr?«

Er nickt.

»Du hast also nie in Lübeck gelebt.«

Betreten sieht er auf seine ineinander verkrampften Hände.

»Wieso hast du mich belogen?«

»Weil ich nicht darüber reden wollte.«

»Warum bist du überhaupt Taxi gefahren?«

»Weil ich Geld brauchte. Meine Frau hatte sich von mir getrennt. Ich hatte meinen Job verloren, war völlig pleite.«

»Und das Taxiunternehmen hieß Schöller und Sohn?«

»Pia, verdammt noch mal, worum geht es?«

Die Ampel springt auf Grün, ich schalte in den ersten Gang und versuche, mich wieder auf den Verkehr zu konzentrieren.

»Es geht um eine junge Frau, die vor einem halben Jahr von vier Männern in der Nähe von Bremen misshandelt und vergewaltigt worden ist. Und um einen Taxifahrer, der die

Frau und drei der Männer gefahren hat, der genau wusste, was ihr bevorstand. Und der nicht auf die Idee gekommen ist, die Polizei zu informieren.«

Timo stöhnt auf und reibt sich den linken Unterarm.

»Ich bin sehr wohl auf die Idee gekommen, die Polizei zu holen«, antwortet er gequält. »Aber wenn dir jemand sagt, dass er dir und allen Menschen, die du liebst, etwas antun wird, und wenn du zwei siebenjährige Töchter hast und der Typ, der dich bedroht, den Eindruck macht, so ziemlich zu allem fähig zu sein, da überlegst du dir sehr genau, was du tust.«

»Und dann bist du einfach weiter Taxi gefahren?«

»Meinst du, mir ist das leicht gefallen?«, schreit er mich auf einmal an. »Meinst du, ich stecke das so einfach weg? Was glaubst du, was das für ein Gefühl ist, wenn du im Auto sitzt und dir die ganze Zeit ausmalen kannst, was die gerade mit der Frau anstellen?«

»Es hätte ja auch sein können, dass sie sie umbringen«, sage ich kalt.

»Du wirst es nicht glauben, auch daran habe ich gedacht. Aber ich wollte nicht, dass sie sich an meinen Kindern vergehen. Kapierst du das? Ich habe seither keine Nacht mehr durchgeschlafen. Ich habe Albträume, Depressionen ...«

»Und Angst vor Spinnen«, sage ich.

Er nickt und reibt sich schon wieder den Arm.

»Warum?« Ich sehe zu ihm herüber. Betrachte sein Profil, seine fahle Haut, den Schweißfilm auf seiner Stirn, die Haarsträhnen, die ihm ins Gesicht fallen. Die Geschichte scheint ihn auch körperlich ganz schön mitzunehmen.

»Sie saß auf meinem Lenkrad«, sagt er leise. »Diese gottverdammte Scheißspinne saß die ganze Zeit auf meinem

Lenkrad. Während sie das Mädchen hinter mir verprügelt haben.«

Ein schwarzer Pick-up schert so knapp vor mir ein, dass ich fluchend auf die Bremse trete und ihn wütend mit der Lichthupe anblinke. Was ihn nicht weiter zu interessieren scheint.

»Wie ist es danach weitergegangen?«, frage ich und behalte den Pick-up vor mir im Auge.

»Ich bin abgehauen, ich habe mich versteckt. Amelie ist mit den Kindern nach Bremervörde gezogen. Wir hatten einfach nur noch Schiss.«

»Bist du bedroht worden?«

»Ja klar. In Bremen haben sie Zettel an meinen Scheibenwischer geklemmt, mir Mitteilungen in den Briefkasten gesteckt, mir Nachrichten auf den Anrufbeantworter gesprochen.«

»Um dir zu zeigen, dass sie wissen, wo sie dich finden können«, stelle ich fest. »Deshalb bist du also nach Hamburg gezogen.«

»Mir ist schlecht«, sagt Timo auf einmal. »Und der Arm tut höllisch weh.«

»Was ist mit deinem Arm?«

Ich biege in die Einfahrt zum Anwesen meiner Mutter ein, als der Wagen anfängt zu stottern.

»Diese verdammte Spinne hat mich gebissen.«

»Was für eine Spinne?«

»In Ochsenzoll …«

»In Ochsenzoll? Du wirst in Ochsenzoll therapiert?«, frage ich erstaunt.

Mein BMW bleibt stehen. Fluchend versuche ich ihn zu starten. Keine Chance. Da die Einfahrt abschüssig ist, lasse ich ihn das letzte Stück im Leerlauf rollen und bremse ihn vor dem Haus ab.

Timo wirft einen Blick auf die alte Villa. »Nicht übel.«

Normalerweise freue ich mich, wenn jemandem das alte Gemäuer gefällt. Aber im Moment ist es mir völlig egal.

»Was machst du in Ochsenzoll?«, wiederhole ich meine Frage.

»Ein Anti-Angst-Seminar.«

Jetzt bricht mir der Schweiß aus. »Wie heißt dein Therapeut?«

»Dr. Janson.«

»Dein Therapeut heißt Dr. Janson?«, schreie ich.

»Was hast du denn?«

Mir ist, als bekäme ich nicht mehr richtig Luft. »Was war mit der Spinne?«

»Die hat mich gebissen. Dr. Janson hat sie mir auf den Arm gesetzt. Schon das habe ich kaum ausgehalten. Aber als er sie wieder runternahm, hat er sie wohl falsch angefasst, er hat irgendetwas verkehrt gemacht. Auf jeden Fall hat sie mich gebissen. Eigentlich ist es nicht so schlimm. Der Biss ist vergleichbar mit einem Bienenstich, hat Janson gesagt.«

Da wette ich drauf. Ich schiebe Timo den Pulloverärmel nach oben und habe das Gefühl, gleich kotzen zu müssen. Die Haut um die Bissstelle herum ist quasi weg. Auf die Größe eines Zweieurostücks ist da nur noch pures, feucht schimmerndes, frei liegendes Fleisch. Timo starrt entsetzt auf die Wunde. Er ist genauso geschockt wie ich.

»Was ist das denn?«, fragt er. »Das ist doch nicht normal.«

»Nein«, sage ich. »Das ist nicht normal.« Mein Hirn arbeitet fieberhaft, und ich versuche zu begreifen, was doch völlig unbegreiflich ist. »Hast du Janson erzählt, warum du die Phobie hast? Weiß er von der Taxifahrt und der Vergewaltigung?«

»Ja«, sagt Timo und sieht mich verständnislos an.

»Mein Gott«, rufe ich, »das gibt es doch nicht. Das ist doch völlig unmöglich.«

Ich muss mich am Lenkrad festhalten. Mir ist total übel. Wenn Timo stirbt, bin ich dran schuld. Ich hätte die Wahrheit viel früher erkennen müssen. Aber ich wollte sie nicht sehen. Ich habe mir meine eigenen Theorien gestrickt, in der Hoffnung, sie könnten sich bewahrheiten. Und meine Augen fest verschlossen, vor allem, was hätte schmerzlich sein können. Dabei gab so viele Hinweise. Und wie in einem Kaleidoskop fügen sie sich plötzlich zu einem Ganzen. Zu einem Bild, das immer klarer und schärfer wird. Deutlich habe ich wieder die Szene vor Augen, als Nadine Janson entgegenlief. Als ihr die Kapuze vom kahl geschorenen Schädel rutschte und ich zum ersten Mal die Narbe an ihrem Hinterkopf sah. Da hatte sie lachend die Arme nach ihm ausgestreckt und er sie angestrahlt. Die beiden sind ein Liebespaar, das war damals schon sonnenklar! Nur ich habe es nicht gemerkt. Genauso wenig, wie mich stutzig gemacht hat, dass Janson sich mehrfach über die zu milde Bestrafung von Gewaltverbrechern beklagte. Er hat es nicht mehr ertragen, die Opfer nur zu behandeln, sich mit den schwerwiegenden Folgen auseinanderzusetzen, während die Täter mit geringen Strafen oder sogar straffrei davonkamen. Er kannte das ganze Ausmaß der Verbrechen, jedes Details, jede Demütigung. Und irgendwann gelang es ihm nicht mehr, Distanz zu halten; verstrickte er sich emotional – und verliebte sich in seine Patientin. Da war der Schritt zur Selbstjustiz nicht mehr weit.

Und neben den Vergewaltigern geriet auch Timo in sein Visier. Denn für Janson war Timo genauso schuldig wie die Biker. Schließlich hätte er die Tat verhindern können.

Ich schnappe mir mein Handy, wähle die 112 und behalte das Portal im Auge, in der Hoffnung, dass meine Mutter unsere Ankunft nicht bemerkt hat und nicht hier auftauchen wird.

»Mein Freund ist von einer giftigen Spinne gebissen worden«, sprudele ich los, als sich jemand meldet. »Können Sie ihm helfen?«

»Wir haben einen Kollegen, der sich mit giftigen Schlangen auskennt. Ich glaube, der hat auch Ahnung von Spinnen. Warten Sie mal.« Dann höre ich erst einmal nichts. Kurz danach eine andere Männerstimme. »Hennsler.«

»Mein Freund ist von einer Spinne gebissen worden …«, fange ich wieder von vorne an und beschreibe Timos Symptome und das Aussehen der Bissstelle.

»Wissen Sie, was für eine Spinne das war?«, fragt er.

»Klein, braun, gedrungen. Legt sich flach auf den Boden«, gebe ich Timos Beschreibung weiter. »Ich glaube, sie stammt aus Afrika. Und zwar aus Namibia.«

»Wie kommst du denn darauf?«, fragt Timo überrascht.

»Nur so ein Verdacht«, antworte ich und tätschle seinen Oberschenkel.

»Sie wissen aber nicht, wie sie heißt?«

»Nein.«

»Wo ist die Spinne jetzt?«

»In Ochsenzoll.« Ich erzähle kurz, was sich vor gut zwei Stunden in Dr. Jansons Praxis abgespielt hat.

»Es geht also keine Gefahr mehr für andere Personen von ihr aus?«

»Das weiß ich nicht«, sage ich. Aber eigentlich bin ich mir ziemlich sicher, dass Janson das kleine Tierchen wieder zurück ins Terrarium gesetzt hat und behaupten wird, es leider mit einer harmlosen Spinne verwechselt zu haben. Wenn er sie nicht längst ins Klo gekippt hat.

Aus den Augenwinkeln registriere ich, dass der rechte Türflügel des Eingangportals aufschwingt und meine Mutter herauskommt. Das hat mir gerade noch gefehlt. Im langen, goldfarbenen Abendkleid eilt sie mit kleinen, energischen Schritten auf das Auto zu.

»Also passen Sie auf«, sagt Hennsler. »Im schlimmsten Fall war es die Sicarius-Spinne. Das ist eine der giftigsten überhaupt. Aber das heißt erst einmal nichts. Wir wissen ja nicht, wie viel Gift sie noch in ihrem Depot hatte. Ob es ein Fangbiss oder ein Abwehrbiss war. Es wird schon nicht so schlimm werden. Bringen Sie Ihren Freund aber sofort …«

»Ich kann nicht«, unterbreche ich ihn. »Mein Tank ist leer.«

Meine Mutter reißt die Fahrertür auf. »Was ist los? Warum kommt ihr nicht?«

»Timo ist von einer giftigen Spinne gebissen worden«, erkläre ich, deute auf die Wunde an seinem Unterarm und will gerade wieder etwas zu Hennsler sagen, als meine Mutter mir das Telefon aus der Hand nimmt.

»Hören Sie«, ruft sie, »ich bin die Mutter.«

Als ob das jemanden interessieren würde. »Gib mir das Handy zurück«, zische ich sie wütend an. Doch darauf reagiert sie nicht. Sie übernimmt das Kommando.

»Wir brauchen einen Krankenwagen und einen Arzt. Und das Antiserum bringen Sie auch gleich mit«, fordert sie. »Wie bitte?«, ruft sie. »Die Antiserumbeschaffung ist generell sehr schwierig. Ach, das machen Sie schon. Da haben Sie mein vollstes Vertrauen.«

Meinem Versuch, ihr das Telefon zu entwinden, weicht sie geschickt aus und wendet sich an Timo: »Sind Sie Allergiker?«

Der schüttelt den Kopf.

»Nein«, sagt sie zu Hennsler. »Er ist kein Allergiker. Was kann ich sonst noch tun? Kann ich ihm irgendwie helfen?«

Erneut versuche ich mein Handy zurückzuerobern. Doch ich habe keine Chance.

»Er soll sich möglichst wenig bewegen«, sagt sie. »Damit sich das Gift nicht so schnell im Körper ausbreitet.«

Dann drückt sie mir das Telefon in die Hand. »Sag dem Mann deine Nummer, damit er mich zurückrufen kann.«

Nachdem ich das getan und aufgelegt habe, hält meine Mutter Timo die Hand hin.

»Marlene Petry«, stellt sie sich vor. »Es freut mich, Sie kennenzulernen.«

»Es freut mich auch«, erwidert Timo mit matter Stimme und reicht ihr die Hand, die sie vorsichtig drückt.

Besorgt mustert sie sein blasses Gesicht. »Sie sehen nicht gut aus«, stellt sie fest und legt ihm die Hand auf die Stirn.

So fürsorglich ist sie mit mir nie umgegangen.

»Ich gehe Ihnen eine Decke holen«, sagt sie. Und zu mir: »Komm mal kurz mit.«

Ohne mich eines weiteren Blicks zu würdigen, läuft sie zurück zum Haus. Am Eingang hole ich sie ein. »Was ist denn?«

Sie zupft am Ausschnitt ihres Kleides. »Vor dreißig Jahren war ich auf einer Safari. Irgendwo in Kenia. Damals ist jemand von einer Schlange gebissen worden. Er hatte die gleichen Symptome wie dein Freund …«

»Und?«

Meine Mutter legt mir die Hand auf die Schulter und sieht mir tief in die Augen. »Was immer du dem Jungen noch sagen möchtest, sag es ihm jetzt.«

»Mama!«, rufe ich entsetzt. »Wie kannst du nur …«

»Ich meine es ernst«, unterbricht sie mich, dreht sich um und verschwindet im Haus.

Wie ich diese melodramatischen Auftritte hasse! War sie überhaupt jemals in Afrika, hat sie je an einer Safari teilgenommen? Oder hat sie sich das gerade alles ausgedacht? Wütend laufe ich zu meinem Auto zurück. Du machst mir keine Angst, rede ich mir ein. Du nicht.

»Deine Mama ist nett«, sagt Timo, als ich mich wieder neben ihn setze.

»Nur auf den ersten Blick. Eigentlich ist sie eine Bestie auf zwei Beinen. Bei Vollmond verwandelt sie sich in einen Werwolf …«

Timo beginnt zu zittern. Ich nehme ihn in den Arm und streiche ihm über das schweißnasse Gesicht. »Sie kommen gleich«, beruhige ich ihn »Es ist nicht so schlimm. Die werden dir helfen. Mach dir keine Sorgen.«

»Ich verstehe das Ganze immer noch nicht«, sagt er leise. »Warum hat Janson das gemacht?«

»Er ist Nadines Therapeut.«

»Nadine?«

»So heißt die Frau, die vergewaltigt worden ist. Die du damals gefahren hast. Er hat sich in sie verliebt und alle Männer umgebracht, die er für die Vergewaltigung verantwortlich macht.«

»Und ausgerechnet an den gerate ich und lasse mich von ihm behandeln. Das ist doch völlig verrückt.«

»Ja«, sage ich. »Das ist völlig verrückt.«

Vielleicht ist es aber auch einfach nur Schicksal. Etwas, das im wahrsten Sinne des Wortes geschickt wird. Und dem man nicht entkommen kann.

»Woher weißt du das überhaupt alles?«, fragt er, umfasst sein linkes Handgelenk und lehnt sich stöhnend nach vorn.

»Von Nadines Schwester.« Ich beuge mich zu ihm und lege meine Hand auf seinen Rücken. »Sie hat mich beauftragt, den Taxifahrer zu finden.«

»Das heißt, du hast mich die ganze Zeit gesucht?«

»Ich suche dich schon seit über vierzig Jahren«, antworte ich und küsse ihn sanft auf die Schläfe.

»Wenn ich noch mal in der Situation wäre, würde ich es anders machen.« Erschöpft lässt er sich zurücksinken. »Aber damals war ich nur panisch wegen meiner Mädchen. Verstehst du das?« Er sieht mich an. »Glaubst du mir?«

»Natürlich glaube ich dir.«

»Mein Gott«, sagt er bestürzt. »Ich spüre meinen Arm nicht mehr.«

Eine Welle aus Panik und Entsetzen schwappt über mich hinweg. Mein Herz hämmert wie verrückt gegen meine Rippen und mir kommt ein fürchterlicher Gedanke: Janson macht keine Gefangenen. Alle Täter sind gestorben, keiner hat überlebt. Die Spinne sollte Timo nicht nur verletzen, sie sollte ihn töten. Janson hat garantiert dafür gesorgt, dass das Giftdepot der Spinne voll und ihr Biss tödlich war. Timo hat keine Chance! Mir ist, als hätte mir jemand Eiswasser in die Adern injiziert. Und es kostet mich eine unglaubliche Kraft, Timo mein Entsetzen nicht spüren zu lassen.

»Alles wird gut«, versuche ich ihn zu beruhigen. »In spätestens einer Stunde bist du wieder fit. Dann kannst du auch deinen Arm wieder bewegen«, behaupte ich und schaffe es nur mit Mühe, das Zittern in meiner Stimme zu unterdrücken.

»In meinen Büchern gibt es kein Happy End«, sagt er leise. »Und in meinem Leben auch nicht.«

»Deine Bücher haben nichts mit deinem Leben zu tun«, widerspreche ich.

»Da sieht man, dass du keine Ahnung vom Schreiben hast.« Er versucht sich an einem Lächeln, das gründlich misslingt.

Ich schlinge die Arme um ihn, und er lässt den Kopf an meine Schulter sinken. So sitzen wir eine Weile im Auto, blicken auf die alte Villa und die Elbe, an deren Ufer sich die Entladekräne für die Containerschiffe reihen. Das Bild vor meinen Augen verschwimmt, bekommt Schlieren, franst an den Rändern aus. Angst und Schmerz sind so groß, dass sie mich fassungslos machen. Ich habe keine Worte dafür. Keine Worte und keine Bilder. Es tut einfach nur unerträglich weh. Benommen starre ich auf das Haus meiner Mutter. Hinter einem Fenster geht das Licht an. Im Schlafzimmer. Etwas später auch im Bad. Ich wische mir die Tränen aus dem Gesicht. Und hoffe, dass Timo es nicht bemerkt. Vorsichtig streiche ich ihm eine feuchte Haarsträhne aus der Stirn.

»Alles wird gut«, sage ich leise und drücke ihn ganz fest an mich.

Aber das hört er schon nicht mehr.

ENDE